菊花神◎著

十万水军

知识产权出版社
Intellectual Property Publishing House
全国百佳图书出版单位

图书在版编目（CIP）数据

十万水军 / 菊花神著 .—北京：知识产权出版社，2016.1
ISBN 978-7-5130-3952-9

Ⅰ.①十…　Ⅱ.①菊…　Ⅲ.①长篇小说—中国—当代　Ⅳ.① I247.5

中国版本图书馆 CIP 数据核字（2015）第 307613 号

责任编辑：聂伟伟　　　**执行编辑：**牛　闯

十万水军
SHIWAN SHUIJUN
菊花神　著

出版发行：	知识产权出版社有限责任公司	**网　址：**	http：// www. ipph. cn http：// www. laichushu. com
电　话：	010-82004826		
社　址：	北京市海淀区西外太平庄55 号	**邮　编：**	100081
责编电话：	010 — 82000860 转 8598	**责编邮箱：**	362730031@qq.com
发行电话：	010 — 82000860 转 8101 / 8029	**发行传真：**	010 — 82000893 / 82003279
印　刷：	三河市国英印务有限公司	**经　销：**	各大网上书店、新华书店及相关专业书店
开　本：	720mm × 1000mm　1/16	**印　张：**	19
版　次：	2016 年 3 月第 1 版	**印　次：**	2016 年 3 月第 1 次印刷
字　数：	260 千字	**定　价：**	36.00 元

ISBN 978-7-5130-3952-9

序 PREFACE

更多的时候，我是以一个世界冠军的姿态出现在大家的脑海里，2005年我在新加坡拿下了当届WCG的冠军，2006年在意大利的蒙扎赛道我再次蝉联此殊荣。每次我站在儿时的街道，想起跑去网吧的岁月，总有种难以言表的情怀。曾经我只是一个爱玩游戏的少年，是“魔兽争霸3”让我从李晓峰变成了大家熟悉的SKY。你们见证了我的成功，却永远只能听说我为之所付出的努力。坚持做一件自己认为对的事情有时候比坚持做一件自己认为错的事情还要难，因为你对错的事情可以不负责任，可你对对的事情却不容有失。人生总是会面临各种挑战，就像如今我从一名职业玩家变成了钛度科技的CEO。

说起来我所有的青春都差不多贡献给了电子竞技，也很庆幸一路走来有不少的人支持和陪伴。每个人都有自己的梦想，或大或小，就像这本《十万水军》里写的那样，无论是谁，带着一个伟大的抱负浮沉于一座城池，或功成名就或一败涂地，不管结局如何，坚持本身就是一种勇气。

小说最触动我的地方是那份小人物的焦虑和愤怒，世界这么大，与之相比我们都是渺小的，所有被确认过的梦想都值得我们去坚守。其实每个爱电子竞技的人都会有一条通往网吧的小路，风景一般；其实每个喜欢写作的人也会有一个触动心灵的故事，故事说不定也一般；其实每个想成为一名厉害的角色的人都会有一腔热血，但它的浓度很一般；其实我们都很厉害，我们又都很一般，我们每个人何尝不都是水军，不同的是有的人上岸了，有的人还在水里泡着。

我个人一直比较喜欢读一些接地气的书，在戏谑中反思人生，我觉得有思考就够了，再往高了走就是哲学了，枯燥了。成功不可复制，更没有模式去套，一切还是源于我们自己坚定的信念和不懈的努力。

菊花神给我们带来了一个这样可大可小的故事，他说故事里有你、有我、有所有喜欢玩游戏的人和满足你欲望的姑娘，有见过的世面和压力，有远去的朋友和爱情，现在在这本书的最前面还有我，你们熟悉的SKY李晓峰。

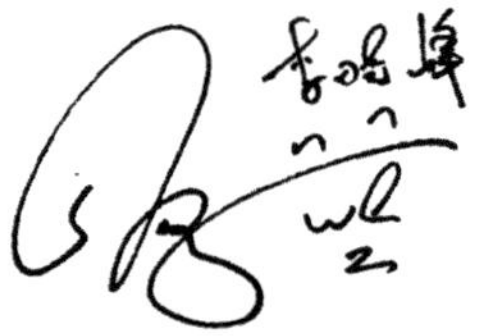

目录

CONTENTS

目录
CONTENTS

楔子

未来总有一天会来，

你今天的努力和愤怒都是明天的未知因素，

在这个所有人看所有人的世界里，

你不会孤独。

这年头100个人里有90个渴望成功，在剩下的10个人里有9个可能已经成功了，最后那可怜的一个是我，既不成功，又不渴望成功。这没毛病。

首先，像我这样的人对社会是无害的，不会耍手段还不够聪明，脾气挺大胆子挺小，现实里拐着弯做人，网络上逮着谁喷谁。

其次，我貌似不很拜金，其实我对这点并不十分确定，毕竟我从没富过，也许有一天我不小心真富了，估计也就膨胀了。所以我喜欢听民谣，因为听起来感觉穷穷的，“那时候我们都很穷”，我特爱跟人说这话，让人听起来就像我现在不穷了似的。

最后，某天，我突然就渴望成功了！不矛盾，因为我到了该有这想法的年纪了。其实很多人想成功不完全是要跟谁证明自己有多强，而是不想让别人觉得自己太弱。

大千世界，有人在风景区里嗑瓜子；有人在商务区里喝咖啡；有人在工业区里砸链条；有人在红灯区里大保健；而我，不想待在评论区里当匿名用户了，老子不想再喷人了，老子想叫别人喷我！

正是如此，网络上我们因为匿名而勇敢，现实中我们因为生活而迷茫。成长那么长期地困扰着我，相信它也困扰着你们，也许你今天坐在烧烤摊子上吃肉，想的是未来的模样。未来那么远，现实那么惨，你看着墙上的理想，嫉妒好友的光芒。

王小波说："人类一切的痛苦，本质上都是对自己无能的愤怒。"其实无不无能很多时候都是别人说的，可能是你的家长、你的老师、与你深交的朋友或者是你喜欢的姑娘。这种来自外界的否定保质期一过，你自己也从里头坏了出来，变质地认为我就是个无能分子，尽给祖国添乱。

我时常在马桶上总结自己的似水流年，可最终并未能整出啥有用的玩意儿来，倒是整出来一坨痔疮。

其实不必介怀，未来总有一天会来，你今天的努力和愤怒都是明天的未知因素，在这个所有人看所有人的世界里，你不会孤独。你要知道没有什么事是不能用一顿烧烤解决的，如果真的有，那就两顿！更要知道在这十万水军里，不光有你，还有我，还有你的朋友，还有一切你喜欢和不喜欢的人。

既然这样，掀了桌子来一场革命吧！这场革命不关乎生存，只关于生活，哪怕最终失败了，至少也揭竿而起过。我们浮浮沉沉地上岸，看着从迷雾里走出来的家伙们，无论他们手里拿着鲜花还是手枪都不必在意，也许某种程度上这就是一种成功。

那么好，现在有一个"革命者们"的故事摆在你的面前，是关于抗争和勇敢，怯弱和不安，碎片般的梦想和柔软的姑娘，你可以用来告诉你的父母和未来的子女，这就是你浓的咬不断的青春年华。

01 北京，北京

梦想这东西早晚

会被残酷的现实冲淡，

能坚持多久

就看它最开始的时候有多浓罢了。

1.

2001年的时候，我高考发挥正常，但是差了组档线150多分，最后去了杭州下沙的一所民办大学读学历文凭。记得当时还是电话查分，我爸用颤抖的双手按了一串后来看来出了错的数字，电话里报出来546分，我觉得自己真的太牛了。总分750分，考数学那场我交的基本是白卷，也就是说其他所有学科加起来我只扣了几十分，具体的数字我一下算不出来，因为我数学真的不是很好。我妈觉得不可能，自己的儿子自己了解，于是又重新查了一遍。这是一个从天堂到地狱的过程，在我心智不算成熟的时候，就让我遭受了这样的洗礼。

1998年法国世界杯那会儿，我跟一姑娘在酒吧里看球。我说服自己如果罗纳尔多踢进一个球，我就跟她说晚上别回家了，咱们去宾馆过一夜。这也导致我恨了这个光头胖子好多年，虽然我还是跟姑娘说了过夜的事，但姑娘骂我臭不要脸。我依然执拗地把这责任推到罗纳尔多身上，都怪他没进球，姑娘才不肯跟我过夜。

2005年，因为一门综合英语卡着，我一直没能拿到自考毕业证书。同年，那个当初一起看球的姑娘也来了杭州，说返程票卖完了，要跟我过夜，我逮着机会骂她臭不要脸，报了当年一箭之仇。

2008年北京奥运会，我和当时的女朋友鬼鬼一起看了开幕式，鬼鬼惋惜地说她当年也是校女篮的成员，可惜过早地放弃，否则说不定能打进国家队为中国军团出一份力。那年刘翔因伤退赛，离开赛场的那天，鬼鬼正好在伦敦降落，开始了漫长的留学生涯。

2009年是我玩刀塔的第三年，我和一群来自安徽的小鬼们拿了一个线上赛的全国冠军，奖金600元。作为队长，我厚着脸皮拿了200，请客吃饭花了400。

这些奇怪且毫无规律的记忆碎片并无太大价值，对对碰到一起都无法消失，它们的出现只是为了证明我已而立之年，然而我还没想好怎么立。我叫陆军，陆是陆地的陆，军是水军的军。我爸给起的名字，他年轻的时候当过空军，只不过没上过天，尽跟炊事班炒菜玩儿了。就起名这事爷俩还专门聊过，老爷子说他其实一直都想当陆军，脚踩在地上心里特踏实，说的好像他真开过飞机一样。我说他是把自己的愿望强加在下一代身上，老爷子说我没当过兵，不懂，当过兵的就是不一样，气宇轩昂，你看你的名字，陆军，多么轩昂！我问他怎么不给我起个“陆战队”？不比你陆军轩昂得多？老爷子说，陆战队是海军。果然，就是把他的愿望强加给我。

我今年三十，在葫芦文化传播有限公司就职。该公司地处北京西城，从公司的茶色玻璃望出去，不远处就是牛街。记得每次开选题会冯总都会刻意地走到窗口然后转过来对我们说：“咱们可是在牛街对面啊，不牛都不行。”

说是文化公司，其实这就是个写手工作室，十名员工中有七名写手，另外还有个保洁阿姨，一个从来不来办公室的办公室主任，一个冯总。我们这七个写手被称为“葫芦七兄弟”，冯总很喜欢这个称谓，说我们是掘井人，将来公司壮大了，人肯定还要招，说不定招着招着就招齐一百零八将来。十月，葫芦兄弟的大娃、六娃和七娃都走了，于是我们又变成了“神奇四侠”。

冯总一人发了一支烟说，其实人少也不错嘛，拿到手的稿费多了，是因祸得福。忘了说了，我们每年都会出几本书，题材根据市场定。比如最近流行青春文学，就迎合着出一些校园里的言情类小说，千字50元计算稿费。反正咱们什么火写什么，教人谈谈恋爱，教人处理夫妻婚姻关系，都写。虽然所有人都没结过婚，有的甚至连恋爱都没谈过，但并不妨碍把故事写得精彩，反正都是那点事，没干过电视总看过，主要是人民爱看，为人民的无聊需求服务嘛！

其实大家都门儿清，冯总在保定开了几个小矿，这种“资源分子”最怕被别人说成是暴发户，老与没文化挂钩，这不他就弄了个文化公司，这说出去显得多有文化啊。冯总在北京有个小秘，长得算不上漂亮，不过胸大，极符合上了年纪的老男人的口味。老四是把冯总视为自己偶像的，他觉得做人就得做成冯总那样的，开着大切诺基游荡在北京繁华的街道上，副驾上坐着被安全带勒到呼吸困难的大胸小秘，太成功了！老二就泼他冷水说那胸说不定都是硅胶。老四不以为然，你管它是什么玩意，穿上衣服没人看得出来，这就一脸面，让别人眼红用的。

我从来不掺合这种话题，说起来，他们是为了混口饭吃，而我对写作是有梦想的。

2.

我所有关于梦想起源的回忆都来自于那栋红色的八角楼和向外对开的木门，木门里坐着我的班主任兼语文老师。一中以严为本，这个精神落实到各个老师头上，风向就变了，也许是老师的理解能力有限，也可能是上头精神有误，总之自上而下的暴力教育充斥着学园。那个年代的风尚可能就是以暴制暴，顽劣的孩子就得用坚硬的棍子去让他们屈服，父母如是，老师也如是。

班主任不喜欢我的原因主要还是我的随笔。随笔是那时候的周末任务，每个同学都得写。多数同学的随笔在当时的我看来就是没有思想的。我所理解的“思想”极主观，在我看来写打扫卫生是没有思想的；写小猫小狗也是没有思想的；写扶老人过马路一样是没有思想的；更有甚者居然还在随笔里拍老师的马屁，这都不止没有思想，简直是没有底线。

我自诩自己是有思想的，因为我在那个不了解爱情的年纪里写爱情，我在那个充满校园暴力的环境里写和平。虽然文笔青涩，但是立意深远，不过最终的结果是班主任当着全班同学的面撕了我的作文本，罚我抄了两遍当天的《人民日报》。他一度怀疑我肯定是跟班上某个女生在偷偷搞情况，甚至专门委派了几个小尾巴跟踪我。当时我有一个笔友，是湖北的高中女生，班主任就开始明目张胆拆我们之间的信件，然后叫来我的父亲，升了堂。

他桌上放着我和那湖北姑娘的来往证据，说：“小小年纪就谈恋爱，还是异地恋。”

“她是我姐姐。”天地良心，我确实当她是我的知心大姐姐。

“你看看，还是姐弟恋。”

回到家，我爸例行公事和我妈混合双打了我一顿，然后教育我说少不更事，现在学业为重，早恋只会乱你心志，让你厌恶学习，将来考不上大学，你能干什么去？我说可以当作家，我爸气急败坏地说天天坐在家里有什么出息。那一刹那，我觉得我站在了一条狭长且昏暗的长廊里，廊子里都是和我差不多年纪的孩子，两侧是一些有奇怪图案的木门，家长和老师们正拿着鞭子赶，边赶边说，孩子们一直向前吧，前方有光，是希望。边说，他们还会顺手关上一些虚掩着的门，矫枉一些对门外的世界充满好奇的孩子。

3.

当然对于现在的我来说，已经没有了当年的迫切，梦想这东西早晚会被残酷的现实冲淡，能坚持多久就看它最开始的时候有多浓罢了。

葫芦工作室的几个写手都碎落在北京城各个角落，条件最好的是老四，住在城北，光房租就得小三千，用他自己的话说这叫生活品质。什么地长什么瓜，人可以穷，可千万别穷出习惯来，否则就别想富了。物质没进步，思想就得先进步起来，先进步的带动后进步的，最终实现共同进步。他还说省是省不出富翁的，花钱才是赚钱的前提。这些年他尽瞎花钱，倒也没见他赚到什么钱，不过有一说一，老四一直都是我们四个人里产量最高的。

最惨的是老二，快住到十三陵去了，没事就跑皇陵边转悠普及知识。有段时间宫廷戏特流行，老二靠写剧本赚了点钱。不是没劝过他搬家，他说跟这些皇帝贵妃住出感情了，说不定哪天盗墓或者灵异题材热了，这里的气氛还能派上用场。

老五是北京孩子，大学刚毕业。上学那会儿写过一年的网络小说，没啥别的爱好就是爱鼓捣文字，写的都是校园题材，只是功力有待提高。不过他有“先天”的优势，不像其他人，他不用为生计犯愁，说白了人就是来玩的。和很多有钱人的家庭一样，子女喜欢唱歌就花钱让他当个歌手，老五先天条件不足，大舌头，就当个写手。

至于我，住南城夏家胡同，在北京有不少这样的胡同，一条胡同一个姓，夏家胡同都姓夏，旁边的于家胡同都姓于。当然现在胡同里的老北京氏族迁徙出去不少，剩下极少的原住居民，其他多是些外来人。胡同里多是20世纪90年代的板子楼，一地震全倒，一倒人全死的那种。从这为中心辐射出去，是个不大的小商圈，饭店、超市、小型的夜总会，附近还有一所经贸大学。一到周六学生们就从校园里蜂拥出来，有条件的就去三里屯，没条件的就近消费。有女朋友的就去夜时尚KTV唱歌，或者去酒店约会，单身的就去网吧里包夜打刀塔。

我对门住了个摇滚青年，小伙子没事爱来我这串门，蹭烟抽。摇滚青年叫刘芒，我说这倒霉名字怎么这么难听。刘芒说这名字听着多霸气啊，玩摇滚的就得特立独行一些。小刘是90后，有着90后特有的羁傲与浮躁，赚钱不过夜，基本都花女人身上了。但他觉得这是对生活的一种宣泄，玩摇滚的都这德性，这叫呐喊青春。

我说："人还吸毒呢，你怎么不吸？"

"这不是没钱嘛，我只能从最基层的泡妞做起，慢慢颓废出高度啊。"

他点了支我的烟接着说："大哥你是真不知道，就这点嫖资还是我放下摇滚的尊严给人唱民谣赚来的，现在的人好静，爱听抒情的，嫌咱摇滚过度热情。"

"你对摇滚的热情到什么程度？"

"誓死捍卫！"小刘拍着胸脯说。

对于写作我也是有热情的，到北京后凉了，我们公司每隔几个月就会开个选题会，讨论时下的市场热点。最后由冯总拍板定个方向，接下来所有的人开始开工赶稿子，我们实际上就是一条流水线，比如今天老四开头，老五接上，然后是我，最后由老二来结尾。顺序自由调配，至于书出来后写谁的名字得轮着来，如果这本书是我，那下本书就是老五，以此类推。万一不小心火了，谁属名算谁运气好。不过这两年也没人火，毕竟都是来料加工的东西，质量好不到哪去，一本小说里出现四种价值观是常有的事，估计读者自己都看懵了。

老四每次都以腰缠万贯，腹黑且潇洒的贵胄开头，到了老五这，甭管跑多远他都能把你拉回到校园里来。青春主题就写大学爱情；宫斗戏就写翰林院之争；连武侠都能写出好好学习，天天泡妞的影子来。等稿子到了我这，多数时候我真不知道如何继续，少数时候我懒得写。

我有很严重的拖延症，懒癌也差不多了晚期，不到火烧眉毛了绝不动笔，不到没内裤换了绝不去洗。我自认为这是我在京这些年写得疲乏了的缘故。我对这种文学上的大杂烩有着一种主观的抗拒心理，我只想写一部自己想写的书，至于是什么主题的书，我还没想好。

刚好石头打电话过来让我陪他打刀塔，我欣然接受。石头是我高中的同学，那会儿他是校霸，远近还小有名气，我抽烟也是跟这孙子学的。课间休息那短短的五分钟，我就跟着他去厕所抽六块一包的红河，厕所蹲坑紧张，石头喜欢靠着泛黄的墙壁面朝着蹲坑吞云吐雾。有急着上大号的同学跑过来看到他，又看看他面前空着的蹲坑会怯生生地跑开。石头就摇摇头对我说："你看，他拉屎还嫌茅坑。"有些胆子稍微大一些的同学倒是会蹲下来，可有人盯着方便总会感觉奇怪。

记得有个戴眼镜的同学就对我们说："两位大哥，能不能麻烦你们让一下，这样我拉不出来。"

石头说："你拉你的，不用给我面子。"

当然也有实在憋不住上来就枪林弹雨的，石头忍不住熏，就会让人先别拉了，有什么屎等他这根烟抽完了再拉。

我跟着石头整混了两年，他说带我发家致富，去别的学校门口敲诈低年级同学，得来不义之财后就去他家附近飘老虎机。石头告诉我这个世界上的任何事情都是有规律可循的，包括老虎机。老虎机的工作原理其实就是电脑板，这个是老板设置好的。我佩服，说他了不起，居然能算的出电脑板的跑机规律。石头说这他哪能知道，他只是了解老板而已，这老板是老街坊了，喜欢在外面拖野寡妇，他家的机器随他心情。心情好的时候就放水，心情不好的时候就收水，你太小不懂的，生活就是一场诡计。

4.

石头的刀塔是半年前才开始玩的，他这人玩什么上瘾都快，而且好胜心极强，打人机输了能掀桌子的主。不过跟他玩游戏挺烦的，经常瞎指挥，这也许是他在高中时候号令天下的惯性吧，可他并不这么认为，他反而认为我是瞎指挥。有的局势队友听他的指挥死绝了，他就骂队友支援慢，作为朋友在这种时刻我总是保持沉默，我太了解他了。这种时候千万不能质疑他的判断，哪怕这个判断是错的。

和石头玩刀塔内讧的概率是很高的，经常好好的就看他一个人舌战群儒。碰到吵得过的就喋喋不休，要是碰上吵架王，就在频道里吼，让别人留下地址电话，他坐动车过来砍人手。每当遇上这种情况我还得帮他说对方两句，否则石头的电话立马就到，接起来他来回就那一句话："帮我骂他，别的不多说，一个义字！"

凌晨2点的时候我接到了鬼鬼从曼彻斯特打来的电话，问我过得怎么样，我敷衍说还好。鬼鬼说还好就好，然后我们各自沉默，时间一分一秒地流淌，我和鬼鬼虽远隔万里，却都在为中国移动做贡献。

我和鬼鬼相识在一场同学的桌游聚会，她穿着黑色的连衣裙坐在角落，眼睛大大的，胸部也大大的。这时法官说天黑请闭眼，除了我和她其他人都低头闭眼，她看着我，我看着她的胸部。法官又强调了一遍，天黑请闭眼！我和她意犹未尽地低下了头。法官接下来说杀手请睁眼，我和鬼鬼又一次抬起了头，一起抬头的还有左侧的一个男同学。法官说杀手请杀人，于是我和鬼鬼一起把那个杀手杀了。桌上的其他人面面相觑，觉得这局太高端了，都玩不明白了。

聚会结束后，我们找了个地方撸串，谈理想，聊人生。那时候双方都觉得面前的这人就是最正确的那一个人啊。我在她家的楼下吻了她，这一口孜然味儿竟是我觉得世间最性感的体验。我们电光火石的开始，荷尔蒙的浓度高得吓人，那一个月里我们除了做爱什么都不干。

那年九月，鬼鬼开了学，我去车站送她，还傻乎乎的追着红皮火车跑，跟他妈韩剧里一样。我发短信告诉她，等秋天一过我就来杭州找工作，等着！这应该是我第一个没有兑现的承诺吧。

鬼鬼在英国已经七年了，头两年她还经常给我写电邮，后来渐渐少了，再后来渐渐没了。有的时候两个人的感情就像拉伸的橡皮筋，两个端点离得越远，皮筋就绷得越紧，时间一久自然就断了。

她这次来电话我挺意外的，我想她会打过来找我无非就两个可能，要么是她打算回国了，要么是她不打算回来了。无论是哪一个我都是恐惧的，因为不知如何面对，该说些什么，买不买玫瑰，算不算爱人。我掐了线，痴迷地想如果鬼鬼在一分钟内回我电话，我就告诉她我还爱她。电话立刻就响了，不过是石头打来的。

上来就数落："刚才为什么挂机，一点团队精神都没有。"

"刚才接了个朋友的电话。"

"所以说你这个人办事不牢靠，我为了打刀塔手机都拿去当掉换鼠标了。"

"不就一场游戏嘛，多大点事啊。"我有点不想和他继续聊，说不定正聊的时候鬼鬼电话就打回来了呢。

"我觉得你没有一颗想赢的心！"

"玩游戏开心就好，干吗非要赢！"

"输了都会开心的咯？"

我掐了电话，再说下去非得骂娘不可。石头这人的世界观很奇怪，他觉得做任何事就是要赢，以前在学校里踢球的时候他就说过，踢不进，拿手砸都要砸一个进去，就是这么任性。他的世界观更是野蛮的，那时候我没有工作，总想问家里拿点钱干点事。石头就劝我说，十几万能干什么事，不如拿去网吧冲会员，能玩到 30 岁，或者你拿来给我，我帮你去飘老虎机，那老板我熟悉，老街坊了，这两天他店里在放水。

南城的夜已深，楼道里隐约地回荡起高跟鞋的踢踏声，这是一个种群归巢的声音，她们从这里的龙蛇混杂走入工体的奢靡繁华。在北京她们被称为果儿，年轻的就叫尖果儿，年纪大的则叫苍果儿。这座充满诱惑的都市里有太多关于果儿的故事与事故，青春易逝，韶华易老，除了纸醉金迷就是烟华满目。

02 跑调的生活

有时候人在江湖漂就得耐得住寂寞，

吞得下泪水，

把自己坚强的一面拿出来给别人看，

把脆弱的自己藏起来扔在被窝里。

1.

有太多人对写作充满好奇，我少不更事那会儿也觉得当一个作家特别牛逼。我曾经做过这样的梦，背着一台笔记本电脑勇闯天涯，每到一座城池都安营扎寨一小段时间，认识一些人，认识一些姑娘，和她们发生一些故事，然后再把这些故事用文字记录下来，像极了武侠小说里仗剑走天涯的侠客。

而等你真正接触到这一行后你才会知道现实残酷得一塌糊涂，之前的梦都在本末倒置，那是大文豪才有的生活，而我们都是些小作者，如果非要按照侠客精神去走，极有可能半路就饿死了。更可悲的是，就算真的横尸荒野依然不会有人知道你是谁。所以这个时代出名太必要，出名后你的话全是真理，放屁都是，反之你说的任何真理都是屁。

现在工作室的重点都在《一万个男朋友》这本书上。其实最早的时候这本书是叫《一万个女朋友》的，综合讨论下来，觉得换成男朋友更有看头，毕竟大众喜欢看荡妇胜过看种马。世界太乱，平民太多，妻妾成群离生活太远，但人尽可夫却引人入胜，反正你都那么多男人了，不差一个我。

冯总的目标定位在三线城市和农村，这些地方生活节奏慢，大家的娱乐活动也相对单调。生活一旦单调了，那除了吃喝玩乐四门功课就再无其他。到时候书一到，肯定能在当地引起大规模的意淫。冯总还说现在青春风潮泛滥，动不动就上床、打胎，没打过胎你算什么青春，大家爱看。他只是把这部分内容萃取出来强化了一遍，一次性让你看个过瘾，打一次胎不够，就打十次，换着花样打，多精彩。老四鼓掌说冯总的创意好，老二说最好加点鬼孩子寻亲的恐怖桥段，老五就说恋爱的部分最好要纯美一些，不要太过赤裸，否则就成了黄书。

我很纳闷，难道就没有人质疑这里头的科学性吗？这刮宫又不是刮奖，还有“再来一次”的说法？

晚上我躺在出租屋的床上，望着如月球表面一般的天花板构思着书的框架。这次与以往不同，冯总要求每个人回去都单独写，他择好的出。我想起了早年投稿的经历。

从大三的时候，我就开始在网上搜各种的投稿渠道，也不是没有尝试过网络文学网站。网文如跑马拉松，大家从一个起点出发，有一大半可能在中途就累得放弃了，可终有人会跑到终点，在网文的世界里没有精神可嘉这一说，冠军只有一个，那些跑得半死坚持到终点之人的下场与那些跑了两千米就坐计程车回家睡大觉的人并无异，想想都残酷。

另外的一条路就是给各出版社投稿，这又好像参加一场选秀，从海选到复赛，从复赛到决赛，每个阶段都坐着不同的导师。能否晋级下一轮都得看你是否能遇上对胃口的导师，运气好的遇上了也许就出书了，运气不好的海选可能就早早地淘汰了。我就是后者，我一直这么认为，不是我自己不行，而是编辑没眼光。

当然出书并不是终极目标，走红才是。我在冯总这也出过些乱七八糟的跟风书，但我的生活质量并没有因此得到改善，我依然住在胡同里，夏天空调都舍不得开，房东是我目前最大的敌人，一个糟老头子，一间破房子，桎梏了排山倒海的我。

老五有时候会打电话过来和我聊稿子的事，他总说工作室里只有我文笔最犀利，他是我的头号粉丝，更没溜儿的话是他进公司完全因为我。我说拉倒吧，甭跟我这装瓷器，你小子比我早进公司。

老五寒暄一顿后自然会把话题引到书上面来，他说自己写到一半有些乏力，觉得自己阅历还是太浅，校园以外的事他一概不懂。我说写作靠想象力，我对打胎也没什么阅历，更没在妇产科实习过。我觉得老五已经很了不起了，我空有一身阅历，可才写了两千字就写不下去了。对于这种灵感的枯竭，我认定是自己抗拒题材。这有点像别人强迫你和一个不爱的姑娘结婚，自然不可能幸福，但此事还有个前提，姑娘是有家底的，那这个问题就不简单了，毕竟现在认为爱情无价的人太少。

2.

刘芒最近迷上了刀塔，也不出门为人民群众丰富文化生活去了，有事没事的就往我这跑，吵吵着要去附近的网吧里玩通宵。他是初学者，有着与所有初学者一样的臭毛病，喜欢无脑送，我跟他沟通也有障碍。障碍主要还是在改建上，他用的是 QWER 的键位，而我用的是传统键位。不知道为什么似乎传统键位玩家都十分鄙视非传统键位的玩家，我曾经很努力地去思考过其中的缘由。后来得出的结论是，难度决定层级落差。什么意思呢？就是明明能够简单完成的事情，有人用更难的方法去达成，而且还自我感觉比容易者层级更高，于是自带背光的摆出架子来。再通俗点说就是，一条臭水沟，小王轻松跃过，而小李则一个前空翻跃过，小李就会说小王啊，你还是有待提高啊！哪怕小李掉沟里了，他一样会拍着小王的肩膀说，小王啊，要勇于挑战难度啊！

刘芒在刀塔里越陷越深，就像我当初接触它一样。那时候刀塔还没有独立的引擎，只是冰封王座里的一张地图。那时候我大学毕业，生活一片迷茫，父母给我找了个外贸公司实习，每天的工作是保洁。外贸公司在杭州黄龙体育馆附近的一家写字楼里，很不吉利的十三层。公司里的业务员听说我是外贸专业毕业的就跟见了来抢屎的狗一样，连发传真和复印文件都是亲力亲为，生怕我从中学到半点技巧，从而星火燎原，一发不可收拾，成为销售小能手。

那时候我每天都用啫喱膏将头发弄成“二阶堂红丸”的模样，踩着一双跟大门五郎同款的木屐，戴着夜市上十块钱买的塑料耳钉整天在公司傻坐着。这是一种纯粹意义上的傻坐，与打字机和样品柜融为一体，有时候坐呆了，不知道的人都以为我也是一件准备寄给老外的样品。

我在角落里看着他们，有的在敲着键盘给客户写全英文的邮件，有的就在网上跟人聊 QQ，还有的开着阿里巴巴的网页实则是为了给玩游戏打掩护。我不是霍元甲，不会偷偷地躲在树后偷师霍家拳，我对业务毫无兴趣。倒是那个家伙玩的游戏很吸引我，他是个来自武汉的小伙子，比我大两岁，叫许可。很快我们就成了朋友，经常以跑工厂的名义去网吧，那个年纪的我们特轻狂，事业永远放一边。

许可跟我说："上班真是无聊，玩玩刀塔，夏天很快就过去了。"我十分赞同，在杭州拿着一月 500 块的薪水跟着许可玩了整一个四季。许可全公司业绩倒数第一，我来了之后他就成了倒数第二，因为我根本没业务，何来业绩。钱对我们来说是大问题，这时候公司刚好要采购一批电脑，老板让我去跟进这事。许可说吃回扣的机会来了，一台电脑要 300 的回扣不多，反正老板是个硬件白痴，不懂这些，更没工夫去查。我于是照做，非但如此还问人要了两个 3.0 的微软鼠标，我和许可一人一个。我说好了，这下如虎添翼了！

那年的广交会，全公司出动，那还是我第一次去广州。一路上同事们都在侃大山，说广州早年可乱，火车站有很多飞贼，看到有戴着金银首饰的人，上来就抢，还有更凶残的直接剁你手。广州站外有不少摩的，见到旅客就跟土匪一样冲过来冲你喊白话，不明真相的真以为是来抢包的。老板鸡贼，我们的酒店在三元里附近，我对这个地方的了解还停留在历史课上的三元里抗英事件。路上销售经理又跟我说，这里比车站还乱，有比飞贼还厉害的飞车党，所以看到摩托车尽量避开点。

到了酒店，我站在窗口看着外面闪烁的霓虹，有些惶恐。广州那一刹那在我心中俨然就是罪恶都市的即视感，仿佛我踏出酒店一步，从街道的另一侧就会涌出一片黑压压的人，手里都拿着砍刀和土铳冲向我，人群的身后是不断的爆炸与火焰，场景里全是女人的尖叫和孩子的啼哭。一只看不见的手，突然从后面抓住了我的肩膀，我心想妈的完了，完了，他肯定会轻易地拧断我的脖子，然后在我的尸体上撒尿，在我脸上灭烟头。

我身后的人说："上网去。"我转过来看到了许可。

"不去了，外面太危险了。"我还在忌惮这座城市的威力。

"别听他们瞎说，这里安全得很，都什么年代了，你要相信政府。"

我信了许可的话，他带着我穿过一片闪动着撩人红灯的烟花之地，他说这在广州都不算事，你是没去过东莞，那里更多。

"你去过？"我问。

"我听说的。"许可回答。

走了快半小时，终于找到一家小网吧，里面一片祥和，大家看起来都那么志同道合，我和许可开了两台机器坐下来，一直玩到天亮。清晨从网吧里走出来，呼吸着无比潮湿的空气，在路边吃了豆浆和油条。我说怎么广州也吃这东西，我看香港电影里不都是去个茶馆里喝早茶的吗？叉烧包的笼子能摞到半人高，还有蛋挞和烧麦。许可说你傻啊，早茶都是些闲人喝的，咱们哪有工夫品那个，再说这才几点，吃个饱赶紧回酒店，明天还要去会展中心呢。

公司做的是传动件，就是链条、皮带轮之类的。在偌大的广交会人流里我们属于“麻雀”，所谓麻雀说的就是没有自己的展位，整一包，包里放着公司的样品册，看见老外就上前跟人聊，然后把样品册掏出来给人家，册子上面用订书机扣上老板的名片，反正老外如果对你产品有兴趣，就会把自己的名片递给你，这样回去就可以给他发 E-mail 了。那时候有不少这样的麻雀，胸前挂着参观者的牌子混进来，看到老外就把胸牌一摘，厚着脸上去套近乎。保全一般懒得管，只是到了后来这种情况泛滥得太厉害，这才有了“麻雀捕杀计划”，现如今甭管什么展会都抓麻雀，一经发现立刻驱逐出馆。

许可有特别的偷懒技巧，这是他的第三次广交会，来的时候随便晃荡个一小时，然后就到安全通道里去睡觉，睡醒了把样品册丢一半，再跑去一些传动件的厂家拿点名片，到时候好交差说虽然没有拿到客户的名片，但和厂家聊挺好的，产销一体嘛，作为中间商，生产环节也还是需要的。我特别佩服他这一点，他就是我那一段时间最崇拜的人，不但刀塔打得不错，而且心眼也要得不赖，这种人将来一定大有作为。

那一次的广州之行带给我的最大收获就是，我学会了跳“刀”躲“锤子”，这是我刀塔上的一大进步，也是我人生的一大退步。回杭后的第二月，许可被炒了，原因是他一次报价失误，把到岸价报成了离岸价，直接导致公司亏损了近 10 万元。我还记得那一天我坐在许可的工位上，老板就站在我身后，语重心长地对我说：“年轻人，做生意没有什么窍门，细节决定一切，好好干吧。”

3.

我在刘芒身上看到了当初自己的影子，只不过我不是许可。我对刘芒说：

“你现在天天玩游戏，别把你的梦想忘了。”

“忘不了！”他盯着屏幕说。

“我觉得你老去天桥下唱歌也不是个事，跟要饭的一样，你咋不去找个酒吧驻场，收入还好点。”

“你不了解行情，北京稍微好点的酒吧都被乐队占着坑呢，差的酒吧收入跟天桥差不了多少。”

“那你就不能组个乐队啥的。”

“你说组就组啊？上哪找鼓手去，还有贝斯和键盘，摇滚标配，不好找。就算真找着了，你还得有点名气，这年头谁都有名字，可不是谁都有名气。”

“那不然你去参加个把选秀，说不定……”

“那都是黑幕，潜规则懂吗？我倒是愿意，可人老师不愿意潜我啊。”刘芒马上打断我。

“其实我想过了，这半年我把刀塔玩精了，先在这圈子里弄点名堂出来，然后再去参加那 Imba TV 的‘游戏麦霸我最 6’，两全其美不是。”

“可你不能每次都拉上我，我还得写书呢。”

“你这手速，敲个万把字也就一小时的工夫，不耽误。”

我无言以对，对于写作刘芒也是外行。在外行人看起来很容易就把写作和打字混为一谈，这完全是两个概念。以前上学的时候老师教过一句话叫“读书破万卷，下笔如有神”，这就是一个谬论。我认为读书的多少并不能完全决定运用知识的能力，从小到大咱们也读了不少书，反正没有下笔如有神助的事在我身上发生过，更不用说在创造文字方面了。写作不是单纯的摘抄与默写，它是有生命的东西。创造生命是一个烦琐的过程，需要写情书、请吃饭、看电影、结婚……受精卵、破羊水、分娩这些伟大的词牌堆积而成。刘芒的说法太流氓，他是把创造生命与打飞机混淆了。

我和刘芒的作息基本与美国接轨，晚上在网吧里混着，白天别人起来，我们躺下。这一躺就得躺到下午三点，起来后到经贸大学附近找点食对付下肚子，然后我回去写《一万个男朋友》，刘芒背着吉他去天桥下为人民服务。有时候想想刘芒玩刀塔总比玩姑娘好，至少玩刀塔玩不出性病来。

刘芒也有不少牢骚，说现在什么行业竞争都忒激烈，他常去的那天桥最近来了一姑娘，尽抢他生意。他说现在的人就是重女轻男，大家都是卖嗓子的，凭什么就往她琴袋里扔钱，唱得又不好听，跟他妈野猫叫春似的。

过了没几天，刘芒牢骚更大了，说又来了个卖盘的，还整一大音箱，放的都是些乱七八糟的口水歌，深受大妈们的喜爱，说是什么广场舞的好素材。这大喇叭一开，真飚不过，喉咙都快喊出血了，看来人类还是无法战胜机器啊。我就劝他要不就换个阵地吧，以前不常听说西单不错嘛，还有个姑娘在那出了名呢。刘芒说不行，还是得把刀塔玩好，他决定了，唱歌的事先放一放，全心全意地打游戏，这年头没点名气真混不了世道。

“不是我打击你，那 ImbaTV 邀请的可都是职业选手或者解说，你一臭草根，人有病找你啊？”

“那小爷我就当解说。”

“你唱着解说啊！”我没好气地说。

“说有什么难的呀，谁谁谁杀了谁，谁谁谁又被谁杀了，跟读稿子似的。”

“你这人吧，就是把什么事都想得太简单了。”

“你这人吧，就是把什么事都想得太复杂了！”刘芒使用反弹技能。

4.

我作为土生土长的南方人，倒没有特别不适应北方的气候。以前总是在《新闻联播》里看到北方飘着大雪，一脚踩下去膝盖那么深。我爸说他年轻那会儿在吉林当兵，零下三十多度，撒泡尿到地上都能碎了。我觉得难以置信，还专门拿这段子和同桌掰扯，说北方那个冷啊，尿出来就马上冻上了，得掰断了当梭镖丢出去。同桌好奇地问：“那拉屎呢？”我就凭着自己的想象力杜撰说：“那自然也是要冻上的，所以北方人民解大手从来不用手纸。”

现在回想起来也是可笑，真到了北方才知道，这根本也没冷到那种程度，室内还供暖，说实话比南方舒服太多了。南方的冬天才真是噩梦，特别是老天不给脸下场不大不小的雪，雪里夹着雨，根本积不起来，哪怕真积了起来，隔天也就化了。满城的潮气劈头盖脸地笼罩下来，一下就攻破羽绒服的防线，直达胸腹。

现在北京已入了秋，秋凉起得早，供暖还遥遥无期，就有点像杭州初冬刚至时候的味道，然后，我感冒了。也许只有在一个人生病的时候那种孤独和落寞才是最强烈的。我一个人躺在小屋的床上发着烧，刘芒坐在不远处用我的电脑看刀塔比赛，不时咋呼一阵。

我身处异乡，无房无车无存款，生着病，发着烧，身边没有一个姑娘为我熬药煎汤、嘘寒问暖，我感觉从头盖骨到脚底板都是凉的，而我心更凉。我特别想哭，但是又不能哭，不然被刘芒看见准笑我没出息。有时候人在江湖漂就得甘得住寂寞，吞得下泪水，把自己坚强的一面拿出来给别人看，把脆弱的自己藏起来扔在被窝里。

比赛间隙，刘芒走过来看了我一眼，说："哥，没事吧，看你脸色不好。"

"有事，老子有病。"

"要不要帮你叫救护车？"

"没听说感冒叫救护车的，你看你的比赛去。"

"那你好好休息，我过一会儿再来看你。"刘芒熟门熟路地拉开我的床头柜，从里面拿了包中南海出来，风一样地跑回电脑前坐下。

我感到自己意识模糊，我感到自己快要死去。

03 有刀塔，不兄弟

人果然只有在失去某样东西的时候，

才会明白这东西对自己的重要性。

分手的情侣如是，

走散的朋友也如是。

1.

说起来感冒病毒最多只能在人体内存活一星期，时辰一到它们的生命就到头了。世界上有不少稍纵即逝的小物种，生命周期或长或短，人们用它们来编造浪漫的爱情童话，骗姑娘。我听到过的有一种叫蓝色眼泪的东西，散布在印度洋的珊瑚海上，入夜的时候，你就能在海滩上看到它，闪烁着紫蓝色的光，如果聚集起来能点亮整条海岸线，特别美。这东西其实是种单细胞的浮游生物，靠海水的一种能量生存，但是随着海浪被冲上岸时，离开海水的蓝眼泪只能够生存不到100秒。随着能量的消失，蓝眼泪的光芒失去，它的生命也就结束了。这种由生至死的过程，加上炫美的光影特效，随便借代一下，都是篇关于爱情的小酸文。

能配得上这种酸文气质的主角，自然是那种鲜肉，一身纯白，钻石耳钉反射着月亮的光芒。女主要韩版一点，眼睛自是不用太大，嘴唇也不能太厚，头发要长，要直，这样海风拂过，头发飞起来的样子才好看。两人或面对面站着或背靠背坐着，大背景是整片蓝莹莹的海岸线和海浪的声音。

男主说："茫然走在海边，看那潮来潮去，徒劳无功想把每朵浪花记清。"

女主噙着泪，摇摇头说："想要说声爱你，却被吹散在风里，猛然回头，你在哪里？"

男主重重地抱住女主呐喊："如果大海能够唤回曾经的爱，就让我用一生等待，如果深情往事你已不再留恋，就让它随风飘远！"

这种酸文我见的多了，都是老五最擅长的，他写文章差不多就这德性，跟以前那种盗版卡拉OK金曲的风格相近。我生病的日子尽想这种乱七八糟的东西，都第十天了，我身体里的病毒活得比我还健康，没一点要死的迹象。我甚至想病毒是不是也通人性，在意志坚强的人体内它们就坚强，在意志薄弱的人体内它们就薄弱。像刘芒说的，他感冒睡一觉醒来就好了。

他建议我去胡同口的小诊所里打吊瓶子，说那玩意儿管用，两瓶下去就药到病除。我听了他的话，靠着凶猛的抗生素击败了顽固的感冒。其实当医生挺简单的，能用抗生素解决的都用抗生素，不能用抗生素解决的就动手术，如果手术都不能解决，就让家属准备后事吧，咱可尽力了。

2.

大病初愈，我开始总结自己。首先是作息问题，黑白颠倒，日夜不分，三餐不顺，就差月经不调了。其次是缺乏锻炼，一天有十几个小时都坐在电脑前面，不是玩刀塔就是写书，其实哪怕不玩刀塔不写书，我也要坐那儿欣赏 Windows 的桌面，否则干吗呢？最后归根结底我觉得还是刘芒这个朋友没交好，说不出具体原因，就是感觉交友不慎。

于是我决定天好的时候就去附近的经贸大学打篮球，一来可以锻炼身体，二来说不定还能找个女朋友。在球场上我精通各种耍帅的技巧，胯下、背后、拉杆、后撤步，再加上我的不看人传球，往往都是自己帅得要死，队友狼狈地在场上飞来飞去救球。但这并不重要，姑娘爱看，装逼到一定境界后自然就牛逼了。当然装逼也是要装备的，我在网上淘了个发带，15 元，绿色的，凯尔特人皮尔斯同款，再加俩 45 元一对的大红护臂和印着 24 号的紫金战袍，这噱头简直没谁了。

出门碰上刘芒，他正背着琴准备卖唱去，迎面见到我吓了一跳，说："嘛去啊？整的跟胡萝卜炒鸡蛋似的。"

"制霸经贸。"我豪气地说。

"哎呀妈呀！你啥时候制霸东单啊？"

"就在不远的明天！"

这里必须要说明一下，北京有个"日落东单"，一群好打球的野孩子大晚上的爱去那耍，这文化有点沿袭太平洋彼岸的洛克公园吧，同时也代表了京城野球的最高荣耀。这两年北京的篮球文化膨胀得厉害，可能跟马布里来了后给这座城市带来三座总冠军有点关系吧。当然多数的北京人对国安更具感情，虽然这些年工体给中国人民奉献了无数的耻辱，但如果我是北京孩子我可能也会对国安充满热情，这是一种地方情怀，土生土长，绝不动摇。

经贸球场上打球的人不少，估计是因为今天是周末。我已经对日子没有任何概念，我想这是自由职业者的通病，没有时间概念，没有日期概念，甚至不知道现在是几月，哪一年。能分辨的只有饿了，或者是冷了，再要么就是困了。

我一进场就立刻成为了焦点，在我预料之内。我这身装备撞色撞得这么厉害，很难不被大家关注，很快我就成功地混入了一个小分队，进入备战模式。院校篮球不比街头篮球，都是打半场，4 对 4。半场篮球我有经验，精髓就是单打，总之别太把队友当回事就行了，加上我穿着 24 号球衣呢，更不能传了。当然在拿球后要先跟队友交流，野球场上最直白的交流就是和队友说两字“拉开”！

防守我的是一个矮壮的小胖子，我开始在他面前花式胯下运球，他跟着我的球路时左时右，足足有一分钟。小胖子烦了，站直了说：“大哥，你到底过不过？”我一看时机来了，重心一沉，猛地加速，球砸在自己脚面上弹出了界外。我很尴尬，我觉得是自己老了的缘故，这种“消失的运球”换作年轻那会儿肯定不可能出现，依我的爆发力绝对是中国版的威斯布鲁克，岁月不饶人啊。

攻防转换后，换了小胖子攻我，他一个突然的飞冲肩，差点没把我早饭撞吐出来。我最烦这种野蛮人，不潇洒也不讲究技巧，全靠一身里脊肉打球，却拿他一点办法也没有。小胖子单打了我 4 个，全进了！队友问我要不要换防，我说不用，在野球里还有一招经典的防守，总结下来就三个字“放他投”。于是我放了，他投了，球进了！我觉得这种球员真是讨嫌，突破的时候挂你身上，你跳不起来，他抬手就是一个，放他两步他就扔，全他妈空心。这一下午打得郁闷至极，没赢一场，到了后面队友索性也都不传球给我，自顾自玩。更丢人的是我还被小胖子一个变向晃崴了脚，搞得半个场地的同学都嗨炸了。好歹老子也是带着一身主角光环来的，最后成为了黑白色的背景，怎一个落寞了得。

3.

我一瘸一拐地回到住处，有些难过，并不是因为输了球，崴了脚，而是觉得自己老了。不吹牛皮地说，高中的时候我还是校队的主力小前锋，特别能跳，用当时队友的话说我是在三楼打球的人，都跟他们不在一个楼层。再看看现在，除了心脏还能跳，没别的了。

我心情很差，看喜剧都笑不出来的那种差。上网玩两盘刀塔吧，又跟石头闹了别扭，我和他玩经常闹点小别扭，只是这次的别扭闹得比较大。他这人较真，我这人心不在焉，其实冲突主体并不完全是我，而是我拉来的一个网上的朋友。

这个朋友叫小 5，一起玩刀塔算起来也有个五六年了吧，年纪和我相仿，可能还小点。以前水平凑合，这不都工作两年多，游戏玩得少了，水平是雪崩一般。石头像大哥一样带着我，我像大哥一样带着小 5，玩了两盘，小 5 加起来死了有 50 多次。石头哥不干了，打电话过来问："你这朋友哪里的？跟你有没有血缘关系？"

我说："没有，就网上一朋友。"

"这么菜玩什么刀塔，你让他玩泥巴去，就说我说的。"

"不太好吧，毕竟认识挺久的。"我是个老好人，不喜欢得罪朋友，哪怕是网友。

"你这个人没一点江湖义气，算了，我跟燕姐去玩了。"

燕姐是石头最近刚加的一个武汉妹子，打得很一般，但姑娘的脾气却不一般。上来就随机，随机出来不会用的英雄就问石头要不要换，石头说换！你要玩什么？燕姐说你随机！随机钱多。我猜燕姐在现实生活里一定是个爱贪小便宜的人，在游戏里随机出来这点零钱她都看得那么重。反正我是不喜欢和燕姐一起愉快地玩耍的，嘴太碎，从头到尾说个没完，还爱指挥，且比石头还瞎。这种女人娶回家不家暴都对不起自己这一膀子力气。为这事我还专门问过石头，问他到底看上燕姐什么了，石头的回答是会玩刀塔的妹子不多，挺难得的。我说燕姐不适合你，你看她头像上的照片，颧骨突还是个下三白眼，这么经典的克夫脸500年才出这么一个。石头说真是啊，听燕姐说她之前的男朋友就老打她，命特别苦。

但说归说，石头从来都没抛下过燕姐，也不知道他到底抱以何种目的，也许是太无聊了，我不常在线，石头又不常上班，赶上燕姐这个无业游民，多少是个伴儿。

之后的事情就有点巧了，我和小5居然匹配到了石头和燕姐成为了对手。这种概率有多小？我数学不好，算不出来，马虎着估计跟中彩票差不多吧。这可能是上天故意安排的一场战役，而我带着小5赢下了这场不该赢的战役。我没干别的，就抓着燕姐杀，我了解石头，他肯定要来救驾的，那刚好顺带着一块灭了。

比赛结束后，石头没有打电话给我，而是在游戏里私聊说："玩得不错啊。"

我贱贱地说："哪里哪里，都是你和燕姐的衬托。"

然后，我就被拉黑了，这是我没有想到的，我没想到石头会真的生气。我和他认识十几年了，当年一身热血，到处惹是生非，不知道打哭了多少三好学生。遥想那年高中，"石一脚"声名鹊起，一脚爆了某同学的脾脏，无数崇尚暴力的不良少年为他马首是瞻。这事我从高中毕业一直说到大学毕业，石头总说往事不要再提，社会和谐最重要。

我还记得那年暑假，天热得过分，暑气到了晚上都阴魂不散，夜排档上所有人都面露焦躁，气氛躁动的只有打一场规模宏大的群架才能平复。然后不知道是什么原因，我们就和隔壁桌的醉鬼干了起来，石头被人劈了一刀，这一刀正砍中他的左脸。复原后留下了一个"J"形的疤，后来大家逗闷子都叫"石头J疤脸"！

我给石头打了电话，他没接，我又发短信给他道歉，他也没回。我是用尽了所有的联系方式，他通通沉默，我无比自责，因为一场不重要的游戏，我失去了一个陪我走过青春的老友。原来友谊可以这么脆弱，我们可是当年刀光剑影，叱咤风云的好兄弟啊。如果他是陈浩南，我就是山鸡啊！在任何时候，心爱姑娘的离去，铁血哥们的反目都是难以自愈的。人果然只有在失去某样东西的时候才会明白这东西对自己的重要性，分手的情侣如是，走散的朋友也如是。都说无兄弟，不刀塔，可怎么到了我这，就成了有刀塔，不兄弟了呢？

4.

我瘸着脚下楼去买烟，这人心情一不好就费烟，世界上心情不好的人多了，难怪烟草商都发了大财。以前我买烟都是整条的买，自从认识刘芒后学聪明了，就买一包，抽完了再买，我想要是香烟能一支一支买该多好啊。

费了好一会儿才挪到二楼，二楼一户人家房门开着，里面乱得跟来过贼似的，胸罩、睡衣、内裤丢了一地，我心想这姑娘日子过得还不如我呢。我好奇地探头往里张望，嘿！堂子中间坐着一大美妞，正哭着呢。我这正义感浓度瞬间就上来了，扶着墙进去问："美女，怎么了？"

美女抬头看了我一眼，嚯！睫毛膏都哭化了，两条黑流子挂脸上，瘆人得很。

"家里遭贼了。"姑娘打着哭腔。

"啊？没少什么值钱东西吧？"

"就没给剩下什么值钱东西。"

我找了个凳子在她对面坐下，安慰道："你也别太难过了，钱财身外物，人没事就好。以后可得留个心眼儿，咱住的这房子都是上古建筑了，只负责遮风挡雨不防贼。"我环顾了一下又指着门说："你看这小破门，放个屁都能进来！我给你支个招吧，明天你找个师傅来给你在门后脸钉俩生铁环，这房子一道锁不够，你再买个链条锁绕着铁环扣上，这就安全多了。"

"你们家也这样吗？"

"我们家比贼他们家还穷呢，贼也是有客户细分的，最爱偷你们这种单身姑娘。我一会儿给你留个电话，要帮忙随时使唤声，我就住楼上。我跟你讲，不怕贼偷就怕贼惦记。"话刚说完，姑娘就把手机递了过来，我都佩服自己，几句话就要来了联系方式。其实从姑娘的打扮看就是一尖果儿，白天蛰伏，晚上出动。尽往三里屯工体的酒吧跑，穿着暴露等着富家公子上来搭讪，收入就不好说了。不过她们的钱也来之不易，全是卖青春赚来的血汗钱，被贼扫荡一空，伤心是肯定的。

我站起来在姑娘房子里晃了一圈，居然惊奇地发现，她床头还有一个书架，上面放了不少书。这可不是什么没营养的时尚杂志，是一些经得起考究的纯文学读物，我瞬间对她肃然起敬。现在看书的人太少了，我就不看书，虽然我写书，但我真不太看书。我从书架上随手取下一本《双城记》，扉页里是她用红色圆珠笔抄下的经典之句："这是一个最好的时代，也是一个最坏的时代。"

"你还看书啊？"

"嗯，你喜欢可以拿去看。"

"不用，我不怎么爱看书。"我笑着回绝了。

说实话，我是害怕喜欢阅读的人，一跟他们说话我就像一个白痴，苍白无比，我所有的内涵是所有人都能脱口而出的对世界最通俗的认知，像心脏在身体的左边，春天之后是夏天。我觉得喜爱阅读之人的一小时就是我的一生，我真的害怕喜欢阅读的人，尤其是还在阅读的人。

姑娘洗好脸，出来跟我聊了会儿，她似乎已平复了许多。她说她叫万伊，长春的，高中毕业那年来的北京，在这混了也有四年多了。说是在酒吧上班，姑且当真的听吧，这种时候给人拆穿了挺没劲的。

更难以置信的是万伊还在自学英语，太上进了。这有点让我无地自容，我大学的专业跟英语好歹也挂着钩，如今当年学的那些东西都塞进漂流瓶丢海里去了，估摸着都该漂到北冰洋了吧。可话又说回来，学了这些又有什么用呢，那些有钱的富家子弟只想跟你交配，又不跟你交心。他们自己可能都没什么文化，除了会花钱什么都不会，估计连泡妞的话都有模板套，你指望他们能说出什么有深度的东西来？现实就这么残酷，世道就这么不公平，肤浅并快乐着，谁让人家有钱呢。

我陪着万伊聊了一整夜，说各自的家乡，说各自的青春故事。其实我也不是非得跟她聊，我算是体会到了蹭人烟抽的快感，而且万伊这还都是好烟。我说刘芒怎么那么爱到我这来玩呢，感情抽别人的流汗，抽自己的流泪啊。另一个原因是我自己心情也不好，赶巧了大晚上的还能遇上个倾诉对象，又是个漂亮姑娘，苦水都能品出甜味儿来。

万伊其实聊得累，她也有她的无奈，这门锁给人撬了，半夜的上哪找锁匠去。可这门敞着也不是个事，丢钱就够倒霉的，万一再碰上个流氓跑进来劫个色不得郁闷死。估计她也就是看我人还不错，索性拖着聊聊人生，谈谈理想。

第二天我下楼买了些早点，万伊说最爱老北京的豆汁加油条。看来北方人的口味就是相似，作为南方人的我刚来北京那会儿倒是去见识了这道独特的地方风味，实在是不习惯。杭州早餐没啥特色，都是馒头包子这种烂大街的东西，唯一算得上有点别具一格的可能就是干拌面了。把面下到沸水里煮个一分钟，捞出来搁碗里，然后放两勺酱油，撒点葱花，最后取一勺滚烫的猪油浇上去，“嗞”的一声就算完工。拌的过程你得自己动手，杭州个体户大多没有为人民服务的概念，面得赶紧地拌，否则凉了就成了团，味道全串了，一半齁咸，一半忒淡，老杭州叫这“拌川”。我一直不太理解为什么杭州要把面叫“川”，难道说“川”字从象形上来看像三根垂下的面条吗？比如“片儿川”，你不说谁知道这也是面？很多外地人到了杭州都会问上一句：“这片儿川是啥？”其实这就是加了笋干的雪菜面而已。

万伊就着热腾腾的豆汁吃油条，我则就着白开水吃油条，体现着南北差异。我说再过一会锁匠就该起床了，这天色也亮了，星星也暗了，聊了一夜，我也累了。

万伊说：“我还不知道你叫什么呢。”

我伸了个懒腰，回答说：“就叫我雷锋吧。”

万伊嘿嘿地笑了。

04 流光容易把人抛

人人都是变色龙，

随着环境的变化而改变着自己的颜色，

变色的过程并不受主观意识控制，

本来还黄黄的，

不知道什么时候自己就绿了。

1.

我是个睡眠质量奇差的人，睡眠这东西是有遗传的，我妈睡眠就不好。我在外工作的那几年她老人家更年期，吃安眠药都无法入睡，天天想着自杀，我放心不下就辞了工作回老家陪她，然后想自杀的人就变成了我。我不知道有多少人会有和我一样的心情，觉得母亲年纪越大越唠叨，会误以为女人上了年纪就爱说话。其实不然，小时候你被子没叠或者摔了东西，你妈上来直接打，哪来那么多的废话。只是后来你年纪大了，你妈也打不过了，只好靠嘴说，毕竟你又不能打她。

我妈有洁癖，而我有不洁癖，我们两个人的冲突永远在一些琐碎的事情上。曾有一段时间我特别想纹身，我妈说你要去当流氓吗？还有一段时间我特别想留长发，我妈说你要去当流氓吗？即使赋闲在家玩刀塔的时候，都得偷偷摸摸的，万一给我妈看见，她又要说，天天玩游戏你能有什么出息，将来只能去当流氓！她就是如此，把任何她所能理解的不务正业都视为去当流氓的动机，可正业是什么呢？反正我就不知道，迄今为止我唯一认可的流氓只有石头，但人家现在杭州搞教育。你都不敢想象那个画面，一个身材有些走形的中年初段男人，脸上带着“J疤”的图腾，浓郁的江湖气息在四周弥漫。那是个搞速记培训的学校，反正我是不了解速记，也许真的能开发智力，提高学习成绩，谁知道呢。现在大家也都习惯了不以貌取人，石头不说也没人知道他以前踢爆过别人脾脏。

在家的那段日子是我人生中最痛苦的经历之一，这痛苦一部分来自我妈的唠叨，另一部分来自自己的迷茫。我太向往自由了，我也不是没想过偷了存折就两眼一抹黑的走南闯北，最终也没成行，胆小呗。我来北京从事写作，父母也是极力反对的，他们的愿望是让我在我们家那小地方考个公务员，安安稳稳地过一辈子，因为一辈子太长，朝夕太多，你得早涝保收，这样他们心安，从而让你也安心点。

我们家那地方是个小城市，小到新开了一间不大的酒吧，走进去，卡座上要么是你的初中同学，要么是你的前女友。可能你会惊奇地发现你的初中同学正抱着你的前女友，但你前女友的现男友又是你的高中同学，总之时空太小，关系太乱，捋不过来。公务员是我们那最吃香的职业，因为好找媳妇。小城市大多结婚早，因为地方小，人际网不茂密，再不早点结婚，你会发现自己现在找的都是别人找剩下的姑娘，所以得赶紧的将其占为己有，断了念想。

我总共参加了两次公务员考试，报的都是法警。我爸说法警好，不像交警整天在大马路上吸尾气，只需要开庭的时候在犯罪嫌疑人旁边杵着就行，跟罚站没区别。他还说罚站你应该是有经验的，从小学到高中你没少罚站。第一次公考我被体能测试的引体向上给刷下来了，我还记得当时我爹那双充满惋惜的眼睛，我能理解老人家的感受。第二次我顺利进入了面试，运气不太好，是所有考生中最后一个出场的。当时在我面前有一排考官，正当中的是个平头，问题是如果你是个乡村的基层公务员，为了丰富村民的业余文体生活会有什么提议。我想都不想地说："信息时代日新月异，农村一直都是文化死角。如果我是公务员我首先会鼓励村里开网吧，让村民以一种新的视角去获得资源。从商业的角度来说，政府扶持一些农户在网上卖特产，建立新的产销渠道，给当地经济的发展添砖加瓦。从娱乐的角度来说，网络上庞大的衍生娱乐也能极大地丰富村民的精神文化需求，特别是一些对抗性比较强的电竞类游戏，像 CS、刀塔等，能让大家在劳作之余体会虚拟对抗的乐趣……"

反正我是觉得自己说得不错，但并未打动考官，也许他们骨子里就对网吧没有好感，总之分数不理想，我再次没能完成父母的愿望。我睡不着的时候经常会想这些过往，想我妈，越想越睡不着。这是一种很奇怪的情怀，离家远了就会想家，在家呆久了又会想外面的世界。

2.

刘芒最近另辟了财路，开始去夜排档唱歌，他说这是化被动为主动。以前在通道里唱歌都是自顾自地唱，别人觉得你顺眼就给你丢几个小钱。现在不同了，你是主动上去跟人说，老板点首呗，贼便宜，十五块一首。你是不知道，爷们喝酒图热闹，你在边上喊两句，他们喝得也嗨。这一晚上下来，得有个两百块。

“你这层次是越来越低了。”我说。

“谁还不是为口饭吃，基层艺术也得有人干不是。明星唱歌拿的是出场费，我这拿的也是出场费，只不过少点而已，本质上是一样的，我不能娱乐大众，就娱乐小众咯。”

“别一套一套的。”

“这不跟你上网看帖子一样吗？虽然正文不是谁都能写的，但评论大家都能写，我看有的评论就写得蛮好。评论与正文之间其实就差一个有眼光的编辑，千里马常有，伯乐不常有，对吧。”

我看了一眼刘芒，很难相信这话是从他嘴里说出来的。看来他也并非一点思想都没有。是啊，谁还没点伤春悲秋的感慨，生活太累，懒得跟人说罢了。人这一辈子哪来那么多顺心事，谁烦了都会骂街，在骂街这事上，不存在高低贵贱之分，只是活得惨的骂的比较多，活得顺溜的骂的比较少，仅此而已。

京城的霾越来越厉害，我必须要开始赶稿了。我有很严重的拖延症，似乎做任何事都得存到火烧屁股了才会暴走。这种情况就像高中时候跑 1000 米达标，一种是全程匀速跑完。另一种是前 500 米当一百米跑，后面的 500 米基本是竞走。最后一种是前面不慌不忙像散步，等体育老师说还有 30 秒就要不及格的时候开始无氧疯奔。这种人往往没有什么自律能力，需要外界的某种精神刺激。我就属于这个种群！

“神奇四侠”中每次交稿最快的都是老四，就冲这点我们都很不满。私底下都说老四这人太锋利，他这么一闹冯总肯定对大家有偏见，也可能老四要的就是这种偏见。当年冯总那句“人少拿到手的稿费就多了，因祸得福”的话老四是真听进心坎里头去了，谁让冯总是他的偶像呢。老四是沿着鸭绿江下来的人，就想在北京五环内买套房子，他不只一次地说过只有在北京有了属于自己的房子，才算有个家，出租屋不是家。对于这点老二不服，他说出租屋怎么就不是家了，只要有爱哪都是家。

老二是我们四人中年纪最长的一个，媳妇是从老家带来的。来京多年了，一直没敢要孩子，两口子都在皇陵边上紧巴着过日子。他没啥梦想，就想趁着当打之年多存点，其实他连存款要干什么都没想好。他总是说等到时候可能就知道了，存着总是没错的。

至于我，我从小就梦寐以求的要写作，现在看起来算是圆梦了，可我认为不够。因为我觉得这和我儿时想得不太一样，梦想这东西总是会随着时间和成长升华的，谁让人的欲望无止境呢。我的理想状态是：老子想写什么写什么，你爱出不出。可现实的状态却是老子想出什么出什么，你爱写不写！多讽刺！所以人人都是变色龙，随着环境的变化而改变着自己的颜色，变色的过程并不受主观意识控制，本来还黄黄的，不知道什么时候自己就绿了。以前割舍一切，心里想的都是只要你给我写作的土壤，哪怕让我饿着肚子都行。可真的一头栽进土里，发现土的味道太不好受了，心里的想法也就变成了只要别让我饿着，你让我干什么都行。

老四交了稿，我们就倒了霉，冯总直接砍了一周的截稿时间，说是不给点压力，你们是不知道有紧迫感这一说。这些年我对写作的总结是，你压根不用去揣摩读者的心思，那都是冯总这样的人该干的事。你要做的是去揣摩冯总的口味，因为只有这样，你才有可能把你的文字从电脑里搬到纸上，这才是从虚到实的过程，才产生价值，不光是自我价值，更多的是实实在在的物质价值。

在偌大的北京城，住着太多渺小的人。在一个平行的时间点上，我坐在电脑前用尽万种才华与阅历写着别人想要的小说；刘芒背着吉他卑躬屈膝地给人递去自己用笔写好的歌单；万伊尽使百样风情勾搭着一掷千金的顽主。胡同里的大爷躺在藤椅上晒着不干净的太阳；煎饼摊子前挤满了即将开工的务工者；

夜时尚包厢里的小姐们正在和客人玩着下流的游戏；经贸大学里还有几千双迷茫的眼睛正看着天空，雾霾笼罩着一切，空气里全是孤独。

3.

十一月，当年那个跟我看法国世界杯的姑娘在 QQ 上跟我说她们单位要来北京培训，多年未见，让我尽一下地主之谊。我说写书忙着呢，没工夫。她说你忙你的，白天我培训，晚上住你那得了。我说单人床睡不下，她说没事你压着我睡，我说我胖了会给你压坏了，她说没事她也胖了，吃得住。我彻底没辙了！

说实在的，这么多年，我把这姑娘的样子忘得干干净净。她来的那天我说没工夫去车站接，她说把地址给了就行，她自己打车来。

晚上她来的时候是刘芒开的门，刘芒看了一眼问："找谁啊？"

"反正不是找你。"她很不见外地从门缝里挤进来，一起进来的还有她那红色的拉杆箱。

"女朋友啊？"刘芒转过脸来问我。

"不是……"

"过了今晚就是了。"她快速抢答。

"那……不打扰你们发生关系了，我该去为人民服务了。"刘芒自讨没趣地回屋。

我全方位扫描着这个女人，记忆库里没有一点关于她的数据。我实在无法原谅自己当初为什么会对她有那方面的想法。这是一个普通到极致的女人，圆圆的脸，单眼皮，厚嘴唇，个头不算很高，也真如她所说，胖了，不止一点。

"先洗澡吧。"她说。

"不是，我怎么感觉您是来卖淫的。"对于这样的直白，我实在难以适应，更让我费解的是她当初为什么会拒绝我。

"你把我当什么了，我是来跟你睡觉的。"

"没区别啊。"我真想抽自己两嘴巴，悔不该引狼入室，也怪我好奇心作祟，想看看时间把年少的回忆都给打磨成了何种模样。

她洗完澡开始坐在床上说北京的坏话，说大城市就是麻烦，哪儿都堵，还是咱老家好，打个车绕市区跑一圈才十五块钱。你知道我打车到你这多少钱吗？太贵了，我说你怎么住这么个破地方啊，就不能离我培训的地方近点吗，还以为你在北京混得多好呢。我解释说自己从来也没跟人说过在北京混得好，她来了劲，跟我说了半天以讹传讹的话题，说在老家都传开了，我在一家大文化公司当头牌呢，那书写出来都十万册起印。

“哎，对你有点小失望啊。”

“对不起，让您失望了。”我有点想抽她。

“算了，来都来了，全当便宜你了。”

“不好意思，我一点儿都不便宜。”我生气了。

“你看你这人，得了便宜还卖乖，当年巴巴地求着我过夜，现在人在你面前了你还甩架子。”

“你丫滚蛋！”我忍无可忍，站起来抱着她的拉杆箱就往门口扔。

“你什么意思啊，这大晚上的让我去哪啊，酒店多贵呀。”

我懒得理这娘们，拽着她就往门外推，刘芒听着声跑出来说：“什么情况，怎么还动上手了。”我用力地关上房门，她就在门外骂，说回去准把我在北京的窘迫让老家的同学都知道，还作家呢，就一屌丝。

过了一会儿，估摸她真走远了，我才把刘芒放进来。刘芒背着琴让我别生气了，说给我唱一曲。我没说话，点了支烟坐床上抽。刘芒拨响和弦唱起了宋冬野的《鸽子》。

迷路的鸽子啊

我在双手合十的晚上　渴望一双翅膀

飞去南方　南方

尽管再也看不到　无名山的高

遥远的鸽子啊

匆匆忙忙的飞翔　只是为了回家

明天太远　今天太短

伪善的人来了又走　只顾吃穿

……

听着刘芒的歌，我想起了鬼鬼。那年跨年我们去东岳山撞钟，她送了条围巾给我，说以后都不会感到冷了。我们的四周是万家烟火，天空被晃成了七彩的颜色，我们在场景的右下角，左边是没有车的街道，空气里扬着幸福的灰。撞钟的时候我许了愿，这个就是我今生今世要的女人，鬼鬼许的什么愿我不晓得，也没问，愿望这东西说出来就不灵了。不知道她现在在英国过得如何，有没有找个胸口都是毛的洋鬼子。她的梦想是当设计师，我帮不了她，我压根不懂时尚。我还记得她和我说，好的设计师都是从小就在优越环境下长大的孩子，因为只有这样她们才能更近地接触到时尚。在这个行业里根本就没有鸡窝飞出凤凰的神话，寒门是出不来好设计师的，她们哪怕再努力，对时尚的理解也只能是村口巷尾的裁缝店。

我和鬼鬼在这方面是有落差的，我只是个普通家庭的孩子，她虽说算不上豪门千金，但起码还过得去。在她面前我没底气，只好用各种一塌糊涂的承诺去弥补，比如我说会努力工作赚很多钱，好让她了无牵挂地去追梦。我就是承诺得太多，又无从下手，渐渐的承诺全碎了。不过还好，她人也走了，我说的那些话随着屁一起被稀释了。

4.

北京终于开始供暖，预示着冬天要来了。刘芒最近没生意，说天冷了没感冒的人都钻火锅店涮肉去了，排挡一条街萧条了下来。我的稿子也差不多收尾了，虽说挺不满意的，但好歹算是把任务做完了。在北京干事由不得性子，这里最不缺的就是人才，萝卜太多坑太少，你不上点心，马上就有人来给你上坟。

万伊约我去长城玩，她说来北京这么多年还没去过长城，太不够好汉了。

我其实也没去过，刘芒掺和说他也没去过，非要跟着一起去。万伊说行，反正大家都是自由职业者，索性自己给自己放三天假，把没去过的地儿都走一遍得了。相较于我和刘芒，万伊属于富婆，但大老爷们总抹不下面让一个姑娘全程掏钱，出多出少得算个数。刘芒说这得统一口径，就出个路费，不能再多了。

第一天去的是故宫，三人站在午门口，我说，以前大清朝动不动就吉时已到，推出午门斩首，说的就是这。万伊在一旁纠正说，其实斩首不是在这，出午门是戏里常说的，这叫出红差，得从这门出去，法场在菜市口，当年戊戌六君子就是在那被砍的脑袋，插标挂首示众。我和刘芒听得目瞪口呆，刘芒偷偷在我耳旁说，有文化的女人好可怕。

走到太和殿前，我说这不就是《康熙微服私访记》那电视剧的歌里唱的——金瓦金銮殿，皇帝看不见吗？刘芒说皇帝住这么大一地方，一天得走多少路啊。你看议政在太和殿，睡觉又在养心殿，如果有生理需要还要跑这个宫那个宫的，难怪历代皇帝命都不长，就是走路累死的。

光故宫这一圈下来，刘芒就累得够呛，一回来就赖在床上不肯动，说明天长城你们去吧，我是真吃不消了。今天光看皇帝老宅子就趴了，明儿看家园防线那还不得死了，不去了，不去了。

次日到了长城，我才真切地认识到了女人这种可怕的生物。说起来女人在体力上应该是绝对输给男人的，很好举证，以前咱们跑一千米，女生只要跑八百米。总之关于运动能力上的指标女性都是低于男性一个等级的。但就是不知道为什么，具象到逛商场或者跑景点这两件事上来，男人和女人的差距简直隔着一个太平洋。

长城上风大，吹得我直打颤，万伊说跑起来就不冷了，不由分说牵起我的手带着我逆风奔跑。我们小跑了一路，她是一点事没有，我是心跳都快停了。我一屁股坐在冰冷的石砖上说不行了，年纪大了，跑不动了。万伊拿出手机来让我给她拍照，要把后面的烽火台也拍进去，拍完了她又说要拍近景，非让我继续前行。我连忙摇头说不可能，我得缓缓，难怪说不到长城非好汉，你看我出了好多汗。

这时从身边走过来两个老外，都穿着黑色的文化衫，应该是在南锣鼓巷买的，胸前印着白色的草书中文，一个是“浪催的”，另一个是“作死的”。别说卖衣服的这孙子也够损的，摆明了欺负人老外不懂中文嘛。万伊自然不会放过锻炼口语的机会，连忙上去找俩人聊，她英语里还夹杂着京片儿子，听起来怪怪的。一小会儿她把手机递给那个“浪催的”老外，然后撒欢地跑到我身边蹲下，挽起我胳膊，脸还凑过来，比了个剪刀手。照片里我一大苦瓜脸，看着都清热解毒，旁边的万伊则笑得像朵盛开的野花，经由我这么一衬托，能从照片里感受出十足的快乐。

晚上万伊请我吃了顿东来顺，我说她破费，她说她乐意。这是我第一次吃东来顺，我总会觉得名声在外的东西贵得吓人，不敢尝试。在南方是难有机会吃到上品羊肉的，多数是挂着羊肉的招牌，其实卖的都是耗子肉和猫肉的混合肉。想想也是可笑，汤姆和杰瑞斗了一辈子，最终在南方的餐桌上融为一体了。

回到夏家胡同的板子楼里，万伊跟我说，这是她来北京这些年过得最开心的一天。我说我也是……当她笑着关上房门的时候，我才把“累死了”三个字说出来。

05 上海往事

生活不是韩剧，

真实的世界从来不会看你给过多少感动，

流过多少眼泪，

无论你跑得多快，

跑得多累，

都无法阻止你爱的人换登机牌。

1.

北京越来越冷，时不时就吹一些很乱的风，风里卷着沙砾，刮到脸上有点疼。在这个飞沙走石的季节里，Kumar来北京出差了。他联系了我，让我给他找“小姐”。

Kumar全名叫Varasenthill Kumar，印度人，是我在上海时的头儿。说起上海的那段岁月，可能是我从小学开始到现在为止最励志的时光。世界上励志的东西太多了，之所以我们还总是被它们打动，还不是因为自己也励志过或者正在励志。

在许可被炒后的第二年，我在MSN上认识了Kumar，上班的时候我尽爱找他闲扯。在外贸公司只要你用英文和人聊天，老板都会认为你在跟人聊业务，不但不会制止反而会觉得这孩子有出息。Kumar与我的话题长期都围绕在如何找一个中国女朋友上，他还特别强调是“女友”不是“妻子”，“妻子”他在印度有，不光有妻子他还有孩子。他给我举了个例子，说在江苏太仓有个客户，是台湾老板，姓蔡。蔡老板都60岁了，在当地找了个姑娘才25岁。我说老板有钱啊，您花点钱也能找着。Kumar说“no money”，我就回他“no money no girl”。

那段日子，我整天上班都在和Kumar讨论姑娘，下了班就在附近的网吧里叫外卖吃。有时候我也会和Kumar发牢骚，说公司效益不好，当然这肯定是有夸张成分的，明明就是我自己效益差。Kumar就说他刚好缺一个助理，问我有没有兴趣去上海。

上海对我来说是一个全新的城市，我对全新的城市自然充满未知的冲动。那时候我有一个刀塔群，群里的上海土著们听说我要来沪高兴坏了，都抢着要请我吃饭。从当时的梅陇车站走出来，我迷失在像科幻片一样的高架下。我坐在车站附近的麦当劳里啃着薯条，透过玻璃看外面的人流，感觉他们都有各自的方向，从四面八方来，又四面八方地散开，然后慢慢消失。两个钟头后，Sandy 来接我了，她是我的老乡，在复旦读研，能说一口流利的上海话，有个开保时捷卡宴的男朋友。

她帮我在新天地附近的自忠路找了个比我现在板子楼还破几倍的房子。从外墙上看，说是抗日时期留下的建筑也有人信。Sandy 说凑合住吧，这不错，破归破，可毗邻着繁华的淮海中路呢。中介公司找来了房东和我签了约，房东是个戴眼镜的胖女人，声音很轻，她说她叫陶逸，很高兴认识我。

我租的房子在一个有着对开小铁门的大院里，上海人管这叫里弄。里弄的房子基本都是木结构，让人有种穿越回民国的感觉。房与房之间的间距很窄，一人宽的楼道里还被无数的脸盆架、痰盂等杂物强行占用，上个楼费不少劲。我的房间在顶层，官方说法是一室一厅，其实只是拿木板隔了个睡觉的地方而已。厅子靠墙的位置摆着破沙发，沙发边上是米黄色的木制衣柜，中间是一个两米多高的木梯，顺着爬到顶就是个很小的天窗，这还算有点小情怀。

由于阁楼是尖顶，除了木梯那片区域，越往房间的边角走天花板就越矮，走到床边，必须得哈着腰。床的对面三步之遥就是一个电马桶，不过是坏的，泛着霉味，床与马桶之间拿了个破布帘子挡着，暂且算条分割线吧。马桶旁边是个手工打造的洗浴房，高度只有一米六，洗澡得蹲着。

那年我二十出头，甘尽苦来，一屁股瘫在都是灰尘的沙发上抽着烟，看着从天窗上射进来的阳光。

到了傍晚，刀塔群里的上海小鬼从南汇跑过来见我，还带着他的两个同学。他一脸青涩的样子，腼腆地递给我一包绿双喜烟让我坐着抽，然后招呼他同学帮我收拾屋子。老子当时居然哭了，这种感动是多少巧克力和生日蛋糕都换不来的。在一个完全陌生的城市，一个破旧不堪的房间，一群初次见面的孩子居然为了一个素未谋面的游戏里的朋友从南汇坐公交来给他打扫屋子。小鬼看到我在擦眼泪，问我怎么哭了？我连忙解释说，没有没有，刚被灰迷了眼睛。小鬼转身给了他同学一脚，骂道：“好好打扫，看你们把灰扬得到处都是！”

完事后，我给他们递烟，小鬼说不会。我说你这习惯不好，得改！为了回报他们，我请他们到楼下的川味饭店吃了饭，倒还算实惠，才花了 80 元。席间我们的话题全部是刀塔，小鬼让我有空带他打打接队的友谊赛，我端起酒杯说，多大点事儿啊，没问题！

2.

没事的时候我就在附近闲逛，离住处不远有一个古玩市场，卖的都是些骗外地人和外国人的东西，有青铜器也有字画。古玩市场的斜对面是一长溜儿扬州修脚店，规模都很小，但生意似乎不错，每天都往里躺不少人。

往东还有个三角人工湖，湖的这头是老旧的建筑，湖的那头是上海新天地酒吧街和中共一大的会址博物馆。一到晚上，这里不是一般的热闹，各种各样的豪车和各种香味的姑娘全来了。Sandy 来看过我几次，每次我们都会在丁字路口的星巴克喝杯咖啡，我点拿铁，她则是焦糖玛奇朵。端着上二楼，找靠窗的位置坐下来，随手取下一本杂志乱翻一气。她跟我说说上海，我跟她说说笑话，说累了就各自把头偏向窗外，看看街边的法国梧桐树。

那时候我觉得星巴克的咖啡是世界上最好喝的咖啡，因为在此之前我对咖啡所有的记忆都是雀巢的白加黑。黑的叫咖啡沫，白的叫伴侣，搀在一起拿开水一泡，比中药还难喝。

从那以后我没事就爱端杯咖啡，等地铁的时候我端着，等公交的时候我也端着。因为我觉得这样显得特白领，而且很时尚。当然这种装 × 犯儿不光只有我，有不少，有人装得比我大，不光端着咖啡，还提着电脑，打电话都是用蓝牙耳机。

Kumar 的公司说是在印度能排第三，听着威风凛凛，但在上海只是在金桥大厦租了个商住两用的办公室。Kumar 是首席代表，我是首席代表的秘书兼助理，全公司就我们俩。当然时不时还会从印度来一些七总八总的，我就负责接待，给他们租车，订酒店，做一些同声翻译，这就是我的工作。要是那边没人过来，我和 Kumar 的日子就清闲多了。我们两人就在办公室里借着努力工作的名义侃大山，内容还是以前在网上聊的那一套，他是多想找个女朋友啊！我就用英文劝他，你长得跟《大力水手》里的布鲁托一样，又不肯花钱，姑娘是不会喜欢你的。Kumar 立马不开心了，让我把上个月公司的财报都翻译一遍，说他有用。于是我明白了，人要知道自己的身份，别随心所欲地想说什么就说什么，你还真以为别人说你直爽是夸你呢？这个真理全世界通用。

在上海的时光是无聊的，因为我穷。Kumar 给的工资不高，一月就 3000 元，除去房租还剩 1800。我住的地方连个网吧都没有，好不容易在上海广场找到一个，却要 8 元一小时。在那吸血池子里泡一天，怎么也得一百多。不过还好，Sandy 说她有台老式的 IBM 笔记本，让我拿着用，再叫房东去给弄条宽带，比去网吧划算多了。我谢完恩后马上就联系了房东，结果关机，之后的一连几天都是关机。我心急如焚，就去找中介，一个大姐接待了我，她用尽了所有资源，也没能联系到陶逸女士，大姐说："册那，西特了！"

我的房东陶逸真的逃逸了！

为了打发无聊，我想索性学英语吧。我的英文其实全是和 Kumar 聊出来的，扯淡没啥障碍，可一旦到了商务谈判或者书面文案那我就瞎了。我开始订 Shanghai Daily（简称"SD"），SD 是一份全英文的报刊，专门印给老外看的，说的都是上海周边的新闻。其实 SD 的内容我有 80% 看不懂，我感觉我在做一道巨大的阅读理解题，里面的词汇量大得惊人，不过这倒成了我唯一的娱乐。那就是 8 点上床，打开台灯，拿着自来水笔和《英汉词典》，读报纸！读完一个版面我需要花 5 天，报纸上都是被我标注的中文注释，说起来这也算是弹幕的雏形了吧。读 SD 最大的好处就是催眠，当时我的睡眠质量相当好，十点之前肯定睡死过去，每次都差不多迟到才醒。

我觉得那时就是我英文最强的阶段，我从来没对自己那么有信心过。有一天，Kumar 突然咋咋呼呼地找到我说，今天他们的大老板要来。我问他这个老板有多大，他说很大很大，然后他花了二十分钟给我普及了公司的各种行政头衔。

他说我们隶属于 MURUGAPA 集团，这个集团下属还有四个分集团，其中一个叫 TI 集团，集团下有"TI Chains"是做链条的；"TI Cycle"是做自行车的；“TI Tube”是做精密管材的，后面还有两个不知道什么鬼的Kumar没说，他指着TI Tube说：“我们在这里！”而这次来的老板就是Tube的总裁，同时他还是MURUGAPA大老总的独子。我心想，果然来头不小啊。

等我见到他的时候，才知道独子先生非但来头不小，块头也不小，目测得有个150公斤吧，门都走不进来。我租了辆金杯车拉着他们一行人去昆山和苏州看地，集团有意向在这里建厂，赚中国人民的钱。为租车这事，Kumar还跟我闹脾气，他说怎么能租金杯这种车呢，跌他们大老板身份。我心想，你这大老板这么大，我没租公交车就已经够给面子的。当然有了上次的教训，这话我咽在肚子里消化了。

晚上Kumar又叫我给大老板安排个小姐，顺便也给他安排一个。大老板的多贵都行，他自己的多便宜都行。我说便宜货我住的地方有，不过人家不上门服务，得你自己去。Kumar说得你带我去。我拗不过，带着他去小洗头房找姑娘，一连跑了几家，小姐都不肯做他生意，除非加双份的钱。我翻译给Kumar听，Kumar不干了，说她们搞种族歧视。我跟他说来都来了，加钱就加钱呗。Kumar居然用中文跟我说：“太贵了！”这是他在上海这些年学会的三句中文之一，另外两句是“你好吗”和“谢谢”。

3.

那年冬天，Kumar的妻子带着他的儿子来了。他老婆很胖，穿着印度传统的沙丽，头发特别长，到大腿。印度人有个习惯，每天早晚各洗一次澡，但是不太洗头。那天我去上班，看到Kumar的爱人在厨房里忙活，一开始我还以为她在洗菜，走近一看原来在洗头。放了半池子的水，她拿着头发在里头搓，跟搓墩布似的。她足足洗了半个钟头，接着拿吹风机站墙角又吹了半个钟头。你要这时从外面走进来，不留神，都会以为公司里新种了棵榕树。

夫人吹好头，就开始给他儿子捯饬，边捯饬边问我：“你知不知道lice是什么？”我摇摇头说不知道。然后她拿梳子从他儿子头上仔细地抓下来一只大虱子放在手心里对我说：“看，这就是lice！”我心想这lice营养够好的啊，快大得过蛐蛐了。第二天我就找社区医院给我开了张假病条，上面写着一切正常，医生的字我作为中国人都看不懂，更别说 Kumar 这个印度人了。我跟他说这是急性肺炎，传染厉害着呢，吓得 Kumar 赶紧让我回去休息。其实真正害怕的应该是我啊，我怕 lice！

在上海的整整一年半时间里，我几乎没玩几盘刀塔，主要还是因为生活成本太高，收入又太低。这个城市太压抑，这种感觉充斥着你所有的生活细节，上海太快了，我这慢性子有点跟不上。我似乎与这个城市格格不入，好几次我低着头玩手机的时候路过公交站，居然被争先恐后上车的人一起挤上了车。我站在淮海中路的天桥上看着川流不息的车流，马路被摩天大楼夹着，像一个庞大的泌尿系统，而我就像块结石卡在中间进退两难。

4.

见 Kumar 的事我和万伊说了，开始我全当个闲天跟她聊的，没想到她来劲了，非要跟着一起去，说是正学英文呢，刚好能会见一下外国友人，锻炼锻炼口语。我拗不过，只好让她跟着，打了的士往三里屯开。约会的地点是星巴克，Kmuar 扎眼的坐在角落，面前摆着 IBM 的笔记本电脑。他到哪都摆弄着那台电脑，永远一副看起来认真工作的样子，其实多数时候是在玩扫雷。Kumar 看到我来了，热情地招呼我们坐下，然后就跟我夸嘴说万伊漂亮，得多少钱一晚上？我解释说这是我朋友，不是你想的那种。Kumar 有点失望，不过好在万伊也没听明白他说什么，毕竟 Kumar 的口音重，一般人不好懂。

我给万伊点了杯拿铁，自己要了杯美式咖啡，万伊断断续续地找些力所能及的话题跟 Kumar 聊，Kumar 也听不太懂她说的京腔英文，我还得受累给他们俩翻译。临走前，Kumar 还在问我北京有没有像上海那种小洗头房，这回他愿意加点钱。我说没有，首都最近严打，小姐们都歇了。Kumar 说那真是太遗憾了。

回去的路上万伊挽着我的手臂说：“你真厉害，这么难听的英语你都听得懂。”

“这不算什么，更难听的我都听过。”

“啊？还有比这更难听的吗？”

我意味深长地看了她一眼说：“真有！”

我觉得万伊最近对我有些奇怪，她总是不经意地找借口黏着我，使我有些拿不准。她这到底是喜欢我呢，还是她对谁都这样？可要是她对谁都一视同仁，那刘芒又没这待遇，难道仅仅是因为我比刘芒长得帅吗？我并不这么认为，我觉得刘芒虽然痞点，但还是有股子摇滚范儿的，何况人家是搞艺术的，这行最招姑娘喜欢。像我这种臭大街的写手，电脑屏幕后面一抓一串，万伊在京混的是上流圈子，虽然这个圈子很下流，但能给她带来切实的利益，她没有道理会看上我。

躺床上了我还在想这事，万伊要真看上我了怎么办？我什么也给不了她，人家出来图的就不是爱情，哪怕不小心在我这炸了雷，那也是稍纵即逝的烟火。感情是个越陷越深的东西，到头来受伤的还不是自己？这点很早之前鬼鬼就给我上过一课。

我当时还傻乎乎的打电话问鬼鬼，能不能不去英国，留下来，我用尽一生照顾你。鬼鬼淡淡地说她在我身上看不到未来，她说的每一个字就像迎面朝我丢来的飞镖，钉在我肉里，拔都拔不下来。

她说：“我不求锦衣玉食，但起码衣食无忧吧，我现在出国留学，将来我的孩子也要出国留学，我要给他创造最好的条件，你做得到吗？不说远的，你现在买得起去伦敦的机票吗？”

我说：“买不起。”

然后电话就挂了，我挂的。我当时口袋里有200块钱，银行卡里还有800多，真的买不起。是我把生活当成了韩剧，真实的世界从来不会看你给过多少感动，流过多少眼泪，无论你跑得多快，跑得多累，都无法阻止你爱的人换登机牌。

5.

第二天一早我被冯总的电话吵醒。电话那头他很激动地说我稿子写得不错，很有想法，特别真实，现在的青春故事都给人写烂了，全飘着，不像我写的这部，接地气。冯总说这书得往大了做，到时候他花点钱去找些媒体给我做做宣传，估计卖个十来万册不成问题，小伙子你要红了！

接完冯总的电话，我半天没缓过劲来。我不知道是该高兴还是该难过，我从没觉得自己写的这本书是部好的作品，它甚至连个中心思想都没有。可这只是我的看法，并不能代表广大读者，说不定读者就爱看这种没营养的东西呢？而你觉得自己最精华的文章，哪怕字字珠玑，读者反而觉得读不下去。所以说市场决定一切，读者就是上帝，作者的顾虑是读者读完你的书后能否赞同你书中的观点。而冯总的顾虑是有多少人愿意掏钱来成为你的读者，哪怕买来垫桌脚都行。

冯总当晚在饭店里摆了一桌，请了些头头脸脸的人物，加上我们"神奇四侠"，一桌子坐了十来个人。这些人物里有电视台的，有报刊的，还有出版社的，酒桌上说的都是官话，相互吹捧。这种场面上的东西只有老四在行，他像个公公一样，给各位爷斟茶倒酒，时不时还介绍一下自己，说这些年也写过一些不错的作品，有空也请他们过过目，提点意见。人物们就说老四懂事，小伙子将来有前途。

反正我是看不出来倒酒和前途能扯上什么干系，我流露出一脸的鄙视。老二在一旁看穿了我的想法，轻声在我耳边说："老四不简单啊。"

"不就是给人当孙子吗？"

"你要知道孙子早晚有一天也是会变成爷爷的，别看这小小的酒桌，大有文章呢。现在办什么事不得跟人喝啊，在酒桌上给人伺候好了，下了桌人家心情好给行个方便，说不定事就成了，现在这社会能力都是其次，酒量才是真本事。"

说话间，冯总倒了一满杯白酒对我说："来，跟大家表表诚意，干了。"我一看，他妈的这可是喝红酒的高脚杯，一口闷下去不要了命？我酒量极差，啤酒一瓶都能翻桌子底下去。老二看我半天木头一样杵着不动，连忙打圆场说："我这小兄弟不会喝酒，我代他喝。"

"坐下，有你什么事啊！"冯总呵斥到。

"老冯啊，别这样，都是自己人嘛。"出版社的王编辑笑着又倒了两满杯，然后看着老二说："出书是高兴事，必须走个三杯，您说呢？"

"必须的，必须的。"老二点着头拿过来，一口灌下一杯，整个面部的五官几乎都拧在了一起。酒是好酒，高度的五粮液，但劝酒的人太不是东西，是一个笑面虎。我伸手去拦老二，老二推开我的手又端起第二杯说："各位让我喝是看得起咱，别闹。"我一把夺过老二手中的酒杯，一仰脖子闷了，在酒精还没来得及找我麻烦的时候，连忙又拿起桌上的第三杯一同喝了。

"哈哈，海量，有前途！我看好你，将来你红了可别忘了我们啊！"桌子另一头传来一阵令人讨厌的笑声。我心想我要真红了，我第一个攮死你。

五粮液在我胃里翻滚，酒精顺着血液在我身体里蔓延，我上头了，天旋地转。老二一直在旁边拍着我的背对我说些什么，但我耳朵里全是嗡嗡声，啥也听不清。我的意识开始模糊，有点不知道自己是谁了，就感觉有人在用力地晃我，但看不清是谁。周遭的空气不断地发生着变化，时而是冷空气的味儿，时而是汽油的味儿，居然还有女人的香水味儿，不一会儿我的嗅觉也消失了，世界就像关了灯的房间，乌漆麻黑。

06 回不去的曾经

我们就生活在这样一个悲惨的世界，

必须要装作乐在其中的

去做一些自己并不乐在其中的事情。

1.

醉酒是种什么体验，我以前常问那些好酒之徒这个问题。他们会和我说，醉是一种飘飘欲仙的状态，是一种身体与灵魂分开的境界，所有的烦恼在酒精面前都显得微不足道。这话我高中一个外号叫白菜的同学就和我说过。白菜其实并不算嗜酒，他是嗜吹牛，在那个啥都开始懂点却又懂得不多的年纪里，大家吹牛的范围基本都在抽烟、喝酒、早恋和打架上。这些长大后被认为极坏的习惯却在当时被披上了牛 × 的外衣。抽万宝路的就可以鄙视抽红双喜的；能喝三瓶啤酒的就鄙视只能喝一瓶啤酒的；和姑娘上过床的就能鄙视处男；打架凶猛的就专门鄙视那些不敢跟人动手的怂货。

这些习惯中的任何一个在那个年纪里都是可以被当作一门特长来炫耀的，白菜最爱炫耀自己酒量好。他曾经当着我们的面连吹了三瓶啤酒，然后装作没事人一样跑去球场打篮球。一小会儿工夫，他就在球场上吐了，没等大家开口，白菜就大声辩解说：“我没醉，我是被刚才那人运球晃吐的。”

我记得最后一次见白菜，是在一次高中同学会上，他喝大了，一直在厕所里吐。我当时就想白菜一定过得很不容易，有很多的烦恼，需要更多的酒精来麻痹。

我不知道为什么会想起白菜，可能跟他一直喝醉有关吧，以前我无法理解，现在我也算醉过，有了发言权。我对昨晚后来发生的一切毫无记忆，断片了。我给老二打电话，他说昨天喝完就把我送了回来，然后他们又去了夜总会，一直玩到第二天早上四点，这才把那几尊佛伺候高兴了。老二给我讲道理，说要在社会上混得世故，很无奈，有时候必须要放下自尊，这叫应酬。

我十分讨厌应酬。所谓应酬无非就是放下自尊的去取悦一些人，而这些人在某种程度上能给你带来一些利益。可应酬似乎又是成年人市场里一种不可或缺的产物，未成年时我常看我爸出去应酬，喝大了躺在地板上吐，我妈就在旁边骂边收拾。那时我简单地想，干嘛非要喝那么多酒，又没人逼你喝。等我自己参加工作了，身边的朋友也开始应酬，时不时地会拿出来说，说自己醉倒在路边半夜被寒风冻醒的经历，说他们为了拿下业务喝吐血的遭遇，说这吐出来的都不是血，是无奈。他们边说还边重重的吸一口烟，拿起手中的最新款手机看看，一副吃得苦中苦，方为人上人的模样。

直到昨天，我才明白了原来这酒真的是可以被逼着喝下去的，我也和我那些朋友一样，吐了一地的无奈。我们就生活在这样一个悲惨的世界，必须要装作乐在其中的去做一些自己并不乐在其中的事情。也许我至今混得不如意，就跟我这看不惯的臭脾气有直接关系，我看不惯的人和事太多，反过来，我能干的事业也就相对少了。

2.

我这个人想法多，喜欢回首过往，老会因为别人一句话，或者遇上一些事就开始回忆，可能是人过三十的缘故吧。爱回忆，特别是在自己还没混出啥人样的时候就更要把以前做过的一些好事坏事都挖出来分析。然后用发展逻辑勾芡一番，意淫下如果当初延续一下好的方面，摒弃一些坏的方面，那今天会不会混得稍微好点。三十岁是一个男人的分水岭，之前全是幻想，之后全是现实。

刘芒最近跟经贸的同学混到一块去了，这群人是在网吧里玩刀塔认识的，还组了个战队，放出话来要成为北京第一。他还挺骄傲的，组不了乐队组个战队也是个实现价值的过程。书写完我也闲了，没事也会去网吧看刘芒他们训练，打得都叫什么玩意儿啊。训练完了大家就在附近摊子上撸串，聊战术，有时候还会聊人生。

学生们对人生看得浅薄，觉得未来就是上班和下班，上班好好工作，下班玩玩游戏，日子简单快乐。我有时候会插嘴问他们难道就没有梦想吗？他们说当然有啊，成为北京第一！刘芒连忙放下啤酒瓶子夸这位同学有见地。我沉默了，可能大家在学生时代总是很容易对游戏产生一些信念。

高中那会我玩“拳皇97”，我当时的梦想就是赢了街机厅老板的儿子，可直到那家游戏厅关门我都没能赢他。

大学开始的时候是CS最火的年代，我就在网吧的局域网里称王称霸，那是个甩狙的时代，Johnny. R是我的偶像。那时候寝室和寝室之间经常打枪赌饭局，输了赢了都开心。

大学末年，别人忙着找工作，我忙着打“魔兽争霸”，我已经彻底走出学校，开始在杭城的各大网吧里扫钱。我拿着压岁钱买了微软的鼠标和键盘，在外面租了房子，昏天黑地地打魔兽，当时我觉得很快就会有职业俱乐部把我招了去。

第一份工作让我认识了许可，许可把我带进了刀塔的世界里，我与这款游戏牵扯至今，在我最巅峰的时候，我也像这群啃腰子的同学们一样，要想成为哪哪的第一。

我的梦越做越大，大到自己开始偏执，开始不顾一切，只为赢。我的业务一团糟，我的生活比业务还糟，我并没有因为鬼鬼那些话就开始发奋图强，而是迷失在了游戏里。在那个状态下，我所理解的生活和现在他们所理解的生活是一样的，上班下班，玩玩刀塔，成为第一！我觉得自己干了太多自己不想干的人和事，我对外界充满敌意，我成为了一个彻头彻尾的网络喷子，发表很多文章，给所有与我一样愤世嫉俗的人带去能量。

3.

“其实我还拿过全国冠军呢。”我想有必要和他们分享一下我的往事。

“大家快退后，有人要开始吹牛了！”刘芒在一旁插科打诨。

“真的假的？快说来听听。”学生们爱听这种关于冠军的传奇故事，自带崇拜的光环。

其实我的故事并不传奇，冠军的含金量也极低，只不过是个规模很小的线上赛，没有一支大牌的职业战队参赛，但对我的意义非凡。我们战队除了我之外，其他四名队员都来自安徽亳州，是他们让我知道了原来亳州叫“博州”不叫“毫州”。在这次比赛之前的两年，我们大大小小参加过不少的比赛，最好成绩也就是小组出线，而多数情况都是第一轮即被淘汰，外界戏称我们为“一轮队”。我对这个称呼很不满意，就在网站上跟人互喷，大家话都往难听了说，反正在网上所有人都隐藏在ID后面，除了把人祖上骂干净了也不能干别的。

“能不能直接说重点，您这是要当评书说呢？”刘芒不耐烦地说。

我说故事总要有点来龙去脉，这又不是看毛片。同学们倒是听得津津有味，让刘芒别打岔。我接着说以前每天晚上下了班就是跑网吧和他们去找队训练，研究战术，就跟你们现在一样。那时候我在义乌亲戚的公司里上班，为了打刀塔我就编各种理由请假，今天头疼，明天出疹子，后天得肝炎。我那亲戚慌了，打电话给我爸让我回去休息一段时间，先把身体养好，毕竟身体是革命的本钱。我爸问我怎么回事，我就怪义乌水土不行，空气又差，城市还脏，说的跟瘟疫大陆一样。我爸说不行就回来吧，我说不行，混得不好我就不回去了，这台词是我跟某服装广告里学的。

我喝了口啤酒润了喉，接着说，后来我们就报名参加了那个线上赛，用全能加蜘蛛的组合一路杀到决赛，这套战术是我想的，特别赖皮。旁边的同学就问我难道别的战队就没有针对的体系吗？我摇摇头，都说了很赖皮了！再说参赛的是些业余的队伍，打刀塔不爱动脑子，都是想到哪打到哪。

“后来就拿了冠军了？”

我点点头说：“对呀。”

“这故事听起来很无聊嘛。”刘芒说。

我说重点在后面，拿了冠军后，战队的人都很开心，觉得线下见个面好好庆祝一下吧。我觉得这个提议不错，就让他们来义乌，我包吃住。其实我也就是这么一说，我当时没经济来源，自己都穷得叮当响，但作为队长这种客套话我必须说，我想这么远他们没病应该都不会来。天晓得他们真的有病，全他妈来了，结果在我这混吃混喝了一礼拜，赶都赶不走。为首的那个还说义乌这城市真不错，还想着在这摆地摊发家致富呢。后来也许是大家天天麻辣烫和沙县实在吃腻了，终于鸟兽散去。

冠军其实给我带来了什么呢？说实话只是一时的满足感，短暂的愉悦而已。回去后大家再也没有像之前那样训练，加上游戏版本的更新，全队似乎都没了节奏，一直输。有时候就是这样，输的多了，人心自然散了，对刀塔的热情也降了温，梦就醒了。大家各玩各的，偶尔会在群里吹吹牛。那时候我已经回老家了，他们有的也去单位上了班，QQ 头像灰白色的时候越来越多。

“你想说明什么呢？”刘芒问我。

“我只是想说我曾经也和你们一样，追求过，付出过，不过最后你们还是会和我一样，把多年的游戏经历当作一种难以割舍的情怀，你们不了解，有多少朋友因为一款游戏走到一起，又有多少朋友因为一场游戏与你走散。”说这话的时候，我第一个想到的就是石头。我已经久未联系他了，不知道他现在天梯多少分了，是否和燕姐上了床。

“你们这些写书的就喜欢煽情，日子过得随意点，千金难买爷喜欢，没啥好纠结的。”刘芒显然对我这个故事并不感兴趣，毫无共鸣。

“你是作家啊？”其中一个同学问。

“谈不上，你能问出这句话就说明一切了。”

“我觉得你可以把你这段经历写成一本书啊，有刀塔也有青春，多好。”

我迟疑了一下问：“好吗？”

“好！好！好！”除了刘芒以外所有的年轻分子都直点头。

回到住处，我一直在思考那几个大学生给我的建议。回想起来，这十年过得就像一个昨天那么短，又像一个世纪那么长。我从杭州到上海，又从上海回杭州，去过义乌，回过老家，现在到了首都。我见证了鬼鬼的离开，见识了纸醉金迷的夜晚，还和十多年的老友因为刀塔而反目。穷极小半生，有太多的碎片，掉到地板上都是叮叮当当的响声。也许只有刀塔还能在记忆库里保留着原来的形状，虽然没有规则，边角锐利，但却刚好能印出我的脸和生活在我脸上刻下的沧桑。可能说沧桑有些大了，在花开至荼蘼的年纪，我仍有温度，无畏孤独。

4.

周末，老五请我和老二吃全聚德。我觉得北京烤鸭也就这么回事，没市井传闻的那么好吃。中国有太多名声大于口感的佳肴，比如西湖醋鱼和东坡肉，当然也可能是我嘴刁，说不定别人觉着好吃极了。这些年我跑了不少地方，吃了太多的风味小吃，有地道的有不那么地道的，最终我得出一个结论，还是烧烤好吃。

老五给我和老二各包了一片烤鸭说感谢我们这些年的照顾，他不打算在葫芦干了。他老子给他在中石油找了个办公室的活，让他赶紧干点正经事去，这几年玩也玩得差不多了，该收收心了。

“挺好！”老二蘸着酱把烤鸭送嘴里。

“你不是喜欢写作吗？放弃了不觉得可惜吗？你不怕将来后悔吗？”我仿佛在老五身上看到了自己的影子，我爸也老和我说这样的话。

“喜欢归喜欢，我不如你们，这些年我也没拿出什么作品来。”

“你得坚持啊……”我话还没说完就被老二递过来的烤鸭皮给塞住了嘴。

“别拿别人的青春来满足你自己的意淫。”老二喝了一口橙汁，接着说道：“你坚持了那么久，你得到什么了？就那一本低俗小说而已，我到现在出了三本书了，比你多吧。你看看我，现在还住十三陵呢，生活是有成本的，没钱别妄谈梦想，都是扯淡。等你有钱了，你可以满世界地让情怀落地。现实点没什么不好，你看老四就很现实嘛，吃饱了跪着总比饿瘪了躺下好受些。”

“我不认同你的观点。”

“随便，总有一天你会认同的，我年轻那会比你狠多了，没什么用。”

老五在一旁打圆场说：“别争了，我真挺佩服你俩的，至少还能出书，留下东西了。”

“留个屁，说出去谁认识咱们啊，我都在这吃了十片烤鸭了，有人来找我签名吗？就拿他那本书来说吧，冯总顶多给个一两万的稿费，除去房租、水电、柴米油盐、宽带、烟草，剩下的这不丁点儿你连个病都不敢生。书卖得火不火跟你半毛钱关系都没有，赚钱那是冯总的事，跟你我无关，除非你真的一炮而红了那当两说，问题是你觉得你能红吗？这种题材的书有多少营养你比我清楚。”

“那你怎么还在这圈子里混？”我反问。

“哈哈，因为我年轻的时候和你一样的想法呗，觉得写作是件特别高尚的事情，大好年华都扔这了，你让我干吗去？头发都快要掉成秃瓢了，去面试光形象也过不了关啦。”

老五的这顿烤鸭吃得特沉重，老二的一席话让我憋屈。这种感受我相信很多人都有，就是我明明不赞同你的观点，却无法打败你。老二站在比我更远的地方大声告诉我，前方高能预警。

5.

老五走后，公司更冷清了，冯总不以为然。他说公司未来的主要方向还是在包装作者上，不求多，求精。以前那种模式已经过时了，现在要做的就是打造出几个作家出来，别让大家总是搜书名，要让大家搜你们的笔名，甚至要让大家搜你们的真名，这才是成功的模式。只有这样他的葫芦工作室才能真正成为文化传播有限公司。他说了，不光只做图书，还要更多地挖掘周边，什么影视、漫画并不是不可以上嘛。

老四认真地记着笔记，老二面无表情地坐着喝红茶，我则在开小差。我对冯总的计划毫无兴趣，他总是说得比唱得好听，工作室人事变动一次，他就转型升级一次。我这个人思维发散得厉害，开会的时候我就一直在想那天老二说的话，关于坚持的哲学。

谁还没执著过啊！我想到高中时我们班来的一个转校生，胖乎乎的，留着平头，眼睛很小。他叫董苗军，以前劳动委员都会把值日的同学名字写在黑板的右下角，也不知道是哪个倒霉同学把“董苗军”的部首给擦了，变成了“重田车”，于是大家开始叫他“阿车”。

阿车住校，寡言少语，从不和其他同学交流，他唯一的爱好就是在每天清晨去学校后山的一片橘树林里练功，而且是传世神功。高一的时候他练的是降龙十八掌，高二的时候是北斗神拳，到了高三他表哥也从外地转校过来，俩兄弟见着亲人了，开始一起修炼“玉男心经”。

为了方便记忆，大家就叫表哥“插秧车”。高三那年“双车”合璧，大冬天的闻鸡起舞，天不亮就从学校小矮墙翻到后山去，打着赤膊，掌心相合，专心修仙。

阿车寝室尽住了些学习不好的同学，整天除了赌博就是手淫，实在无聊了，就组队去欣赏大型露天神功秀。他们见证了阿车从“十八掌”到“玉男心经”的心路历程，时不时跟树林外头瞎起哄，cosplay 一些武林人物，“噌”的一下蹿出来摆个 pose 说：“郭靖，我乃杨过，特来为我爹娘报仇，吃我一招黯然销魂掌！”还有更离谱的说：“克赛，前来拜访！”

阿车急火攻心了，就朝他们发功，嘴里还配点噼里啪啦的音效。那些好事儿的同学就很配合地往地上一躺，摸着胸口对其他看热闹的同学说：“要为我报仇啊。”

说起来难为情，我也去凑过这种热闹。其实哪怕到现在我想起来还是会佩服阿车，虽然他干的事很神经，但至少他能坚持三年。而我们甚至都不能每天去凑他热闹，为首的同学说过，每天都去不和他一样成神经病了！可有句话说得好，傻子的坚持与疯子的顽固是这世上最可怕的力量。

临近高考，“重田车”和“插秧车”被学校双双开除，没人知道原因。有人说是因为他们用北斗神拳把老校长打进了医院，有人说是因为他们偷看女生洗澡，还有更玄乎的说他们其实不是被开除，而是练功走火入魔死了，学校为了掩人耳目故意说开除了，其实“二”车的尸体现在还放在公安机关的停尸房里被人研究。

他们哥俩是我们那个三流高中里最美丽的神话，只是我从那毕业后再也没回去故地重游一番，找寻一下关于他们留下的传说。

冯总说散会，我这才缓过神来，老二牢骚不断，说最近股市不好，给套了，要是年底还解不了，估计得跳楼。我劝他想开点，股市谁都说不准，等等总能翻回来的，你要是跳楼了，嫂子怎么办？老二说我都要跳楼了，还管得了那么多。我说你没事瞎炒什么股啊，你又不懂这个，这不是填坑嘛。老二摆摆手说不提了，还得回家做饭去呢，你嫂子啥也不会，饭桶一个，天天跟一群大妈跳佳木斯操，看着就来气。

看着老二略显佝偻的背影，我叹了口气，也是命苦之人，曾经他肯定是一腔热血的来，斗志满满，时过经年，血已冷，志已消，青春已死。

07 流放的不安

人有时候就是这样，

在开心的时候巴不得全世界都开心，

可若不开心的时候又巴不得全世界都不开心。

1.

十二月，北京下了第一场雪。南方人对大雪总带着一种特殊的情怀，是浪漫。也许北方人不这么认为，大雪对北方来说就像南方的雨水，司空见惯，无法赋予什么在里面。南方的雪已经越下越少了，记得读小学那会儿还时不时地能积一些雪，虽然不厚，但足够堆个雪人或者打场雪仗。

我想大多数人都会在一些特殊的天气想起一些特殊的经历，有的关乎爱情，有的关乎失意。而我无论在哪里，只要看到有点规模的雪，就会想起小叶。小叶是我的发小，一个小区里长大，每当大雪纷飞的时候，小区里就会有不少孩子自发地出来划分阵营打雪仗。小叶皮肤黑，在雪地里太扎眼，每次都被人集火。那时候的孩子良心坏了，往雪球里包石块，砸中脑门就起包。所以不难想象，每次小叶都被人砸得跟如来佛祖一样。每当想到他的倒霉模样我都会傻乐起来。

我和小叶至今还有联系，他一直都在从事与互联网有关的行当。最早他是在网吧里做守夜人，他说干这行蛮好，打刀塔不花钱，前半夜就在网吧里跟人连局域网，后半夜就找个旮旯坐下来看毛片。后来看片中了病毒，网吧里的机器瘫痪大半，他就跑去跟人"打金"。

打金在那个时候还是个新兴行业，租一间民居也叫工作室，找一些比较火的网络游戏，然后没日没夜刷游戏币和装备为人民币玩家服务，好的时候月收入也能过万。那段时间小叶开始抽 20 元一包的利群烟，出门统统打车，每周都要跟朋友去夜总会喝大酒，每月至少 5 次以上的大保健。他还打电话和我说上大学有什么用，回来跟哥干，哥带你飞黄腾达。我不可否认地心动，但他又说好好学习，国家还是需要你们去建设。所以，如果有人在你耳边说等他发达了带你飞这样的话，别信！这话就像"改天请你吃饭"一样不靠谱，他们只是为了在你面前证明自己比你混得好罢了。

小叶最近在做微商，卖美白面膜，天天都发自拍，他脸上贴着面膜，嘴里说着“男人也要保护自己的容颜，今天我又白了”之类的话。我就又会想起在童年在雪地里挂着鼻涕、红着眼眶的小叶，他与雪白的大地撞色，被人轻易地击中，无处可逃。夏天的时候我们在河里游泳，他就在岸边的树荫里抽烟，我让他下水，他摇摇头说怕被晒黑。我说没事，你已经很黑了，再晒也黑不到哪去。他说你管得着嘛你！

小叶去年来过一次北京，是他们那个微商团队组织的一次见面会。我都忘了那时候我在干吗，他给我打过电话，说他很忙，团队刚出了新产品，是一款神皂，不光能美白祛痘，还能卸妆除螨。他还问我有没有兴趣一起弄，只要进两万块钱的货就可以成为他的代理，还说把心放肚子里，哥啥时候骗过兄弟，他这人没别的优点，就是讲义气！我说我有兴趣，就是没钱，能不能先欠着？他微信上回了我个数字：88。

刘芒见我在楼道里看着雪景发呆，问我想什么呢？我说想点往事。刘芒说你往事真多，风都刮不走。说完他指着旁边一脸稚气的姑娘说：“介绍下，这是我刚交的女朋友。”

“你口味真重！”

“你思想真肮脏！”

我打量了一下这个女朋友，无论是穿着还是长相都透露着浓浓的学生气，八九不离十就是刘芒从经贸里拐来的。

“你好，我叫唐小丫。”女朋友甜甜地和我打招呼。

“你爸是不是叫唐老鸭？”我与她逗闷子。

“怎么说话呢！”刘芒在一旁帮腔。

之后的日子里，我每天都能看到唐小丫，她和刘芒过起了日子。早上去上课，下午回来，刘芒傍晚出门讨生活的时候她就跟着，给他递水收钱，真和两口子似的。有时候我还挺羡慕刘芒的，毕竟身边有个姑娘总好过独自一人，不开心的时候多少有个人能听你倾诉。虽然朋友也能，但朋友不能脱光了趴在你胸口听你娓娓道来，这就是差距。朋友充其量只能帮你暖心，而女朋友是能帮你暖床的。

2.

中旬的时候工作室开了个碰头会，差不多就是年会吧，冯总回顾了一下今年，又展望了下来年，然后进入正题开始说《一万个男朋友》这本书。书已经印得差不多了，年前他会去跑一些渠道，让我准备好年后出席一些宣传活动。活动主要针对一些三线城市的三流学院，到时候去那办一些演讲，顺便搞签售。

大方向说得差不多了，冯总掏出一个大红包递给我说："恭喜你，这是你应得的。"我点头称谢。老四在一旁不情愿地鼓着掌，轻的蚊子飞进去都拍不死。

我突然想到了那天经贸同学给我的建议，就说："冯总，我有个选题。"

"说来听听。"

"我想写一本关于游戏的青春小说。"

"这有什么看头。"

"太有看头了，你都不知道刀塔现在有多火，光这部分玩家群体就具备强大的购买力。"

"玩游戏的人看书吗？"老四在一旁发言。

"看的……吧！"我底气不足。

"看什么呀看，三十多块钱他们宁愿拿去买装备，再说了，他们玩游戏的时间都嫌不够，哪来闲工夫看小说。还青春小说，玩游戏的人有什么青春。"

"怎么就没青春了？游戏就是他们的青春啊，这本书是能引起共鸣的。"

"好了，这事先放一放，现在的重心是在《一万个男朋友》的宣传上。"

散会后，我问老二，你觉得我那个提议怎么样。他说不懂游戏，那东西玩物丧志，不太积极，人老四说的不是没道理，有看书那工夫还不如腾出来去玩两盘游戏呢。我给老二解释说刀塔不一样，它是个很积极的游戏，提倡团队配合和竞争意识。只要有团队就会有故事，几个孩子为了全国冠军的梦想可能放弃掉的东西你们都难以想象，很励志的，就像当初你来北京那时候的状态是一样的。

老二抽着烟茫然地看着我。我说你不要这么看着我，这小说我觉得真的有搞头，一定能火，我就玩刀塔，前段时间我还和十多年的朋友为此闹掰了呢。这说明什么？说明它是有精神在里面的。

老二说："说明你那朋友有神经。"

"这很难跟你解释，跟我那朋友无关，我想说的是这整个大的世界观……"

"我又不玩游戏，你和我说这么多有什么用，我不是冯总，就算我觉得你这构思特别牛又能怎样？"

"我只是想获得你的认可。"我觉得认可太重要了，这是一种最大力度的支持，是寒天傲雪里一支火柴的温度，是跑肚拉稀时一张手纸的感动，是思维茁壮生长的肥料，更是一个超薄的安全套，让我毫无顾虑地向前冲刺。

"兄弟，哥这句话你听清楚了，这世界上没人在乎你想干什么，你又何必在乎别人怎么想！"

老二说话总是比我有哲理，在这方面我永远说不过他。但他说的每个字都开着锋，在你心里划出道来，使人疼痛。我害怕自己将来会变成老二一样，一副对生活失去态度的模样，激情和梦想被凝固在了北京寒冷的空气里，又被太阳晒化，蒸发掉。

走到地铁站口，老二支支吾吾了半天，直到我要上车了他才问我能不能借他点钱，他好回去补个仓，听说最近有波行情，指着这波翻身呢。我劝他别炒股了，这东西害死人。他说钱都套了，回不了头，你要不借就算了，他再想办法。他能有什么办法，都向我开了这个口就说明他都走绝了。

"你要多少？"我真怕老二想不开去跳楼。

"你有多少？"

"你是借钱还是抄家？"

"你也不容易，五万吧。"

"开玩笑吧！这样，你从这坐地铁到丽泽桥长途汽车站，在那附近找个公厕，坑墙上有联系方式，你打电话过去问人买些枪支，然后打个车去回龙观，那有个农行，里面的保安都上了年纪，估计你能抢这个数。"

“那你能拿多少吧。”

“就这么多了。”我把冯总给我的红包掏出来递给他。说实话我还真有点舍不得，这可是我日日夜夜熬出来的稿费。

“不顶事儿啊，你就没点什么有钱的朋友吗？”

“再废话，这点都没了啊！”我想老二真是丧心病狂了，又可怜又可恨，我心里明白得很，他这是黄鼠狼借鸡，这点钱掉股市里水花都溅不起一个。之所以还借给他，完全是帮他渡劫，世间太多悲剧，我不想它发生在我近在咫尺的地方，更不希望是我认识的人。可能我和老二连朋友都算不上，但我仍然希望他能在这里生活下去，别死了。

3.

我心事重重地回到夏家胡同，打开电脑玩了几盘刀塔，全输。队友骂我，弱智会玩吗？我不爽了，说老子不会玩怎么了？不会玩就不能玩刀塔了吗？你脐带刚剪就会补刀了不成？然后对队友开始人身攻击，说得巨难听。果然不出所料，游戏结束后我被联名举报，我郁闷地关了电脑，坐床上抽烟。

以前我也把赢看的比什么都重，现在怎么就看得这么淡呢？难道是因为我年纪大了，重心已经不在刀塔上面？还是因为我已经菜得麻木，对赢都没了信念？我相信，今天被我骂的那个人将来也会和我一样，输赢看淡，棱角圆滑。

我又给石头打了电话，依然无人接听，我邪恶地想，他可能并不是不愿接我电话，也许是那天他想找我私聊，不小心错点了拉黑，准备去桌上拿正充着电的手机跟我解释的时候，左脚踩了右脚，摔了个跟头，一头磕在桌角上成了植物人。

我最近总是会凭空冒出许多这种不人道的恶念，我猜可能是因为自己太孤单的缘故。连刘芒这样的二流子都找了女朋友，甜甜蜜蜜的，他已经彻底不跟我去楼下吃拉面了，而是跑经贸食堂刷唐小丫的饭卡。我曾厚着脸皮跟他要求，让他没事也捎上我，让我也感受下校园食堂的美好。你猜他怎么说？他说唐小丫不喜欢“三人行”！

万伊最近和一个富二代去三亚玩了，最近老有玛莎拉蒂或者保时捷来这接她，我心里有些难过，我甚至不能解释这难过产生的原因，就是难过。这终究才是她的生活，人家大老远地跑来北京不是来找个像我这样的穷小伙谈恋爱的，何况她也没说过喜欢我，一切都是我自己的幻觉。幻觉真是个不好的东西，虽然它总能给你带来美好，像个七彩的肥皂泡子，光芒来自太阳，却吹弹可破。

高中的时候有个姑娘，我也觉得她是喜欢我的，因为某日放学她的单车突然与我并驾齐驱，我看到了她一脸的笑容。之后我们常一起回家，她甚至会绕很远的路先送我，然后看着我上楼才离开。我躲在坏了灯的楼道里看着她远去的背影，心跳加速。晚上我做过春梦，梦里全是她脱掉衣服的样子。可我又不敢去问她是否喜欢我，想不想和我交往，因为我害怕她并不是。那时候我听电台的午夜情感栏目，半夜偷偷起来跑客厅里去给栏目组打电话，说自己喜欢上了一个姑娘，但是又不确定对方是否喜欢自己。主持人说男人要有必要的勇气，要敢于承受拒绝的风险。主持人还教我一个方法，让我主动去牵姑娘的手，看她的反应，如果不反感说明有戏，如果将你的手甩开，你最多也就算要了个小流氓。

我觉得这主意不错，我脑补了无数的场景，都是关于她的反应，有她扇我巴掌的，也有我俩接吻的，总之各种情景。事与愿违，真见到她时，我还是怂了，仿佛站在我面前的是霹雳贝贝，牵手能电死我。

高中毕业的时候，大家开始相互写同学录，挺没营养的，写的都是自己的星座，喜欢的颜色，崇拜的明星，等等。她也如是，没有一点关于爱情的讯息传递出来，我失落了好一阵，果然是我想多了，人家可能只是找个伴，骑单车减肥而已。

暑假我看到他和一个男生手挽手逛商场，我们打的是照面，都特别尴尬，她很不自然地冲我笑，问我干吗呢，我更不自然地把脸转向首饰柜台说来买点东西。她问我是不是要结婚了，我摇摇头说，嗯！

我和她的情节没有再反转，虽然我热切渴望她能给我来一个电话告诉我，她喜欢了我整整三年，只是我一直没有开口说自己也喜欢她，所以她觉得自己没机会了，就跟了别人。当然根本没有这个电话，我只知道她是处女座，喜欢红色，崇拜的明星是刘德华，座右铭是：“书山有路勤为径，学海无涯苦作舟”！

我拿出手机来翻通讯录，多数都是久未联系的朋友，可能有的号码都换了，哪怕有些没换，估计我打过去还得费力地介绍一番自己，好让他们从记忆库里调取回忆包来想起我。我叹了口气，出门瞎坐车，由着性子在大北京的雪夜里转悠，迷失在这座城市。

我走进一个地下通道，里面有个留着长发的文艺青年正在唱歌：

我想　我不会再像从前那样
唱那些　故作深沉的话
我想　揭示这由来已久的问题
关于我　和你　和爱情
我没有信仰　对于我　你比信仰重要
因为信仰总是让人失望
别说亲爱的你还有音乐呢
去他妈的音乐是谁家的姑娘啊
……

我一屁股坐在台阶上，点了支烟，听歌，我想刘芒现在干吗呢，估计搂着唐小丫在看电影吧。通道里来往的人不算特别多，他估计唱了很久，声音有些沙哑。文艺青年又唱了《风吹麦浪》和《时光》，估计真累了，坐在小马扎上喝水。他冲我扬了扬脑袋说：“大哥，你听了半天了，没买门票呢。”

我问：“你的梦想是什么？”

“你是汪峰吗？”文艺青年对我意见不小。

我走过去往他琴袋里丢了 20 元，又问：“你的梦想是什么？”

“我没梦想。”

“你们搞音乐的不都有梦想吗？比如音乐是你们的生命，要更大的舞台啥的。”

“这你也信？你让他们去鸟巢唱歌，唱完了不给钱，你看他们乐意不。”

就这点我觉得刘芒比这文艺青年高尚多了，至少他还能拍着胸脯说誓死捍卫摇滚的尊严，我虽然不太懂摇滚，但我觉得搞摇滚的人都特别有腔调。如果有一种歌是喊出来的，那一定就是摇滚，因为别的音乐里有太多的抒情，有太多的无病呻吟，而摇滚是一种原始的宣泄，带着抗争和不羁。

4.

万伊给我发了微信问我干吗呢？我说在街上瞎晃，她说这大半夜的有什么好晃的，小心别遇上劫色的。我说哪个女的这么不开眼，劫我的色。她发了个奸笑的表情说谁说劫色就一定是女的。

我没心情跟她白话，就说让她在外面玩得开心点，注意避孕。这种话我一百年都未必会说一句，但今天我说了，我真是心情太差了，估计万伊听了会不好受。她没有再回我的微信，可能生气了吧。和她认识这许久，我从来没有戳破过她，觉得这样不好，是一种歧视。我也不知道为什么今天就给人戳破了，我一定是有病。

人有时候就是这样，在开心的时候巴不得全世界都开心，可若不开心的时候又巴不得全世界都不开心。可是思前想后，我是为了什么才不开心的呢？我自己都糊涂。我想要是现在有人过来跟我打一架该多好。

我坐在马路牙子上看朋友圈，全是小叶的刷屏：神皂效果真的太神奇了，最近熬夜比较多，脸上起了小痘痘，用神皂一洗，凉凉的感觉，第二天痘痘全不见了，还有美白的效果呢，这可是明星代言款哦，百年老字号，二十多种名贵中草药提炼而成，现在厂家已经供不应求了，赶紧加入我们，升级省代可以确保拿到货，你今天的犹豫可能让你失去一次绝佳的发财机会。

全文一逗到底，果然是小叶的风格，他以前写作文就是这样，不到最后绝不用句号。小叶成绩比我还差，他说的最多的就是读书没用，不如早点接触社会，说不定就发财了，这年头有钱就是爷，要啥有啥。这些年小叶一直在赚钱，也不知道他到底赚了多少钱，不过这总没什么不对，毕竟谁也没底气说我不要钱。

在冰凉的北京夜晚，被雪覆盖着的灌木丛边，我屏蔽了小叶的朋友圈，我已经记不清他是我屏蔽的第几个微商。微商这些年说火就火了，偷偷摸摸地的在所有人身边蔓延开来，缔造着泡沫神话，驱人向往。我见证了它疯狂生长的这几年，早年都是各自卖些产品，到了后来产品已经不在重要，做的是代理。大的微商开始有了自己的组织，开始金字塔建队，开始有代言人、发言人、培训师等一系列的衍生职业。

我看不惯这些，可能我到现在也没大富大贵跟我看不惯的人和事太多不无关系。力的作用是相互的，当你看不惯别人同时也意味着会被别人看不惯。

08 同居的日子

我在京城每一个桥洞里短暂逗留，

冷的时候都会有同僚生起火堆，

看着火焰，

仿佛就是希望和燃烧的梦想。

1.

日子过得有些混，总感觉自己太消沉，却又只能消沉下去，实在找不到什么能让自己积极起来的方向。唐小丫生日到了，搞了个聚会，来了不少人，有的是她的同学，有的是她的发小。唐小丫是土生土长的老北京，家住工体附近，她说从她爷爷那辈就是国安的球迷了。我问她你爷爷那辈都什么年代了，贝利都还没来得及退役呢吧？她说不管，反正她们家是御林军，家里的墙上从高峰一直贴到徐云龙没断过。我懒得和她瞎掰，我又不是国安球迷，我对中超无感。

高中那会儿我看意甲，觉得维埃里就是头牛，后来我看德甲，觉得克林斯曼帅得没边。那时候我还常在班里和同学争论克林斯曼和罗纳尔多谁才是世界第一锋线。班里罗纳尔多的球迷显然多些，我寡不敌众，就去找石头让他叫点小兄弟去打他们一顿。石头不干，说这事他师出无名，而且他也觉得罗纳尔多厉害点。石头是我们学校最好的前锋，不是因为他脚法多细腻，或者速度足够快，而是没人敢防他。那时候的同学们畏惧校园恶势力，没人愿意给自己找麻烦。可石头自己并不知情，他觉得自己就是二中的罗纳尔多，如入无人之境。

正当我满脑子都是石头那一脸横肉的时候，灯突然黑了，蛋糕上的蜡烛亮起，刘芒弹着吉他唱生日歌，摇曳的微光里唐小丫闭着眼双手抱拳正许愿。灯光重新亮起的时候，掌声就响了，唐小丫和刘芒连忙在掌声里接吻。我感叹，真是无畏的年纪啊，感情里都是喜欢，没有一点杂质。

吃完饭又去夜时尚订了包厢唱歌。我一个人坐在沙发的最角落，喝着被冲了很多冰红茶的假洋酒，刘芒正和唐小丫唱《广岛之恋》。我发现小情侣在KTV里，《广岛之恋》和《你最珍贵》是必点的，如果是年纪大些的老情侣那就会点《纤夫的爱》和《知心爱人》。刘芒问我要唱什么，别干坐着，出来玩就开心点。我说不会唱歌，刘芒说那《两只老虎》总会吧。这种强人所难的人很讨嫌，他们一般都出现在歌厅或者酒桌，歌厅里只要你说不会唱歌他们就问你国歌会不会，酒桌上如果说不会喝酒，他们就说啤酒不算酒。其实这些人无非是要借你的不好来衬托出自己的优越，我能飙高音你不能，我能喝一斤你只能喝一口。

我不知道他们到底点了多少歌，反正大家都着急忙慌地跑电脑前优先自己的曲目，我干坐了很久也没轮到我歌颂一下祖国。这时候坐过来一个姑娘，跟我碰了下杯子说："你好，我叫马丽，是小丫的发小。"

"你吃蘑菇会变大吗？"我这人就是嘴不好。

"你真逗！"马丽笑着拿来两副骰盅要和我玩吹牛。

"九个六！"我压根就不想跟她玩，我本能地抗拒这种夜场游戏。我端起酒杯看着马丽，这姑娘居然皱着眉头作思考状。

我讶异地说："您这还用想？"

"啊！那我加你一个，十个六。"

"你没事吧？姑娘！"我都无语了，我不知道她是故意要输给我，还是故意装傻，或者是真的脑子有泡。

总之马丽连输了我三十二把，上了三次厕所，两次是撒尿，一次是呕吐。我把这事和刘芒一说，刘芒马上总结说人家肯定是看上你了，你走着瞧，一会就得问你要联系方式。我说凭什么啊，我都低调成这样了。刘芒笑着说你就像漆黑夜空中的萤火虫一样鲜明、出众，我看好你，兄弟，不说了，接下来这首歌是献给你的，叫《算什么男人》！

我正打算给他一脚，马丽晃晃悠悠的过来了，很不客气地把脑袋往我肩膀上一搁，问我："帅哥，以后怎么联系你啊？"

"写信吧。"

"严肃点，姐正泡你呢。"姑娘脸皮比我想象的厚。

"不是，姑娘，你看上我什么了？"我真是纳了闷。

"我觉得你跟别的男人不一样。"

“怎么不一样了，我又不是太监。”

“你这人怎么这么没劲啊，是我长得不够好看吗？”

为了她这句话，我还特意重新打量了她一番，颧骨突出，眼睛无神，第一时间让我想到了燕姐。我觉得现在的姑娘都是怎么了，明明不好看，还非要问别人。我懂，这种时候千万别卖什么绅士风度，否则还真蹬鼻子上脸了，做人要实事求是，不好看就是不好看，这没什么好客气的。

“是！”我斩钉截铁地说。

“我们学校追我的人不下一个排。”

“你是盲校的吗？”

“你丫有病！”“燕姐二代”终于气呼呼地跑去了包厢的另一头。我想真是太险了，我从来都不喜欢勉强自己。在这事上还是要有点原则，白雪公主就是瞎啃人苹果最后不得不跟七个小矮人生活那么久。

2.

月底的时候房东来找我，说他女儿要结婚了。我说那得恭喜你啊，房东说甭着急，听我说完。要知道房东能主动上门找你肯定没好事，你见过哪个房东心肠好到没事跑租客那专门慰问下，给你捎盘饺子，一脸和蔼地跟你聊大北京，聊这里的不易，聊这里的繁华，还提醒你天冷了要加被子，别感冒了。

我这房东说他六环里的房子准备拿来装潢，给他闺女做婚房，自己和老伴儿打算住回来，意思明白得很，让我年前收拾东西滚犊子。我说我能加点租金，房东说这就不是钱的事。我说大爷你看我挺可怜的，你就忍心让我一小伙子流落街头不成。大爷说，小伙子不是大爷不通情达理，你要是不流落街头，你大爷我就要流落街头，大爷免你一个月的房租和水电，你再找个地儿吧。

说实话我挺同情老房东的，自己奋斗一辈子好歹从这胡同里走了出去，没感受几年王府日新月异的风尚就又荣归原址。我所不能理解的是，他养的是个闺女怎么结婚了还得搭一房子，这在现在的社会学理论上是说不通的。当然世界之大，总有特立独行的猪，虽然不被普世价值所认可，但是只要他们快乐，便也无谓了。中国的父母供奉的金哲就是：“一切为了孩子，至死方休。”而“春蚕到死丝方尽”这句话要是用今天的价值观来解读，那肯定是用在扶持子女这条路子上更贴切。

以前我在电脑前玩刀塔，我爸看见了就会表现出一种失望和愤怒。今天我突然对他的失望和愤怒有一丝释怀。那会儿我觉得我爸烦，我妈比我爸还要烦，不就是玩个游戏吗？不至于上纲上线，这又不是违法乱纪的事，跟人生扯不上关系。现在回想起来，他们肯定是觉得你一旦沉迷游戏，必然乱了方寸，重心就从学习上偏离了。这很麻烦，学习不好影响升学，学校不好影响就业，工作不好影响找媳妇，而媳妇找的好不好直接影响到你的生活质量。这点男女都一样，极普遍的社会逻辑关系。所有的父母都不求孩子大富大贵，只求安安稳稳度过一生，别太辛苦，这似乎是他们的终极目标。你真正安定了他们才算解脱，至于你的梦想和追求对他们来说并不重要，若成功了还好，若并未成功，你也别指望他们能给你太多的信心。他们是早你十几二十年就诞生在地球上的生物，等级比你高，技能比你多，装备也比你好。但他们同时又是会用肉身去帮你挡住敌人攻击的人，并且还是能毫不吝啬地把自己辛苦打出来的装备全部给你的人。

我这样想，如果有一天我有了儿子，而他也喜欢玩游戏，我肯定不会像我老子当年管我那样去管他。如果他来告诉我，他有一个职业梦想，我可能会小小的支持一下，因为我年轻的时候也做过世界冠军的梦。可如果我儿子走进了一个我完全未知的领域，我不可能不去担心，因为我怕这小子吃亏，而我又没办法帮上忙。如此一来，无论是刀塔还是写作对于我老子这样一个保守了一辈子的老干部看来，都是极陌生的领域，所以他会觉得当个法警比较靠谱，会罚站就行了，傻子都能干的事儿。这就是老一辈的逻辑，让不傻的人干傻子的事，还有什么比这更幸福？为什么傻子天天笑，因为傻子没烦恼！

我不傻，我烦恼也不少，现在最大的烦恼就是接下来该住哪儿。有时候自暴自弃地想想索性也到十三陵去租房子跟老二当邻居算了。却又舍不得这儿，我已经习惯了这里的生活，每层楼梯只有9个台阶，从楼道口到小超市一共要走三百七十二步，从小超市到兰州拉面馆要一百六十五步，从面馆到网吧要一千七百九十二步……在这里的每一步我都走得稀松平常，脚下的水泥地硬度刚好，关键我在这还算有俩朋友。老二跟我算不上朋友，充其量只是比较合得来的同事，况且我和他在工作上还是一种竞争关系，这些都注定了我和老二不可能走得特别近。哪怕抛开了这些习惯和关系，我还是觉得老二无法和我深交，他的世界观太消极，虽说我的也算不上积极，但至少不那么冰凉。老二的世界里终年大雪，荒无人烟，一切关于理想的东西都冻上了。

年关将近，什么东西都不太好对付，找工作是如此，租房子也一样。我和刘芒商量能否在他那混段日子，过完年回来我等我租到了房子立马搬走。刘芒摇头说家里就一张单人床，平时都睡两个人。我说我可以打地铺，刘芒说这不是打地铺的问题，主要是会影响他们的夫妻生活。我说你这也太不讲义气了，当年你没事就到我这蹭烟抽，蹭电脑玩。刘芒说，这不能一样，我在你那抽烟看的是刀塔，你要在我这抽着烟看着我和唐小丫现场直播太便宜你了。

“你以前在我那看的I联赛也是现场直播的啊！”

“哥，您这可就不讲理了！属于偷换概念！”

从刘芒那出来，我独自坐在屋子里生闷气，感叹人心凉薄。我脑子里出现了一幅凄惨的假象：北京的雪已经飞了三天，我穿着又黑又臭的羽绒服蹲在桥洞口抽着烟屁股，迷茫地看着远方。桥洞里还有群混不下去的北漂，白天去找生活，晚上就聚在洞里，拾掇点报纸塑料袋烧火，讲悲伤的故事。城管时不时会过来扫荡，逮住就得遣返，他们来的时候大家逃得丢盔弃甲，谁都知道这副模样不能回去，必须留下，回去遭人看不起。

我在京城每一个桥洞里短暂逗留，冷的时候都会有同僚生起火堆，看着火焰，仿佛就是希望和燃烧的梦想。人群快速聚拢在一起，继续讲悲伤的故事，说生活的不易，四面都是二胡和京韵大鼓的曲子，真地道！

3.

隔了几天，许久不见的万伊来找我，看到我房间里大包小包的景象有点吃惊，问我怎么好好的要搬家。我就跟她说了个评书，交代了来龙去脉，当然不忘黑了一下刘芒这没义气的人。万伊说不然住她那得了，反正也是暂时的。我虽然觉得不妥，可又没有拒绝，虽说是人家姑娘提出来的，可我觉得这话的水分很大，说不定就是跟你客套，你要是拒绝，将来想反悔那就不可能了。

这还是我第一次和女孩同居，万伊在平时堆杂物的房间腾了个地儿，我拿铺盖卷往上一摊，勉强算个床了。我说这大冬天的睡地下容易着凉啊，不然咱们挤挤吧，你看我也不胖。万伊抽了我一下说美死你！

晚上我躺在被褥上怎么也睡不着，地凉透过棉絮从下面挥发上来直往你关节里钻。这是我第二次有这样的体验，第一次是在我刚上大一的时候，也是严冬。石头来杭州找我，那时候杭州还没通地铁，我坐了一钟头的公交车从下沙跑到拱墅区。石头带我走进了一家迪吧，下午的时候迪吧里没多少人，我们找了个卡座，有服务员送上来两杯绿茶。不一会儿走过来一个人，在我们桌前坐下，石头介绍说这是拱墅区云哥，以后你要被人欺负可以来找他。我连忙递烟，云哥接了我的烟说有人敢欺负你就来找我，我叫兄弟砍死他。

我偷偷地和石头耳语："杀人犯法啊。"

石头说："瞧你一副没见过世面的样子，云哥跟你修辞呢。"

拱墅云哥个头不高，也就一米六出头，实在很难把他与叱咤风云的大佬联系起来。石头说人不可貌相，李小龙也就一米七的样子嘛，照样海扁两米多的贾巴尔。我说那是电影啊，石头说生活如戏。

见完云哥，石头又带我去附近的一所大学找他以前的同学。他说这个同学在这学校附近也混得不错，有事找他也行。我说自己是来读书的，又不是来演《上海滩》的，没这必要。石头说多认识点人没坏处，总有用得上的时候。

晚上我们就在大学附近的一家小店吃烧烤，石头的同学为了显示自己混得不错，结账的时候故意很大声地和老板说这顿挂他账上。然后威风兮兮地告诉我们，他方圆百里都能挂账，无论是网吧还是饭店，就连巷子里的按摩店都不例外。我们三人大摇大摆地走在学院的水泥路上，尽量把自己装得很牛，脚跟离地掂着走，嘴角尽量靠左歪着，脑袋得仰起来，这样才算有个大哥样儿。

晚上石头让他同学给安排个睡觉的地儿，那人说包在他身上，他有个亲戚在巷尾里有间空房，晚上就住那。等我到了那所谓的空房才知道，原来这真的是空房啊，里面除了两床被子啥也没有。我问石头这怎么睡，就两床被褥，难不成让咱们直接躺地板上吗？石头说这是磨炼你，年轻人一点吃不起苦！说完他就躺下了。

我记得那天早上还下过一点雪子，南方的室内不可能有暖气，这房子的窗户还是破的，晚上偏北风从那缝缝里吹进来，发出“呼呼”的响声，不过很快就被石头的鼾声压了过去。我感觉自己就仿佛躺在太平间的冰柜里一样，冷得连体温都没有。同时我又是佩服石头的，这样的环境他也能睡得如此香甜，看来性格如火之人的身体果然抗寒。我一夜未合眼，心里只有一个想法，如果我去找云哥让他砍死石头的这个同学会怎样？

这个经历我总会拿出来当个故事跟人说，迄今为止已经有不下二十人听我说过了，万伊成为了我第二十一个听众。万伊说真没想到你还有这么厉害的朋友，我说厉害个屁，那个云哥第二年在夜排档上跟人干了起来，结果被人拿刀砍死了。也就是同年的暑假，石头也在夜排档上跟人干了起来，美中不足的是他没被人砍死。我有时候就会思考这两起暴力事件的维度，石头和云哥在一个不同的维度做了一件几乎相同的事，虽然结局有异，可为什么会有如此巧合的动机？可能是老天在冥冥之中向世人宣扬“先嚣张，后灭亡”这个大义。

“那个方圆百里都能挂账的学校大哥呢？”

“这我就不太清楚了，之后我也没联系过他，这种人好不了，欠账又不是赖账，出来混终归是要还的。”

我看万伊听得津津有味，就坡下驴地说：“你让我去你被窝里暖会儿，我给你讲个更刺激的故事。”

万伊掀开被窝说：“快进来。”

我一看她居然穿着睡衣睡裤，失望地说：“裸睡健康。”

“滚蛋！”万伊骂道。

万伊的被窝里就像和风徐徐、杨柳依依的春天那般柔软，叫人海绵体充血。我知恩图报地又给她讲了个热血校园的大型斗殴故事。

这个故事的地点是在杭州下沙高教园区，我们学校和同在大学城里的警官学校在体育馆打篮球赛。裁判是敌校的人，吹罚有些偏袒，我校观战的学长们上了头，纷纷从看台上冲下来把人给打了。敌校同学受辱，返校后召集了一些好事份子堵住了我校宿舍区的前后门。那时候我刚好拎着炒河粉从网吧打刀塔回来，敌校的同学就凶巴巴地问我是不是这个学校的，这我哪能答应啊，我当然说不是，我就是个送外卖的。好在学校围墙不算高，我翻墙躲过堵截。

到了晚上 8 点左右，我校生活区里聚集的同学越来越多，人数明显超越了围墙外的敌校兵力，在这种碾压之势下，有几个好事的同学拿出了压箱底的管制刀具，带头煽动大家冲杀出去，一直追击到敌校。突然敌校上空响起了几声集结哨，身穿迷彩服的敌校神兵从两侧全副武装地掩杀过来，这种武装力量咱们哪见过，只能落荒而逃。

我校同学跑进寝室楼，拿桌子抵住大门，高楼层的同学就开始向楼下扔杂物，什么凳子、瓶子、肥皂盒子、沐浴露、马桶搋子、《英汉大词典》……总之一切能砸疼人的都往下扔。低楼层的同学就往楼下倒开水、倒垃圾、吐痰、撒尿，总之一切能恶心到你的招数都用。

敌校同学久攻不下，转而去拿我校的公共设施出恶气，砸食堂，拆篮球架，给车棚里的单车放气，连灌木丛叶子都给你拔秃了。敌我双方一直从晚上九点打到凌晨三点，后来防暴警察都来了，来了多少不太清楚，反正没啥用，“暴民”太多，顶不住。

“后来呢？”万伊问。

“那都后半夜了，我们学校起了谣言，说一会儿“敌人”要总攻了，据说还有投石车，这牛皮也不知道是哪个人吹出来的，总之给咱们吓得够呛。反正大家都往校外跑，能跑一个是一个呗，不过大多数跑到半路的都给公安人员劝了回来。”

“这不会是你编的吧？”万伊有些半信半疑。

“不能够，我亲身经历，虽然我是写书的，但人生如戏，这都源自生活。”

“天呐，你生活真精彩。”

“那是，今天先到这，我困了，晚安。”我一缩脑袋，钻进被子里，有时候做人还是要无耻点，在被窝里耍赖总比在隔壁抗寒划算。

09 你比信仰重要

让我们不断地给自己希望，

谁让未来那么远，

我们又如此执著。

1.

其实和女人居家过日子没啥不好的，何况还是个漂亮姑娘，光看着就觉得日子美滋滋的。万伊晚上七点开始捯饬自己，擦粉、画眉、勾眼线、涂唇彩，整得跟个明星一样，然后在衣柜前发呆，有时候还会让我参谋参谋穿什么比较好。我这人不懂时尚，反正我觉得她穿什么都好看，即便问我也是白问。她出门后我就在她房间里看动画片和综艺节目，有时候还会偷偷地翻她抽屉，我这人有窥探癖，从小就爱乱翻别人东西。

万伊有一整抽屉的性感内衣，衣橱的小隔间里还有十来件情趣装备，有护士的、警察的、女仆的、教师的……各种，这姑娘懂生活啊，我如此想。我还在床头柜里发现一堆计生用品，有安全套，有全是日文的外用洗液、还有一堆卫生巾和护垫。女人的日常用品也就到此为止了，我对化妆品和护肤品没有兴趣，也不是很懂。电视柜下面的抽屉里放了一些改锥和扳手，床头是些毛绒公仔，床边有一个铁制的书架，上面摆满了书。我心血来潮的时候也会取几本下来翻翻，但翻不过十页我就犯困。我觉得名著的故事太无聊，离我的生活太远，很难吊起我的胃口，不知道为什么还有那么多人喜欢去读它们。可能我这人层次太低，玩不来大腔调，还可能我心太浮，静不下来去思考。

万伊基本每天都要到凌晨三点多才会回来，有时候也在外面过夜，不过她这点好，都给我发微信。她只要回来就会捎点夜宵，我们坐在她房间边吃边看美剧，看得差不多了就各自睡去。万伊拿胶带在床中间贴了条三八线，说不许超线，超一次罚一百块钱，我没意见。第二天我就越线了，将万伊搂在怀里睡到天亮，第三天我们接吻了，第四天我要脱她裤子的时候被她双手推开。她摇摇头说不可以，我说这都箭在弦上了，给个机会吧，她把身体背了过去没有说话。

隔天万伊不知道从哪买了台暖风扇，让我还是躺隔壁去，有了这个就不会冷了。我按下取暖按钮，暖风扇从里面发出红色的光，万伊说还有摇头功能，能让你均匀受热。我说总有种文火烤蛤蟆的感觉，我还是喜欢你身上的三十七度五。万伊只是说了句这样不好，就进屋了，还关了房门，估计上了栓。

我躺在被褥上，看着暖风扇里烧红的炉丝想不明白了。万伊怎么就突然抗拒了我，本来是水到渠成的事，可偏偏就快贯通的时候突然插进来一板子把道截了，太费解了！

2.

一月北京下了几场雨，气温又降了些。刘芒请我吃火锅，他跟我诉苦说自己最近有些迷茫。我说太正常不过了，你都快在爱河里溺死了，日子过得太舒坦，上哪找奋斗的目标去。刘芒点头称是，这日子就是过得太舒服了，每天除了玩刀塔就是玩唐小丫，加上外面又冷，懒得出门，前几天突然发现 B7 和弦都按不响了，这才焦虑起来。

我吃着羊肉说："你小子都快忘了来北京干吗来了吧？"

"是啊，我来北京干吗来了？"刘芒拿筷子在汤里捞肉。

"那时候你对你的摇滚是有热情的，要誓死捍卫，现在你拿什么去捍卫。"

"哥，你说我能成功吗？"

"我都不知道你要干什么。"

"是啊，我要干什么呢？"

"活不明白了吧？"我趁着刘芒思考的时候偷偷地把他面前浮着的肉抢进自己料碟里。

刘芒闷了一口二锅头，开始跟我说他的故事。他来自美丽的黑龙江省牡丹江市，那地儿我没去过，是不是真美我也不知道，不过谁不说自己的家乡美呢？他父母都是发电厂的普通工人，刘芒从小就住厂宿舍里，厂子大，有自己专属的生活区，配套一应俱全。他初中的时候跟着人家打过几年篮球，摇滚是高一才迷上的，特崇拜黑豹。我有些讶异，这年头喜欢黑豹的年轻人可不多了，黑豹的歌我只知道《无地自容》。相比黑豹我更喜欢许巍，一人一吉他，一路行走，把自己印在土地上的脚印统统写进歌里，这是一种情怀，让人心生感触。

曾梦想仗剑走天涯，
看一看世界的繁华，
年少的心总有些轻狂，
如今你四海为家。
曾让你心疼的姑娘，
如今已悄然无踪影，
爱情总让你渴望又感到烦恼，
曾让你遍体鳞伤
……

这是我见过最好的歌词和最美的旋律，有的时候一首歌的能量不需要你用很大的力气去表达，也许简单的低吟更能走进所有人的内心深处。

刘芒自己也说黑豹这种类型的摇滚现在已经没多少人爱听了，最近流行的是民谣。我说年代不同了，你这搞的是复兴，比创造还难一万倍。刘芒叹了口气说，没办法，为了生计我还不是在北京各种通道里唱民谣。

“你干吗非得唱歌呢，年纪轻轻的不能干点别的吗？”

“那你干吗非得写作呢？咱俩没区别，不是吗？”

我被问愣了，我忽然觉得自己问了个老二这种老油子才会问的问题。我和刘芒隶属于两个不同的领域，这两个领域是神奇的，都是能给人带来力量的。也许有一天，我与他都出名了，保不齐还有人翻着我写的文字，手机里放着他唱的歌曲。可真的有这一天吗？不好说！也就是这个不好说，让我们不断地给自己希望，谁让未来那么远，我们又如此执著。

回去的路上，刘芒说要不跟唐小丫分手吧，感觉这人一旦谈了恋爱就会把原有的情怀全扔了。我说扯淡，这压根不冲突，明明就是你自己的问题，别怪唐小丫头上去，姑娘对你挺好的。刘芒又问我最近是不是跟万伊搞一起去了？劝我别动了真情，这种尖果儿见过的男人比你见过的世面还多，你对付不了，我说自己有数，不用他操心。

走到胡同口网吧前，刘芒说要不进去玩几盘刀塔吧，我就骂他没溜儿，刚才还信誓旦旦，这没多久又变回去了。刘芒说奋斗这事明天再开始，今天是最后的疯狂。我虽然不赞同他的观点，但觉得回去也没啥事干，万伊这会儿正在外头浪着，我跟刘芒去网吧玩刀塔总比在家傻待着强。

不得不说刘芒还是有点游戏天赋的，这点他比我强。我这人就没什么游戏神经，反应也不是特别出众，脑子转得也不算快。我就是属于那种特别中庸的选手，什么都会点，但不突出，你说是全面吧，也算不上。就类似于那种任何事情都不温不火的普通人，不上不下，不快不慢，日子过得紧巴巴的，却又饿不死，但也过不好。

我边玩刀塔边开小差，我在想那本刀塔的青春小说。我觉得人活这么大总归要做点有意义的事情，当然意义并不代表贡献，社会也指望不上我来造福，我只想把自己曾经那段雁过留痕的青春拿出来给别人看看，告诉他们哥哥我在你们这么大的时候也如此，对现实不知所措却又对未来充满渴望。所以我决定在这少女芬芳飞速沉淀的时节里必须要开始创作了，哪怕在网上免费连载。

从小到大我听了太多的人生格言，却始终没有自己的座右铭，我也干了太多的事，却没有一件尽如人意。这不是一道证明题，我的人生不需要向外界证明任何东西，我也坚信总有一天我的这篇作品会从网络走向书店。说不定十几年后你打扫卫生，从角落里偶然倒腾出来这本书，马上就会有回忆的画面，高清记录着你当年和朋友一起冲分的时光。这是我想要的效果，我想写一本这样的书，让它成为一把钥匙，能够打开你心中尘封多年的青春记忆。那个年华里，你不光有刀塔，还有熟睡在你上铺的兄弟，以及与你耍性子的姑娘。

关于这些我不是没和老二交流过。那次选题会后，我又专门找过他一次，他抽着我的烟，认真严肃地向我泼冷水。他说这种书不好做，哪怕就是过了冯总这关，还有出版社和出版局重重大山压着。出版社不是慈善机构，不是来帮天下作者圆梦的。况且现在图书市场也算不得景气，赔钱的买卖比比皆是，青春小说烂大街，别以为真能靠卖书赚多少钱，真正赚钱的是后续的改编，把文字具象化变成电影或者电视剧。现在的人不爱看书，但是大家爱看电视，爱看电影，这才是生财之道。就算青春小说拍起来成本不高，基本不用加电脑特技，找几个风景好的城市和长得好看的演员，撺掇到一起抢观众眼球，最后再弄个天灾人祸的让他们都亡的亡，灭的灭，再从观众那骗点眼泪。如果反响超出预期跟着上第二部，写着写着写成一套了，电影拍着拍着也成了连续剧了，观众看着看着都看出习惯了。习惯是可怕，就像我擦屁股喜欢用左手，完事之后得来支烟，吃撑了必须要躺下。

可游戏青春小说是有瓶颈的，它不好改编。就算找个本子给强行改了，估计游戏的部分也都给删没底儿了，你总不能在电影院里给别人放一段游戏视频，人家毕竟花钱来看电影的，视频回家电脑上多得要死。可若删了游戏的部分，那青春的部分又没看头了，毕竟这个青春里没有堕胎和大火，没有劈腿迎面呼过来的巴掌，更没有时过境迁的旷世爱情。

可此时此刻我执拗地想出一本这样的书，就像刘芒执拗地想复兴一下黑豹那种型号的摇滚一样，因为在这个世界上一定还有一群与我做过相同梦的人，他们需要被温暖，需要知道原来还真有一个人跟自己一样傻。

3.

一月的最后一个礼拜六，万伊告诉我她恋爱了。我没觉得很奇怪，万伊的事业就是跟人谈个小恋爱，搞点小情况，弄点小钱花花。万伊说她是认真的，男方人还不错，三十多了，在三里屯的SOHO大楼开了个公司弄软件。

“我怎么觉着你是要嫁人了。”

“并不是没这可能，我在北京漂了四年了，不想一直漂下去了，也不想一直住在这个胡同里了，受够了。”

我心里莫名的难过，嘴上却说：“能定下来也挺好。”

“嗯，他晚上请我吃饭，我想让你帮我看看，旁观者清。”

“我能看出什么来啊，我又没怎么结过婚。”

“我在北京没亲人，你冒充我哥，权当见家长了。”

“你见过当哥的天天搁这睡地板的吗？”

“差不多行了啊，一个赝品不要苛求太多。”万伊嫌我贫。

一下午，万伊都拉着我跑商场，置办行头，她说见家长要正式点，不能丢了他们老万家的脸。我真是信了邪了，我什么时候成了你们老万家的了。万伊说人生如戏，这是你说的。万伊也是下血本，西装、衬衫、领带，从里到外花了近一万。我都心疼这钱，这里面不知道饱含着多少的洋酒和香烟，口水和精液，都是一炮一炮打出来的。讲心里话，我从来没有歧视过万伊的职业，我觉得她不容易，虽然我也对她有过非分之想，但这是她的求生之道。每个人获得成功的方式不同，有人在辛苦地爬楼梯，万伊只是坐了电梯而已。但你不能说坐电梯的就一定比爬楼梯的轻松，毕竟电梯只能装下那么几个人，大家用力地挤在一起，连呼吸的力气都没有。

我换好行头，万伊拉着我找了个咖啡馆坐下来，她说男朋友工作忙，咱们先喝着咖啡等会儿。我说至不至于啊，搞这么大阵仗，不就吃顿饭吗，又不是会见外宾。万伊说你懂个屁，现在找个靠谱的男人太不容易了，酒吧里的那些臭不要脸就知道跟你上床，变态的很。我说你不能怪他们，现在没钱的都变态，别说那些有钱的了，我要是有钱了，估计比他们还变态呢。

万伊笑着问我哪来那么多歪理，我说这不是歪理是真理，你不能指望别人按照你的想法活着，谁也做不了生活的主。

我和万伊等到快七点，她口中的好男人才来，然后带着我们去了餐厅吃饭。落座后他很礼貌地跟我握了手说：“大哥你好，我是伊伊的男朋友，我叫丁大可。”

“我叫……万二。”我差点说漏嘴把自己名字说了出来，我现在是万伊的亲哥，当然得随她姓，万伊太粗心了，剧本都没编好嘛。

“您这名字还挺有趣的。”

“嗯，爹妈没啥文化。”说完我就看到万伊在一旁狠狠地白了我一眼。我打量这个丁大可，个头不算高，显老，不是万伊告诉我他三十上下，我真觉得有四十五开外了。戴着眼镜，发型是那种老气横秋的三七开，一看就是没不良嗜好的老实人。我想起古装剧里的青楼女子最喜欢跟别人说，等我赚够了就回乡下找个老实人嫁了。看来从古至今老实人都是倒霉惯了，人老实点就活该当备胎吗？

“大哥，您喝茶。”

“别叫我大哥，我跟你年纪差不多。”我都不乐意说这句话，在他面前我觉得自己特别水灵。

“这辈分不能乱了。”

席间丁大可跟我扯闲天，说万伊这好那好的。我问他们是怎么认识的，丁大可说是在酒吧认识的，那天他跟几个客户去酒吧玩，看到万伊一个人坐在吧台上，这不就上去聊两句呗，发现还挺聊得来的，然后就留了联系方式，都是缘分，我们也算是一见钟情了。丁大可端起酒杯敬了我一下，接着说万伊。

我心想万伊真的可以啊，影后级别。她什么时候做过服装，去过二十多个国家，还得过抑郁症，终于在北京找到了归属，病瞬间好了不说，还悟出了人生的真谛，那就是做贤妻良母。

我皮笑肉不笑地迎合着大可兄的夸赞，时不时地瞟一眼旁边的万伊，估计她自己都听得不好意思了，表现出各种不自然。我连忙打断大可兄弟的马屁，问他平时喜欢干点什么？丁大可说他这个人挺简单的，没啥爱好，而且他这工作性质经常要在公司加班。我说你不是老板吗，怎么老板也加班。他说没办法，现在竞争激烈，员工又调皮，必须要多给些压力才行，前几天他就抓到几个借着加班的名义在公司联网玩游戏的。他叹了口气说，现在的年轻人没什么责任心啊，得自己当爹一样在屁股后面管着。

“不谈工作，不谈工作。”万伊在一旁说。

“对对对，不谈，咱们只聊风月。那大可兄弟除了工作就一点别的爱好没有吗？你看我没事就喜欢……听听歌。”我本来想说玩玩游戏的，可转念一想这不正好撞枪口上了，人家刚说玩游戏的没责任心。

“我们家老丁是有信仰的人。”万伊给他男朋友打个圆场。

“对，我公司门上就挂着四大天王的像呢。”

“那挺好啊，四大天王确实见证了我们这代人的青葱岁月。”

"谁说不是呢，我爷爷那辈就迷他们，镇宅子。"

"……您没搞错吧，你爷爷？还镇宅子？你这是哪的四大天王啊？"

"就四大天王啊，魔礼海、魔礼寿、魔礼红、魔礼青。"

"哦，这么四位神仙啊。"我都无语了，这老古董跟我普及大闹天宫的人设呢。场面尴尬到了极点，万伊连忙给我们夹菜，老丁就夸她懂事。

好容易把这顿饭吃完，我想着差不多该杀青了吧，丁大可又拿了个红包出来递给我说初次见面，不成敬意。我吃了一惊，心想还有这好事，马上堆起笑容果断笑纳。这还没算完，丁大可问我要不要去酒吧坐坐，我刚准备一口答应，就被万伊在一旁偷偷地拧了一把，疼得我脸都快抽筋了。

"改天吧，我有点中暑了，得回去休息。"

"冬天也会中暑吗？"丁大可诧异地问。

"……呃，我这人虚火旺，商场里暖气开得大，所以有些不适。"

"哎呀，要不我送送你吧。"

"不用了，宝贝，我送他回去就好了，你也累一天了，早点回去休息吧，明天我来找你。"万伊怕再说下去穿帮。

4.

坐在出租车上，我开始数落万伊，这姓丁的就是个二百五，不食人间烟火的主，你要嫁给他这后半辈子得无聊死。万伊一路上都没怎么说话，一进屋就开始问我要红包。我说这红包是准妹夫孝敬我的，万伊说别入戏太深啊，你还真把自己不当外人啊。

我不情愿地把红包拿出来，万伊倒出来一数，八千！我吃了一惊，这人够大方的。万伊收好钱说，看到没有，人家还是不错的，虽然木讷了点，可过日子还是靠谱的，总比那些玩世不恭的纨绔子弟强。

万伊靠在床头，点了支烟说："我会老的，还能混几年啊？你是不知道我有多害怕去三里屯找他，说不定走在马路上就有一辆保时捷在我身边刹停，车窗玻璃摇下，露出一张熟悉的脸。你说要遇上这事我该怎么和老丁解释？我这样的姑娘遭人鄙视，我在这混了四年了，你知道四年对于一个女孩来说意味着什么吗？你看看这……”

万伊指着她的房间继续说：“看看，我住的是什么地方，在工体的那帮果儿一个包够我在这住到退休。我看书，我学习，我丰富自己，我甚至还会做饭，我不光只会脱裤子，我不是婊子！”万伊把还燃着的香烟狠狠地丢在地上，捂着脸开始哭。

我走过去抱着她，她就拦腰抱住我，把头埋在我肚子上哭，我轻轻地抚摸着她的头发，硬硬的全是发胶。她每天带着一身的化学方程式走进阑珊的夜色里，用尽心机地邂逅着看起来还算有钱的男人，她编着故事骗别人，也被人编着故事骗。真有钱的太少，装有钱的太多，她肯定也有看走眼的时候，没地方说理，拿酒店的花洒冲干净自己，坐地铁回到胡同里。

我想那天她拒绝我，可能是不想让我成为那些男人一样的货色，她不是嫌我，而是在嫌她自己。像她这样的女人，如此风华，却看破一切，大地铺开，风沙吹来，爱情随风消散，夜场里弥漫着混蛋。

10 离开的季节

她的世界里没有选择题，

只有判断题，

没有选项，

全是对错。

1.

我并不擅长和异性的沟通，在这点上我是存在很大问题的。记得读大学的时候，我看到过一个男生给他女朋友下跪的情况。我并不认识这个人，我站在六楼的寝室看热闹，在阳台上我还看到不少一起看热闹的其他同学。女生骂得难听，男生哭得伤心，突然就跪下了，趴在地上给姑娘磕头。这不难猜到，肯定是女方提出了分手，而男生不舍，但他选了个最卑微的方式去挽回爱情。记得女生很大声地骂他不是男人，男生哭着说为了她自己连尊严都可以不要。然后我们很多人都听到了女生很响的一记耳光，有几个看不下去的爷们在六楼叫男生站起来还手。

那时候我想，如果换作是我，受这种屈辱肯定会抓着她的衣领一个背摔，我反感男生打女生，但我更反感女生打男生。我不觉得爱情能够魔性到让一个雄性连自己的本能都丢了，这太可怕。在爱情里可以有背叛但最好不要有暴力，暴力解决不了任何问题。可有不少人就是迷信暴力，在网吧里因为打刀塔输了最后真人格斗的事我就看到过几次，并且团战的华丽程度并不输给游戏里。比如有拿着键盘打出成吨输出的，也有背起厕所里墩布跳劈的，这算是一种另类的 cosplay。如果这群刀塔流氓能活很久，也许未来的科技能发明一种真人 PK 的体感刀塔，想想都刺激。

万伊已经睡了，我静静地在一旁欣赏着她的脸，真挺好看的。难怪男人都喜欢找个漂亮的姑娘当女朋友，你想每天早晨阳光从窗畔流进来刚好照亮她熟睡的侧脸，简直就是一幅艺术品，令人愉悦。至少我觉得能找万伊当老婆是件幸福的事，当然你得对她过去的事一无所知，这就像柜台上的样品球鞋，谁都能把脚伸进来试穿一下，结账的时候所有人都会要求去仓库里拿双新的，哪怕样品再合脚也不会穿走。

万伊如果真和丁大可成了也算是个给她的人生划了个句号，从此不用再看别人的脸色，安心地在家当全职太太，带带孩子，煲煲汤，等老丁回家，两人看一会儿地方新闻，聊点闲天，差不多九、十点钟就上床睡了。日子可能会简单又无聊，但好歹不用在像现在这样，蜗居在夏家胡同的板子楼里，生活得毫无规律，白天洗掉妆容疲惫地躺下，晚上一身高光的出门独自面对夜场里的江湖。

我看得累了，就跑去隔壁房间抽烟，一支接一支，我也不知道为什么，就是觉得下辈子要当个姑娘。我这套五官重新洗牌一下，虽说算不上漂亮，但也不会丑得不着调，而且我这人没啥过分的要求，甚至都可以不需要男方有房，光这点我就吃香的很。女人如果和男人说我不介意你在北京有没有房，传出去都是段佳话，反之如果男人说不介意女方有没有房，那传出去就是个笑话。

一些文学网站有不少类似于《我与美女同居的日子》这样的小说，看着都令人向往。现在我就和一个美女同居着，可情节就那么不像回事。如果我照着小说里的做，在万伊洗澡的时候光着屁股冲进去，估计第二天我就得进局子。我是觉得现在的作者把小说渲染得太过分，可老四说过，你不这么写没人看，因为不热闹，不是谁都能在生活里凑到热闹看的，小说刚好弥补了这一点，点到为止，让读者自由发挥想象空间。老四还问我小时候有没有过大侠梦？我说有。他说那不就结了，你有，别人也一定会有，当个大英雄，行走江湖，到哪都跟不用花钱似的，身旁还有一群美女为了你互相厮杀，这种只手遮天的快感搁谁那都乐意。你要写个大侠练了十年风神腿，在市井追流氓的时候，踩到了个香瓜把脚崴了，郎中说大侠你的十字韧带撕裂了，以后都不能有剧烈的运动，这一世英名都毁在个香瓜上了，不给人笑死？这种故事首先就没有侠义精神，什么是侠义精神知道吗？就是中了敌人一梭子，还能在战场上把红旗插得迎风飘扬的，这样才能体现出来精神，你写得跟过礼拜天一样，读者自己都能写，干吗还买你的书？

不得不承认老四说得在理，他比我小两岁，学的是机械，在厂子里枯燥地上过两年班，无聊的时候就写网文，不温不火的，也接一些剧本来写，反正什么稿子他都吃，如果你有钱让他给你写作文他照样接单。老四换过好几家工作室，不上不下的年纪，行业里也算混了几年，摸得清套路，老油条了。文者相轻的臭毛病在他这体现得特别明显，反正他觉得别人都不如他，自己一直没红只是缺少一个机会，一旦机会到了那就了不得，说不定能拿诺贝尔奖。听他说的最多的就是这个作家文笔差，那个作家结构乱，反正就没他看得上眼的，除了他自己。

2.

刘芒这几天又开始找我打游戏，看来上次说的话都当成屁放了。他有这样的举动我很能理解，游戏越打越好了，赢得越来越多了，总是使人膨胀，本来说好的从明天开始就把刀塔戒了专心练琴写歌，到了今天也变成了天梯冲到5000分就金盆洗手。我跟他说你真到了5000分又会想冲6000分，人的好胜心深不见底。他肯定地摇头说，就差200多分了，这回是真的，在过年回老家前一定要冲上6000，说到做到。

刘芒的话倒是提醒了我，又要过年了。我回房找万伊问她过年有什么打算，回老家吗？万伊说不一定，有可能会跟丁大可回河北。我说我得回去，我每年都回去，今年也不例外。我其实想说的是，年后回来索性懒得去租房子了，干脆还住她这，出一半房租得了。

“再说吧，说不定年后我就搬去老丁那了，这里就归你了。”

“说得我好像不用交房租一样。”我又开始难过，觉得年后格局翻天覆地，我将失去一个朋友。

跟刘芒聊天的时候，我也问过他过年就没想过把唐小丫带回去给你家里看看。刘芒一口否决说不可能，这才到哪，早着呢，他和唐小丫都还没这打算，现在这样挺好的，以后的事以后再说。

我只能感叹，年轻真好，我妈对这事就很着急，电话都来了好几个，问我在北京怎么样，有没有找个女朋友？我只能骗她说找了，正谈着呢，姑娘人不错，北京的，家长都是公务员。我妈高兴坏了，她说公务员好啊，京官可比咱们这县官强多了。她还嘱咐我说没事就多往姑娘家跑跑，礼尚往来一下，给人家里留个好印象。我说知道了，她说光知道不行啊，得行动起来，不然过年就别回来了，就在人姑娘家过年。我问她是不是我亲妈，她说就是因为是你亲妈才希望你能在外头过得好点儿。

每当聊到这我就掐电话，我嫌烦，每次和我妈讲电话都是这些内容，先是一通嘘寒问暖，然后就绕着弯儿把我往沟里带，准能说到女朋友那块去，然后给我推荐一些性价比高的营养品，价钱不高不低，送礼还不丢人。我妈还会时不时地给我寄些土特产，目的显而易见，但都便宜了我和刘芒的肚子。我妈不只一次提出来要来京见见亲家，我就搪塞她说大老远的甭来，您也不会坐车，时机也不够成熟。我妈就在电话里骂我，臭小子你都熟透了，不能让机会光生着，你得想办法让它也熟了哇！平时就不要避孕了！我说您这些心机都跟谁学的？她就跟我说了一大堆做人要讲策略的话，还举例子，说以前小区里的李奶奶的孙子有多能干，三年抱俩，四世同堂了，人家小伙子就聪明，从来不避孕，现在国家政策好，要把握住机会。

3.

离京之前我和刘芒还有万伊、唐小丫在住处喝了场大酒，说友情万岁，来年再见了。刘芒搂着唐小丫，我搂着万伊，唱的却是很不应景的《东方之珠》。唱完了大家又傻笑，说明明身在北京却要唱上海的歌。我纠正说东方之珠不是上海的那个东方之珠，其实这首歌是歌颂香港的。刘芒说那我们就唱一首歌颂北京的歌，来一首《北京，北京》吧，说完他从角落里把吉他拿出来。唐小丫说你都喝成这样了，和弦别按错了。刘芒说不可能，这是肌肉记忆，融入血液的东西，错不了。

当我走在这里的每一条街道
我的心似乎从来都不能平静
除了发动机的轰鸣和电气之音
我似乎听到了他蚀骨般的心跳

我在这里欢笑
我在这里哭泣
我在这里活着
我在这里死去
北京
北京
……

万伊擦着眼泪大声说：“来，走一个！”

“干了！”刘芒也哭了，我喝光了杯中的酒红着眼眶强忍着没哭出来。所有人里只有唐小丫最正常，她有些不解地看着酒桌上的人问：“都怎么了这是？过完年大家不就又见面了吗？”

“你懂个屁。”刘芒说。

“行，我不懂，我喝酒得了。”唐小丫一口闷了杯中酒。

从刘芒那出来，冷风照着脑袋上一顿吹，我和万伊都上了头，扶着水泥墙混合双吐，我右手搭着她的背，她左手搭着我的背，污秽物融合在一起，不分你我。吐完了，我们就抱在一起接吻，又酸又腥。

她说：“如果我们生活在一个小城市里，我一定会做你的女人。”

“那我们就去找一个小城市，你做我的女人，我可以写书，到哪都一样。”

万伊笑了一声说：“可是我不一样，我只能在北京，只有这里才能养活我。”

“我可以养你啊！”

“呵呵，你先养活你自己吧。”万伊像个女汉子一样把胳膊架在我肩上说，走了，回家了。

回到住处，并没有意外的故事发生，万伊倒在她粉色床单上就睡了，我也往铺在地板上的被褥上一躺沉沉睡去。看来酒有时候也并没那么坏，我开始理解白菜和我说的所谓烦恼在酒精面前不堪一击的话，以前觉得没道理，可能是因为自己境界未到。

去机场的那天，万伊抱了我一下说不送了，她不喜欢分别的场面，无论多短暂她都不喜欢。我说不用送，又不是赴汤蹈火，回家过年而已。换登机牌的时候我还是下意识地往身后看了一眼，我也不明白自己看这一眼的意义，可能打心底还是希望能看到惊喜吧。我身后全是陌生的面孔，匆匆而过，脸上都是思乡心切的表情。

晚上在萧山机场下的飞机，坐计程车到了市区，打电话给包子。包子是我在杭州的老相好，认识不少年了，我一直把她当中转站，只要是在杭州落下就会找她。最早认识她的时候她还在电器公司里跑销售，那时候跟我的公司有业务，吃了几次饭，唱了几次歌，就上了床。用现在的话说我们算炮友，包子长相算不上出众，但她有她的处事方式，不管怎么说这短短几年时间她就当上了销售总监。还记得那时完事后我们躺在床上抽着烟，包子说："女人要想在这个社会上立足，就得豁得出去。"她的第一笔单子是我牵的头，可能是出于感谢吧，反正她对我从来不拒绝。

包子开着宝马来接我，上车就跟我说怎么不早说，她可以来机场接我。我说麻烦，她说我见外，这难得见上一面，跑点车不算什么。她开着车带我去河东路吃夜宵，以前我最爱来这吃烤生蚝和小龙虾，冬天小龙虾过了季，吃不上了，就吃羊肉串。我问她混得如何，她说还行，这不都开宝马了。

"能干还是得说你啊。"

"有什么能干的，靠你们这些男人上位呗，摸两把就给几十万的单子，划算。"

她还是像以前一样，说话极其直白，让人不适。现在的人听多了奉承，反而更加讨厌直接，不过包子也看人，她是个太聪明的女人，我一度觉得她能读心，你想干什么她可能比你都先知道。这种女人又太过强势，难以靠近，所以这许多年了，她还单着，虽然嘴上说她不缺男人，但这应该都不是她要的那种。

长途飞行，我也没太好的胃口，吃了没多少就说饱了。包子说那走，去她那。包子住白马公寓，市中心的高档住宅，相当于北京的三环以里的房子。记得上次见她，她还住城西，她赚钱的速度确实很惊人。包子的房间超乱，她的解释是生活里缺个暖男，现在的男人都太要面子，见不得女人比他们强，让他们发脾气装爷们在行，让他们在家待着做家政等于打他们的脸。我说这不很正常嘛，男人总是要面子的，老在家伺候挺不像那么回事儿的。

包子说，不提了，快洗澡去。说完她把床上的衣服抱起来往太妃椅上一丢。

第二天早上醒来，就看到包子坐在露台的榻榻米上对我说："过来吃早饭。"

"我没搞错吧，这招你什么时候学会的？"

"也就你有这待遇了，别废话了，来吃，我弄半天了。"

"为什么是我啊？"

"你变了，以前你从来不问我为什么。"

"可能……可能……"我被她这话说得有些不知所措。

"可能你妹啊，我发现你越来越啰唆了。"

我没有继续说下去，抓起三明治就往嘴里送。难以置信，居然味道不赖，在我的印象里，包子绝对不是那种居家型的女人，厨房对她来说就是摆设，终年不见油烟。最早的时候她还带着一点邻家女孩的青涩，会小小的卖萌，现在哪还有萌啊，尽是猛了，猛得有些让人吃不消。

包子和万伊就是一条路上的两个极端。万伊用尽风情地去取悦男人，是小女人的姿态，让你感觉舒服。而包子则是目标明确的利用男人，端着大女人的架子，让人感觉不那么舒服。但她们又是极懂男人的女人，只不过索取的方式大相径庭罢了。只是在外人的眼里看来，他们也许更能接受包子的这种方式，因为万伊的做派会被人认为是出卖肉体，而包子则会被认定是合理地利用自己的身体去达到某种目的，反倒是业务能力的一种体现。

但我喜欢万伊的方式，因为柔软，我对一切柔软的东西都没有抵抗力。当然不排除我与万伊有着相同的境遇，住在城南的夏家胡同，房屋低矮，老树昏鸦，眼前的万物都有生命力。而包子开着宝马住在高档公寓里，这些我都没有，她的圈子太冰凉，皆是死物。那句经典的台词："我们终究是两个世界的人！"说的就是我和包子。我甚至笃定地认为，包子这辈子就打光棍了，有点自尊的男人看不上她，没一点自尊的男人她也看不上，问题是两种男人中间还没有断层。也就是说她的世界里没有选择题，只有判断题，没有选项，全是对错。

4.

抱着包子大腿在杭州逍遥了三天，我说差不多了，再不回去该赶不上除夕了。包子说她都三年没回过老家了，家长烦，回去就让她相亲，不如在杭州避风头。这三天我们除了去餐厅吃饭就是打台球，包子台球打得很好，反正一切社交类的活动她全在行。到北京这些年，我除了打刀塔就是写书，偶尔心血来潮会去剧场里听场相声、看场话剧什么的。这些在杭州都没有，杭州人民似乎并不热衷于这种文艺类的东西，他们的娱乐简单粗暴，台球、保龄球这种都算健康的，多数都是打打杭州麻将，或者去南山路的酒吧泡着。到了周末就跑去梅家坞喝点龙井茶，吃点并不好吃的农家菜，喝完吃完继续打杭州麻将。

西湖景点里都是外地人，西湖景点周边的商圈都是有钱人，真正的本地人都在干吗？前面说了，打打杭州麻将。当然总有不喜欢打麻将的，那这部分人又在干吗？打打“双扣”。

包子的杭州麻将我是见识过的，出神入化，周润发附体。如果她输给你肯定是打的政治牌，放水的。有时候业务上你必须做一些牺牲，变向送点钱，这样客户一高兴给个大单子给你，够你输一年麻将牌的。

我跟包子说，明天就要走了，拉我去母校看看吧，找找以前上学时候的情怀。她说行，现在下沙估计你都不认识了，变化太大，太繁华。我说我上大学那会儿大学城才勉强算个毛坯，周边的配套都不多，除了网吧就是街机厅，能玩的也就这些，学生们没娱乐，只能打群架玩。

包子说现在谁还打架啊，都去传媒找姑娘了，你是不知道，传媒的那群人吃香得很，一到周末门口停满了好车，跟你们北京三里屯一样。包子边开边指着路边各种新建的楼盘告诉我，这里均价也都破万了。我努力回想起这里原先的样子，应该还是一片长着齐腰高杂草的荒地，有条挺宽的臭水沟，沟上还横着一条估计是用来排污的锈铁管子。现在摇身一变成了商业住宅，沟也成了河，拔地而起的是开发商口中的河畔景观房。

母校倒是没什么变化，毕竟是私立学校，能升级的也就是食堂里的桌子和球场上的篮球架。我指着生活区中心爬满捆石龙枯蔓的廊庭说："你看，当年这里可是恋爱圣地啊，有不少同学在这里表白牵手呢。"我又指着旁边的六号楼说："你看，我以前就在这栋楼的六楼。"看到母校还是原先的样子，我有种欣慰的感觉。我觉得一样东西保持着我离开时的样子，多年不改挺性感的。所有在那个年华里遇见的人，发生的事，就像电影老胶片一样，泛着黄，在我眼前快速地闪过。

那时候我那么无知，趴在阳台上看别的寝室楼里的同学，别的寝室楼的同学同样趴在他们的阳台上看我。不知道从哪还会传来青涩的吉他声，楼道里都是关于游戏版本的讨论和姑娘容颜的赞美。

11 那些年、那些好事之人

我就像一个没有重心的跷跷板，

立场不坚定地乱晃，

不知道哪天才能真正与地面平行。

1.

火车缓缓靠站，每次踏上故土的时候我总是内心泛酸。从出口走出来就能看到一个马踏飞燕的铜像，这是全国优秀旅游城市的标志。我宅，所以我对一切与旅游相关的文化都知之甚少。我生长的城市的发展水平在浙江省里一直排名倒数，我本身没有什么集体荣誉感，所以城市好与不好不计较。我是觉得既然立着马踏飞燕的铜像就该好好开发旅游资源，可听我老子说最近政府又引进了一些化工企业进驻了开发区。当然这也仅是大家茶余饭后的小抱怨，人们安逸惯了，没人傻到去和政府叫板。而且工厂解决当地就业，村民们骑着电瓶车就能去厂里打工赚钱更没意见，钱总是能让人闭嘴，毒死总比穷死体面。

出租车师傅的行驶速度不快，沿街的景观还都是老样子，十几年没怎么变过，无非是多了些正在开工的商业楼盘。路灯杆子上还挂着印着周迅照片的宣传旗，小城市出个名人不容易，周迅算是我们的代言人。记得我在一中读书的时候学校还特意在电影院包了场去看周迅拍的电影，我仍记得片名叫《小娇妻》，是部都市喜剧，内容基本忘干净了。那时候周迅还没特别红，学校之所以花血本包了三天场，从初一到高三的同学都去看了一遍，那是因为周迅是从一中毕业出去的。我经常想，如果有一天我也不小心红了，一中的领导会不会也给我在市新华书店包个场，买个几万本我的作品回去当教科书发。老师让学生买书就跟医生让患者买药一样，场面上说是自愿购买，但估计是没有人会不买的。

一中十年前就搬了新校址，老的地方被拆建成了步行街和商住楼，以前那个电影院倒是还在，不过缩减了规模，大的版图都给了银行和夜总会。唯一还仅存的校园记忆可能就剩下那颗老槐树了，围绕着这颗长命百岁的槐树建了个很小的公园，留了两条贯通的鹅卵石小路，基本没人走。这棵槐树绝对是有故事的，读书的时候我们都称之为爱情树，据说用削铅笔的小刀在上面刻上自己喜欢的人的名字，这趟爱情就一定能成功。刻名字的小刀还有讲究，一定要是红色的，别的色不灵，门口小店有售，比其他颜色的贵2毛钱。那时候我没事就爱和当时的同桌跑树下面去看看有没有熟人的名字上树。当然也不排除好几个男生同时喜欢一个女生的情况，那个时候还没有女神这个说法，我们叫班花，年级花，最后才是校花。这对于女生来说也是一种荣耀的象征，我记得爱情树上被刻的最多的是一个叫江菲的女生，好像低我们一届，舞蹈队的。

当然也有不少调皮的同学会来破风水，比如在江菲名字下面加上“爱××”这种带着自慰意味的字眼。这点上，发育早的同学就占优势，他们海拔高一般不会被捣乱的同学染指。当然爱情树上也并非全是女生的名字，其实男生也有不少，那时候不少女生也情窦初开，沉迷言情小说，在晚自习结束后偷偷地跑来刻名字。这爱情树是不是真的那么灵无法验证，本身这个传说就挺阴险的，它说了两人能在一起，又没说什么时候在一起，说不定90岁了才搞上夕阳恋也成立。不过我那时候真信过，我同桌告诉我，这不可信，说不定是门口代销店老板造的谣，你看他一学期要卖多少把红色铅笔刀啊。

2.

到家我妈早就忙开了，我老爸是家族里的老大，每年的年夜饭都会来我家吃，亲戚围一桌子吃鸡鸭鱼肉，喝点好酒，讲点我认为一点都不好笑的笑话。吃饱了就坐在我们家沙发上看春晚，嗑瓜子，吃柚子。我还有个在复旦读书的堂妹，每年她都是榜样，用来膈应大的，鞭策小的。

大人忙他们的，我就在房间里看片儿，我回家是不敢玩刀塔的，否则被发现了又是一顿数落，说我现在一事无成的就是游戏害的，要是把打游戏的精神用在学习上，估计也和你堂妹一样进了复旦。小叶打电话过来问我除夕夜怎么过，我说在家看春晚。小叶说你七老八十了吗，出来嗨皮，包厢他都订好了，到时候以前的同学和朋友都会来，说好了，必须到，不见不散。

华东过年和北方不同，没什么年味儿，就是我之前说的那样，年年如此，吃完了就看春晚，估计都看不到十点，年纪大的长辈就回房睡觉了，年轻的就坚持到零点下楼点个炮，预祝来年红红火火。这还是在小城市，杭州这种大城市里都禁了炮，到点了也和平时没啥两样。过年在这里真正区别于平日的可能就是夜场里会热闹些，都是些本地的或者从外地回来的年轻人，聚在一起摆谱，吹嘘自己混得如何如何。年纪大些的就在酒店开间房打麻将或者打扑克赌钱，过年了大家口袋里都有些金子，不用掉，心里会难过。

大年三十那天，我妈早早地就起来张罗，亲戚们也陆陆续续地到了，见到我就问在北京混得怎么样，找女朋友了没有。我只好说还不错，年后估计就要出书，女朋友是公务员。他们就问我怎么不把女朋友带回来？我说你们怎么就不问问我出书的事，他们说男人要以家庭为重。我就纳闷了，不都说男人要以事业为重吗？他们就会把“先成家后立业”搬出来说事。小城市就是这样，年轻人还年轻着就把终身大事给办了，家长们的解释是趁着他们身体还健康能帮忙带孩子。

年夜饭桌上，说的都是去年说过的话，聊的都是以往差不多的天，毫无新意。吃完了我说要出去聚会，我妈就骂我说大过年的往外瞎跑什么，好好在家待着陪长辈们看春晚。我说春晚还不如德云社的相声好听，我妈就说德云社又没小品。小叶电话催了我好几次，我说家里不放人，没办法。小叶说不管，必须来，石头、白菜他们都已经到了。听到这里我觉得我是必须要跟家里扯个谎出去了，我还在为上次和石头的那场绝交局闹心，我想可能当面跟他道个歉比较好。

我就跑去跟我妈说，我有一个朋友出车祸了，现在正躺在医院里，我得去看看他。我总是用亲人和朋友的生命来撒谎。迄今为止粗略地算下来，我外公、大姨夫、舅姥爷、表叔、二大爷，以及我的小学同桌、副班长、初中班主任、高中数学老师……都因为我去网吧玩刀塔或者去街机厅里打 KOF 死绝了。虽然这样很不道德，但这些比自己肚子疼，脑袋疼，感冒发烧管用得多，因为班主任不会打个电话跟你爸妈去求证，这样犯忌讳。

但我妈也不是省油的灯，她表示不信。我早有心理准备地掏出手机拨通了石头的电话，然后打开免提让我妈听，电话一直无人接听。我说："这回您该相信了吧，就是这个朋友给辆皮卡撞了，现在还在手术室抢救呢，说不定就是最后一面了。"

我妈说："这倒霉孩子，大过年的出事，去吧，注意安全。"

3.

小叶在海阔天空夜总会订了最大的包厢，我推门进去，里面坐满了熟人。小叶热情地上来搭着我肩膀说："好久不见啊，兄弟。"

"是挺久了。"我应和着。小叶今天穿着一身黑，从风衣到西裤在到脚下的皮鞋，包括里面的羊毛衫和领带全是黑的。包厢里灯光昏暗，说实话小叶要是不笑，我还真看不见他。包厢里有男有女，大家都各顾各地喝酒摇骰子。石头正拿着麦克风在唱《友情岁月》，我等他唱完连忙鼓掌，并端着酒杯上去献媚。

"石头哥，这水平能去参加选秀了啊。"我必须要进点谗言。

"低调，我只想做一个普通人。"

"那个……我是来为上次的事跟你道歉的，那天我是太贱了，别往心里去啊，干杯，干杯。"

石头和我碰了杯子，喝了酒，说道："算了，谁让哥有一颗总冠军的心呢。"

"那是那是，你脸上还有虚空假面的铭刻专属呢，长得就像冠军。"

石头拿眼神杀我。

"哎呀，我说错话了，我自罚一杯！"我连忙又喝了一杯酒。石头说他又要唱歌了，这回是《爱情岁月》，记得鼓掌，要热烈。我说必须的，今天兄弟不把掌纹拍没了名字倒过来写。

白菜坐到我身边跟我喝了几杯酒，相互交换了下阅历。我说年后估计要出书了，书名叫《一万个男朋友》。白菜说听名字就肯定很好看，我说一般吧，没啥营养。白菜说好看就行了，打发时间的，要那么有营养干什么？这就跟吃饭一样，有的菜再有营养你不爱吃还不是到不了你肚子里。我知道这种道理跟他这种粗人说不通，就转而问他的情况。他说自己混得很一般，把他奶奶留下来的路边小屋改了门面开了个超市，紧挨着公厕。白菜问我找对象了没，我摇摇头说没有，他说他去年结婚了，是个农村里的姑娘，凑合着过过日子。

记得上学那会儿白菜还常和我逃学出去玩，那时候我玩什么他就跟着玩什么，从星际玩到CS，从拳皇97玩到三国战记。大学毕业我在杭州上了班，他在老家待业，成天在外面跟人赌钱，赢了就找小叶喝酒，输了就找我打刀塔。我和他玩刀塔的时候不多，主要原因是他太菜，带他玩就没赢过。我那时候是网怒一族，有点类似现在正在唱《爱情岁月》的石头，输了就要骂队友，不管是谁都骂。如今白菜只在网上打牌，别的游戏一概不玩，他说起来是玩刀塔太费脑子，我觉得他是被我骂的对这款游戏失去了乐趣。

包厢的大门被推开，从外面进来十来个穿着低胸连衣裙的小姐和一个穿着小西装的妈咪。小叶关了音乐，拿着麦克风对在场的所有人说："今天过年，都是难得一见的兄弟，一人挑一个，我请客。"

这时候从另一头站起来一个人说："轮不到你付钱，台费我包了。"

站起来的这个人我们叫他汪大嘴，是个牛皮篓子，喜欢在人前出风头。汪大嘴在杭州一家私企里做销售部经理，公司做的是布艺品，老板是他的叔叔。公司是小公司，销售部也就三个人，一个是应届毕业生，另外一个是个没来得及毕业的实习生。我在杭州那会儿和他倒是常常走动，有时候会去西湖边喝杯星巴克，基本都是他付钱。他是那种能把姿态摆到很高的人，爱教育我如何做业务，如何为人处世。他经常会去义乌出差，到国际商贸城采购一些原料，顺便吃点回扣。他出差一次回杭就会找我吃饭，顺便教育我一番，我从不拒绝，耳朵自带静音地品尝美味就好。我知道他混得没有他说的那么好。他有7张信用卡，天天套着刷，拆东墙补西墙地消费，潇洒是潇洒，场面撑得很足。穿的都是名牌，上班都打领带，还喷很多的古龙水，能呛死十几米以外的蚊子。

在我看来，他就是个老千，天天弄得人模狗样的，名片还镶着金边，见人就发，坐出租车都要给司机一张。他总是用相同的招数去骗一些头脑简单的姑娘，这些姑娘把他当作有为青年看，以为捡了宝，其实都成了他的还款工具。他的骗术很单一，就说做了投资，钱周转不过来，让姑娘把他卡账先还了，等年底他双倍还给人家。汪大嘴脚踏多支船，出手也阔绰，动辄就给姑娘买个名牌，哄得她们一愣一愣的，心甘情愿地把钱拿出来帮他。

小叶说这是本领，你我都不具备这样的实力，咱们就骗不到姑娘给钱花。我不甘与这种人为伍，靠骗能骗一辈子吗？小叶说怎么不能，骗个有钱的姑娘结婚不就等于捧了金饭碗了吗？我也是无语。可能是我太单纯地面对这个社会的残酷，心思都花在如何思考人生上去了，飘着过日子。不如他们活得实在，生活就是在1后面不断加0的过程，0越多你的地位就越高，这才是世界的主旋律，是最广大人民的理想。过年大家照面了都会说“恭喜发财”而不是“恭喜成才”，这就是风气。

汪大嘴和小叶吵了半天谁请客的事，都快打起来了。他们两人都极好面子，小叶说自己月入万元，微信号是qzqzyk，有兴趣的可以做他的二级代理。汪大嘴说你那点零钱就别丢人了，还不够他买一套西服的。后来大家看他们争执不下，就提议让他们掷骰子，点大的请客，最终花落汪家。汪大嘴说：“看到没有，这就是天意，我有钱所以我运气比你好。”小叶气呼呼地坐下来喝酒。

石头在旁边跟我说这里的小姐长得丑，还不如燕姐好看呢，我话到嘴边又咽了回去。汪大嘴先挑，他指着中间一个高挑的小姐说，这个赞，我要了，剩下的你们挑。高个小妹笑着鞠了个躬一瘸一拐地走向汪大嘴。汪大嘴骂道：“哟，怎么是个瘸子。”大家就笑他有眼光。

4.

聚会一直持续到凌晨三点，包厢里走了一些人，小叶说差不多了，大家新年快乐，回家洗洗睡吧，明天还要拜年。石头问我明天要不要去网吧里打刀塔，通宵的那种。我说不太方便，家里人太烦，到时候十二道金牌催我回去。石头说，你这人就是这么没劲，就不能编个瞎话骗他们吗？就说白菜出车祸了，你要去守夜。我不知道怎么跟他解释，只好说天亮了再说。再说是个好词，不认同也不拒绝，叫得一个委婉。

回到家我躺下，这张我睡了快二十年的床还是舒服。我借着月亮的微光看天花板上的吊灯，回忆自己小时候的事。那时候我会半夜偷偷起来玩红白机，我魂斗罗特别牛，一命通关，我超级玛丽更牛，能不吃蘑菇全程跳到底。当然被我妈发现后，拿篾条抽了我屁股，砸了红白机，我就开始在被窝里看武侠小说。我喜欢看古龙的小说，因为我听说古龙小说里有情色的部分，那个年代网络不发达，我们没有看片渠道，都是通过书籍给自己灌输一些欲望。直到后来我在我爸的衣柜里层翻到了毛片，趁他们上班的时候看，看得血脉喷张。它是我性教育的鼻祖，从那次以后，我特别渴望地想找一个女朋友干点那种事。

回想起这些天真的过往，我不禁笑了出来，觉得自己过去挺逗的，那时候对外界的理解就是玩，看到什么就想成为什么。看到奥特曼就想成为奥特曼，看到哆啦A梦就想也有个蓝胖子能给我竹蜻蜓和任意门，看到好看的姑娘就想跟她上床。

现在的我看到那一群曾经的同学和朋友，有早就认识的，有刚刚认识的，各有各的故事，大家凑在一起吹捧一下对方，再衬托一下自己。我有一种失落感，我觉得自己与他们格格不入。可能是自己在北京的这两年，基本与世隔绝，不能说是窘迫，只是心里透着不安。我的生活轨道是跑偏的，不像他们下了班就去外面找人喝酒、唱歌，周末的时候就开着车去附近的山野村落吃农家菜、钓鱼、拿仿真枪打农户养的母鸡，再拍一些照片发朋友圈。到了小长假就三五成群地去旅行，拍更多的照片，并配上“心和身体总有一个要在路上”这种的文字，在朋友圈刷屏。稍微有点小钱的人就玩点上逼格的聚会，比如威士忌、雪茄会之流，包一个场子，布置一下，门口铺块红毯，像模像样地走进来在块牌子上签名，跟过电影节似的。

小叶就经常刷这样的屏，他加入了我们当地的一个什么狗屁联盟，联盟里都是些80后的企业家。说企业家是给脸了，其实就是帮不算特别富的富二代搞的进修班。小叶这种都能进去，你可想而知他们的层次。既然是装X联盟，那酒水自然要有讲究，不能再放啤酒瓶子了，得放洋的，酒假瓶子真就行，反正主要目的是拍照发朋友圈，又不是真的来品酒的。

毕竟小城市的人大多世面见的少，在朋友圈一传，都觉得这是一个特别高端的聚会。我这个人没格调，衣柜里连套像样的西装都没有，不修边幅惯了的大老爷们。我觉得人得活得随性，别太装了。南方室内温度这么低，该穿棉袄就穿，该抱着热水袋捂着就捂着，别没事穿个衬衫打个领结，再套个西装，左手雪茄，右手洋酒的在零下两三度的天气里走红毯，这噱头连地方电视台都上不去，也就只是在朋友圈里弥漫一下。

事情想多了，就容易失眠，也可能是我嫉妒，我从未参加过这种时尚版的聚会。我的聚会不是烧烤摊就是大排挡，偶尔去几次 KTV 吼两嗓子，就这我还嫌贵。小叶与我已经渐行渐远，他有了新的圈子，已经不会像以前那样跟我坐在江边抽着 7 块钱一包的红双喜聊人生，聊游戏，聊人生如戏了。

白菜从来也就没有真正地和我成为走心的朋友过，他除了赌钱就是喝酒，一桌的敌人和一桌的朋友，有时候敌我不分，有时候不分敌我。

石头的生活可能是与我最为接近的，除了刀塔和燕姐就没别的爱好，可我已经没有了他对刀塔的这份热情。

我就像一个没有重心的跷跷板，立场不坚定地乱晃，不知道哪天才能真正与地面平行。

12 相亲时代

别抱怨生活，

你不知道这个世界上有多少人

连生活下去的勇气都快没了。

1.

说实话，越长大越觉得过年没啥意思。我觉得有几个方面的原因，从伸手接红包到出手递红包肯定是其中之一。一年年过来，细算确实收了不少红包，不过大多数都被我妈缴了，理由是作为开学的学费，说的我们家多贫困似的。只怪那时候“图样图森破”，不知道学费都是在暑假过后才会交，但又有什么办法呢？这只是一个借口，你戳破了它，就会有更完美的新借口出现让你把钱交出来。不过本着人道主义精神，我妈多多少少还是会给我留个一二百，小孩过年也是要讲排场的，该出手时也不能含糊，否则买个花炮和糖葫芦都抠抠唆唆的，会被其他同龄孩子看不起。但我从小就鸡贼，这些钱都自己存着，出门就到其他小伙伴那蹭吃喝，这是我小叔告诉我的。小叔说我们家对面就是电力局的员工宿舍小区，是“电老虎”，跟他们玩包你赚便宜。而事实证明我小叔说的是对的！当然也有不少“电老虎崽子”说我小气鬼，喝凉水，生个儿子吊死鬼。为此我还哭过，我小叔安慰我说没关系，你脸皮厚点继续跟着他们玩，伸手问他们要吃的，他们还是会给你，因为他们脸皮薄，不好意思不给你。事实证明我小叔又说对了！

现在我得给家里的小辈们包红包了，这其实还挺讲究的，包多了别人回包的也要多，包少了又会觉得你小里小气，肯定在外面混得不行。我们这一般都是300元、500元、1000元三个档次，排除掉某些名门一个红包就几万那种，单从普通家庭来说就是这么包。我挺尴尬的，稿费都拿去挽救老二了，自己卡里也所剩无几，又不好意思跟父母开口。我甚至想过去借高利贷，可估计人家也不会借给我，一个连包红包都要借钱的人，不敢指望他能还的出。

不知道别人家如何，反正我们家从年初一就要开始走亲戚，分尊老，走大小，我妈给我两千块钱，让我拿去给老人、小孩包红包。我说不用，我有钱，我妈就说拉倒吧，自己儿子有没有钱我会不知道，赶紧拿着，别让家里亲戚看不起。

走亲戚其实挺无聊的，说点吉祥话，然后就坐在茶几前面吃年货，看的还是昨天春晚的重播。吃完了年货吃午饭，又是一大家子人，饭后喝喝茶继续吃年货看其他的晚会，到点了就各回各家，第二天起来接着走亲戚。

我手机里都是拜年的短信，基本是网上抄的段子，复制好了群发，没一点创意，还不如简单的一句“新年快乐”来得痛快。我最小的妹妹会给我们带来电子琴的表演，水平不高，断断续续的。电子琴的表演完了，她又开始跳民族舞，看得出来没啥天赋，跟做广播体操一样僵硬。但长辈们都鼓掌说小妹了不起，将来要做钢琴家或者舞蹈家。我问小妹你将来想干什么？她说她要做钢琴家或者舞蹈家。我问她这是你的真实想法吗？她看了一眼我姑姑说是的吧。

过了年初三近亲走得差不多了，稍微自由了些，我就找石头去网吧里打刀塔，中午出门一直玩到晚上十二点回来。一起的还有个90后的小弟，叫郑小刚。这个小兄弟的游戏天赋我是认可的，玩什么都精。我和郑小刚是在以前小叶当网管的那网吧认识的。网吧迷你，招揽的也都是附近的住户，郑小刚的家和那网吧就隔了一道铁栅栏，我目测过，从他家阳台上用七成气力跃下来，刚好能落在网吧的招牌上。忘了说了，那个网吧叫“腾飞网吧”，还挺应景的。

我认识郑小刚那会儿他就没工作，天天混在网吧里头。腾飞网吧换了老板，小叶也早就不做网管了，现在叫“新腾飞网吧”。其实除了网管以外其他还是旧的，键盘里都是烟灰，空格键也基本成了跷跷板，鼠标上都是多年积攒下来的手泥，黑乎乎的附在上面，按上去都粘手。

郑小刚还是无业状态，我跟他讲男人要以事业为重的道理，他说工作不好找，自己没学历又没技术，能找到的只能是保安和协警这种，再就是去工厂里当工人。这些工种他其实都短暂地干过，除了协警其他都没意思。其实当协警还是蛮好玩的，威风，天天半夜在街上游荡，看到不顺眼的就截下来查个身份证。他说当差那会儿最爱干的就是跟大队的人去扫黄。他们去的都是那种巷子里的小按摩店，这气势汹汹地冲上去都能把正在快活的嫖客吓阳痿了。听到这个石头不服，他说这种地方他又不是没去体验过，一进门小姐就把卷闸门给拉了，老板就在街对面放风，有情况就马上电话通知里面从后门逃走。郑小刚点头称是，他说有后门的是最难抓的，所以平时没任务的时候他自己也去大保健，然后从后门走，这样下次就能守株待兔了，一蹲一个准。

我突然想到一个奇怪的问题，如果我在扫黄行动组进来之前穿好了衣服裤子，并且销毁了纸巾和保险套，然后矢口否认嫖娼的经过，还会不会被拘留呢？他们又没有证据证明我与女方发生了肉体接触，并存在金钱交易，我衣服裤子穿得好好的。

郑小刚说："我怎么知道，我只负责抓人，反正我抓到的都是没穿衣服的，也没有你这种心理素质的。"

"叫你们来玩刀塔的，你们两个在这里分享找小姐的经验，太下流。"石头说。

"一楼一凤不好抓，其实我们一般都去那种中等规模的按摩店，门口沙发上坐着好几个姑娘，这种店做生意不拉卷闸门，格局又极简陋，客人来了挑一个就上二楼，楼上并排放几张床，中间拿个帘子一挡，直接开始。"

"然后呢？"我觉得挺有趣的。

"我们一般是等客人上去了就掐表，5 分钟后冲进去把他控制住，按照我嫖娼的经验，这个时候刚好前戏都做完了，开始忙正事了。"

"你就不怕在卧底的时候被自己同僚抓了吗？那不是大水冲了龙王庙？"

"不可能，我们都是分片区的，我都在自己熟悉的片区里玩，心里有数。"

虽然郑小刚说得天花乱坠，但他还是被警队开除了。不要误会，在我们的生活里没有无间道，警队不是让郑 sir 去浴场卧底，牵出涉黄巨头并一网打尽，郑 Sir 虽然年轻，但肾还没好到这程度。他被开除的原因是他利用巡街的时间去网吧打刀塔，被发现了，就这么简单。

2.

长假其实过起来并不让人觉得长，石头说他要回杭上班了，他和郑小刚互加了 QQ，说好了回去后网上约战。他说小郑打得好，比我好多了，跟他玩稳稳地上分，只有这种水平才有资格带燕姐飞。我说你是被燕姐这猪妖给迷住了，石头说燕姐挺好的，经看，看得多了，看得久了就有味道了。

刘芒给我打了电话，说他已经回到北京了，问我什么时候回来。我说过几天，他说想我了，让我赶紧的。万伊的电话一直打不通，也不知道她怎么样了，是不是随老丁去了河北，河北人民待她可好。

初七的时候我妈让我去相亲，我不肯，跟她闹脾气。我这人特别反对包办，这种老旧的观念从封建社会至今一直存在，虽然有所差异，但也是新瓶装旧酒，换个包装而已。以前是父母之命，媒妁之言，让你跟谁你就跟谁。现在虽然没有那么专制，可也不存在绝对的自由，父母还是会逼你去相很多的姑娘，你不去他们就在你耳旁唠叨，各种伎俩，让你不胜其烦。他们说起来都有理，说你老大不小了，只是去看看，要是不喜欢也就算了，这就是看对眼的事儿，万一对上了岂不是两全其美？感情不能挑，差不多得了。我说自己都有女朋友了，我妈说人家势大，未必看得上咱们小庙，还是留条后路比较好，自己地方上的好歹知根知底。

我妈有强迫症，什么都得让我依着，洗碗要从里到外；拖地要先用墩布再用泡沫拖把；服装不能太怪异；头发不能太长也不能太短，更不能光头。我拗不过她，只能听命。

我相亲的对象是我妈的老姐妹介绍的，她女儿在某小学附近开了个陶艺店，里头摆满了瓶瓶罐罐。老姐妹说这丫头她看着长大，小时候就特可爱，眼睛大大的，招人喜欢。我跟着我妈早早地到了店里，装模作样的在店里观摩了一阵，然后就在角落里坐下。过了一会儿女方的母亲也来了，是个瘦瘦的女人，开始跟我们娘俩寒暄，说她闺女正和小姐妹吃饭，过一会儿才能来。我妈说没关系，大家就是见个面随便聊聊。敌方母亲是文联的干部，出门还带着司机，明目张胆地公车私用。我看不惯这种官僚主义，可我妈看着顺眼，当她听说女方在银行上班的时候，她就更顺眼了。私底下偷偷和我说：“银行好，工资高，小日子不用愁。”

女方妈妈问我：“小伙子，现在在哪高就？”

我妈抢着回答：“在祖国的首都，是个作家，年后就要出书了。”

“不错，不错，我搞了一辈子文化事业了，作家收入很高吧？”

“其实……”我有些尴尬。

“一本书赚个十来万没问题。”我妈吹牛连眼睛都不眨。我偷偷地在旁边掐了她一下，她老人家用力地踩了我一脚，我只好沉默。

过了好久，女一号终于来了，我不知道怎么形容，总之差不多就是周星驰的电影《功夫》里的龅牙珍的升级版。我看了一眼我妈，她眼睛瞪得比我还大，脸色都变了。我也觉得不可以思议，从审美的角度上来说，这位文联的阿姨长得在同龄人里算中上的，怎么能生出来这模样的闺女。转念一想，女孩随爹，虽然这么攻击别人长相不太好，可我内心真的无法平静。我承认自己是一个特世俗的男人，我觉得一个姑娘的好坏不能用美丑来衡量，但我就是无法接受这种龅牙妹，我不敢想象跟她接吻的画面，她一张嘴感觉能把我半个脑袋嘬进去。

更让人接受不了的是她居然叫小美！小美听说我是写书的就说：“哇！好厉害，我好喜欢看书的。”

我说：“谢谢。”

我妈突然站起来说家里好像煤气忘了关了，自己要先回去了。文联阿姨一听也说要走，要给我们年轻人留点空间。我把我妈送门口，她让我随便扯两句就赶紧回来，到时候她会找她这老姐妹算账，瞎介绍什么姑娘。

家长们离开后，我问小美要不要去喝点东西，小美说好，然后屁颠屁颠地跟着我去隔壁的咖啡馆里喝拿铁。ARCH-CAFF是我每次回家都会来的地方，老板是个英国人，在中国待6年了，说了一口流利的普通话。有个国产女朋友，长得像王菲，贼气质。老板特别迷黄飞鸿，给自己起了个中文名字叫赛飞鸿，闲的时候我就坐在吧台上跟他扯佛山无影脚。我和他说我高中有个同学会降龙十八掌和北斗神拳，他问我这功夫有没有无影脚厉害？我说不好说，不是同一时代的人，交不上手。他又问我能不能介绍我这个同学给他认识，他特别喜欢结交这种江湖人士。我摇摇头说不可能，这哥们我都不知道现在在何方，赛飞鸿说真是太遗憾了。

小美喝着拿铁看着我，我则拿着手机在玩游戏。小美说银行工作太无聊了，天天就在柜台上点钱，不像我这种搞文艺工作的，想几点睡就几点睡，第二天想几点起就几点起，她天天都睡不醒。我说不是你想的那样，其实写作是很辛苦的，我又不是什么大作家，比你穷多了。她不信，我就给他举例子说肯德基和我小区门口的麦肯基同样是卖炸鸡的，可差别大了，麦肯基的老板四十多了，还在租房子住。小美就转移话题问我北京好不好玩，她从没去过，想去天安门看升国旗。我说没什么可看的，而且太早了，你会睡不醒的。我也弄不明白为什么有那么多的人想去天安门看升旗，反正我到北京这么久就没去看过，长安街戒备太森严，我不喜欢太肃杀的地方，仿佛打个喷嚏都能招来别人警惕的目光。特别是看到拿着防暴长棍的特警叔叔，我心里就发颤，总觉得自己生平没干过什么利国利民的好事，怕他们看出来拿棍子敲我脑袋。

小美的意思我明白，她就是跟我套近乎。我觉得这没有意义，我就没打算回来，而她肯定不会丢下银行的工作去北京当北漂。人就是这样，看见顺眼的异性就完全不考虑事情本身的可行性。我又何尝不是，无论是最早的鬼鬼，还是如今的万伊，我都有想过丢掉现在的生活与他们共同创造一个新的未来。我的生活一直都不像那么回事，丢掉一点都不可惜，可惜的是她们都拒绝了我。

走的时候我对小美说："银行挺好的，别抱怨生活，你不知道这个世界上有多少人连生活下去的勇气都快没了。"

小美傻乎乎地看着我问："为什么没了？"

我无奈地笑着说："后会无期。"

3.

上火车的时候我妈又塞给我两千块钱，她让我如果实在坚持不下去了就回来，随便找个工作，至少不用那么辛苦。我让她别啰唆了，我肯定会混出个人样的。上车前她还恋恋不舍地跟我说让我对北京那姑娘好点，别跟人耍性子，男人要学会迁就，有空就多锻炼，不要整天玩游戏。也不知道这游戏跟她有什么仇什么怨，能让她这么上心，搞得我真跟吸了毒似的。

到了杭州，我打电话给包子，包子说她在安徽老家。我问她不是说过年不回去的吗？她说没办法，家里催着回去相亲，烦不过了，先对付完了再说。我只好给石头打电话，想到他那借宿一晚，石头说他也不在杭州，去武汉找燕姐了。

“你不是说你回杭州了吗？还说自己事业心重，心系工作，夜不能寐，这你妈的寐到燕姐那去了？”

石头说：“燕姐挺好的！”

“她哪好了？”

“活儿好！”石头说完就挂了电话，气得我差点没把电话给摔了。我本想打电话给汪大嘴，想想还是算了，到时候他又得说我这么多年还是这点出息，到处化缘。

我就拖着拉杆箱在杭州站附近找了个网吧包夜，玩了几盘刀塔又是全输，我心情更差了，感觉似乎快对这款游戏失去了乐趣。但即使这样，我还是会时不时地上线玩几盘，可能这就是一种情怀吧，明明知道自己现在的水平已经很难像以前那样线上打爆对手了，甚至经常被对手打成狗，被自己队友骂，被所有人举报。我都不知道我为什么还要玩，可能是刀塔让我和一群兄弟共同奋斗过，也可能是除了刀塔我不知道还能玩点什么。它成了我生活中的一部分，就像白菜之于酒桌，小叶之于微商，刘芒之于摇滚，石头之于燕姐。

累了，我登陆了许久不开的QQ。以前创建的刀塔群已经彻底死了，里面都是些兼职日赚百元的小广告。我在群里发了个微笑的表情，马上就有人回复说：“上古大神降临人世了。”回复我的网友叫暗咩，我们见过，是在一次深圳的医疗器械展会，具体哪年我有些模糊了。只记得期间酒店紧张，我找他给我订房，结果这孙子给我在关内找了个招待所，要洗澡还得自己拿暖壶去打热水。招待所里住了不少印度人和阿拉伯人，味道大得很。暗咩说这是一个商务楼，楼里有不少印度和中东人开的公司，他们基本不租房子，就住招待所里，办月卡，一个月让人打扫一次。我顺着暗咩手指的方向从窗户看下去，对面的桥坡南侧有更多的印度人和阿拉伯人，都坐地上吃烤羊肉串。

从招待所走四百多米就有个地铁站，我每天早上就是从那里乘地铁去福田会展中心，在那一待就是一天。那一次我可不是当麻雀了，跟上海一家卖轮椅的厂家合拼了个摊位。出差的就我和销售经理两人，他住的是四星级，人家级别高，报销额度也高，这是规矩。经理基本都是在展馆里晃悠，找点新奇的东西看看热闹，我则守在摊位里接待老外，这也是规矩。

一天忙完了，我又得坐地铁回去，然后打电话给暗咩去网吧打刀塔，饿了就叫外卖，基本都要玩到快两点。回到招待所躺在床上暗咩照例还会吹半小时的牛，说他六岁习武，一直练到前天，也就是我来深圳的那天。他说像我这种体格的，他能打十个。我说你以为你是叶问啊？他说他师傅就是叶问的弟子，具体第几代他也不记得了。我不信，我让他打一套咏春拳来看看，他又不肯。他找了个很次的借口，说怕打坏东西，我说就是让你打个咏春拳，又不是让你发龟派气功，怎么会打坏东西？暗咩就假装打鼾，意思是让我别啰唆，他都睡着了。

在 QQ 上我和暗咩聊了很多过去的事，他问我什么时候再来深圳，那小招待所还在，这许多年过去了，床单都没换过。我说不去了，我现在在北京，写书呢。他问我写什么类型的书，跟刀塔有关吗？我说有关，他说书出来了一定让我送他一本。

我在网吧的桌子上趴了一夜，半睡半醒的状态，键盘硌得我手麻，也担心自己的行李给人顺了去。出门在外必须要担心这些，现在坏人当道，见义勇为的都被世风伤透了，只能自己上点心。

到了机场，飞机顺其自然地晚点两小时。我给刘芒去了电话说下午就能到了，他说我吵着他睡懒觉了，到了要请他喝酒，甭废话了，他要去回笼觉。我麻木地看着机场里来来往往的人，他们从这里飞往世界的各个角落，有的开始全新的故事，有的依然走在老路上，也许还有的跟我一样，担心着还能不能在蹭住的出租房里继续幸运。

13 归去来的人

不用为生活而担心太多，

只要好好地挥霍掉时间就行了，

迷茫与忧愁都是以后的事，

到时候再说。

1.

我在这个春还未暖，花也没开的季节再次回到大北京。四季里我最不喜欢春天，我的春困症很严重，总是轻而易举地就睡过了一整天，啥也干不了。这个毛病还是刘芒告诉我的，他说他是春困症老病号了，从初中那会儿就犯，这病对身体造不成伤害，就是杀伤效率，影响学习和工作，不过还好，他反正也不爱学习，更不爱工作。

我到了夏家胡同的出租屋，由于之前窗户一直关着，里头有股酸味。万伊还没回来，我放下行李，去找刘芒。刘芒见了我就问有没有觉得他和之前不太一样？我仔细地打量了他一番，说没觉得。

“你仔细看啊！”

“我看得挺仔细，还是这么一副要死的样儿。”

“你仔细点儿！这儿看！”刘芒故意侧面对着我，我这才看见了他脖领子里露出来的一点刺青。

“纹身了啊？”

“我跟你说像我们这种玩摇滚的就必须得有纹身，你可能不懂，这叫图腾。”

“不应该是古惑仔才必须有纹身吗？”

刘芒在肩膀头上纹了个泥鳅，他非说是蜥蜴。我这个人对纹身并没有什么恶意，这其实是一种身体艺术，艺术效果全在纹身师傅手里。我看了太多的劣质纹身，把龙纹成了带鱼，把凤纹成了山鸡，把海鸥纹成了倒过来的 π。石头手臂上也有纹身，纹的是他第一任女朋友名字的拼音，后来分手了，他觉得再挂着姑娘名字不好，跟牛皮癣似的。就又找师傅纹了个帆船给盖了，之后又觉得光有船太单调，就在下面加了一片大海。我跟他说这帆船大海都有了，是不是再配点海鸟会立体一些？他觉得有道理，马不停蹄地去纹了六个倒过来的π，他很满意地拿来给我看，问我是不是有意境了？我摸着下巴说，如果在这下面加上“海南欢迎您”就完美了。

其实社会上大多数人对纹身都是有偏见的，比如我父母就觉得有纹身的就是黑社会。在中国黑社会分子辨识度太高，抽烟、有纹身、留长发或剃光头、穿皮裤、戴耳环、讲话大声又粗鲁。我觉得要是到了夏天刘芒光着膀子走上街，估计也会被人误以为是黑社会份子，他身上基本收留了上述的所有基因。不过我相信刘芒也不介意，反正他觉得够酷就行了，年轻人嘛，思想自我，小爷开心，谁也管不着！

我是觉得纹身师和理发师差不多，得舍得花钱找技术好的，头发给你剪毁了好歹还能长出来，纹身毁了就只能用新的图案去盖。

刘芒带着我去经贸大学旁边新开的一家烧烤店里消费，他说这家店也是这几天才开的，他来京早，没事就在这附近瞎溜达，这才有所斩获。我们找了个靠墙的桌子坐下来，刘芒叫了烧烤店“黄金三宝”来下酒。黄金三宝其实指的就是手抓小龙虾、手抓筒骨和特色烤鱼，这是硬菜，喂得饱人，也下酒。

我们哥俩一边喝酒一边说点各自过年在老家的事儿。刘芒说他回去挺没劲的，自己天天上网，父母天天打牌，都各顾各的，一点亲情都感受不到。年三十一家三口就凑一起吃了顿饺子然后就分头行动了，早知道这样他才不回老家，在北京跟唐小丫待着更滋润。他问我的情况，我说其实大家都差不多，我也基本都在上网。刘芒就感叹中国发展太快了，大家伙都已经不时兴过年了，时兴过圣诞，真丢老祖宗的脸。我剥着龙虾没有搭话，毕竟他还处在一个愤世嫉俗的年纪。仔细想想，虽然过年已经如此无趣，可大家为什么还要天南地北地往家赶呢？这就是血液里流淌着的情怀，别的任何节日都无法取代的东西。这些年我在异乡过了无数个圣诞节和情人节，但是我从未在外过除夕。理由太简单了，因为过年不能回家无论对谁来说都是凄凉的，你一个人端着一盘饺子，听着窗外爆炸在夜空中的烟火，看着纷飞的大雪，脑海里都是万家团聚的笑声，这时候的你肯定孤独的过分。

刘芒喝着酒看着空空寥寥的烧烤店说："等开了学，这里肯定熙熙攘攘的，咱们再想来这喝酒估计都得排队了。"

"我发现你回来后整个人抱怨特别多嘛。"我边说边挑走烤鱼里的香菜。

"我是觉得过去的一年在北京白呆了，啥也没干的感觉，你好歹还出了本书，我什么没剩下。"

"你不是找了个女朋友吗？这也算是收获。"

"我又不是来谈恋爱的，我是来搞摇滚的啊，这漫不经心的一年就过去了。"

"那你有什么打算？"

"暂时还没想到。"

"说话如同放屁这点你倒是一点没变。"

2.

过了正月十五，万伊还没一点要回京城的意思，我有些害怕她直接在河北就跟老丁把事办了，再回来的时候估计都挺着肚子，指挥搬家公司的人给她倒腾行李离开这破地儿。如果是这样，我肯定是木然地站在阳台上抽烟，看着房间内所有关于万伊的东西被一点点带离我的世界。

冯总给我来过几次电话，说样书已经快出来了，电视台也都联系好了，让我好好准备一下接受采访。我问他具体要准备些什么东西？他说他哪知道，让我自己想，往全了想，想到哪准备到哪。我这人从来都上不了台面，从小学到大学只要是学校组织的什么演讲比赛或者班级活动我统统不参加，都是作为看客的身份在下面坐着，看着那些善于表现自己的人在台上表现。

我给老二打电话，向他取经。他让我不用紧张，采访无非是问些很简单的问题，实在不懂你就去网上搜搜那些明星专访的视频，看看他们是怎么回答的，反正问题八九不离十。说完他就着急忙慌地把电话挂了，估计是怕我问他要钱。我又打电话问老四，老四说这能有多难，人问什么你答什么呗，又不是考你知识面，问的都是些心路历程的东西，准备几个艰难困苦的段子，让人觉得你出书不易就完了。

我就在网上搜些励志的段子，都是些父母离异或者父母双亡的，我觉得不太适合我，我爸妈活得好好的。刘芒有时候也会给我分析这个，他说现在选秀节目都流行比惨，你要不死几个亲人都不好意思上节目，这就是抓住了广大水军们的屌丝心态。你想如果一个人户口本上死了一半，还得了绝症，然后靠音乐的力量坚持至今，最终站上某个舞台成功了，这点大家能接受得了。为什么？因为人家里都死人了，自己又是半条命这么吊着，我支持你一下就当施舍了。但你反过来想，如果台上的人跟你的生活差不多，那有些人肯定受不了，他们会想凭什么是你成功了而不是我？

“有点道理啊！”我若有所思，想起了过年时包厢里白菜摸着姑娘的大胸问人家，长的这么白皙干吗出来做小姐？这不就跟我们给乞丐几块钱道理一样吗？你如果知道小姐抽的是中华你抽的是中南海，乞丐开的是奥迪你开的是奥拓，你肯定不能给这钱。

“那你怎么不也去编点故事参加选秀？”我问刘芒。

“我做人凭本事，又不是凭故事，再说我编故事也不在行，说起来你在行啊。”

“但是我演技不行。”

“所以咱们现在还在这呢，没住到三环里去。”

我说不准备了，有这闲工夫不如去搞创作，广大水友们正茶饭不香的等着我的大作问世呢！刘芒白了我一眼说，要跟唐小丫去三里屯逛商场，这不过年回来口袋里富裕，给女朋友买个高兴。我又开始嫉妒他的年纪，这个年纪真的太好，红包不少，韶华未老。不用为生活而担心太多，只要好好地挥霍掉时间就行了，迷茫与忧愁都是以后的事，到时候再说。

我打开电脑，点上烟开始写书，我突然开始佩服自己来，要是换做之前的状态，这回我指不定就跟网吧里头坐着，不是在游戏里坑队友，就是在贴吧或 QQ 群里倚老卖老教育一些涉世未深的少年郎。说实话我自己就很讨厌别人在我面前说教，搞得他有多了不起似的。谁想时过境迁，我自己也成了那个讨厌的人，这东西跟吸毒一样，会上瘾，停都停不下来。我总是试图在扮演正义者的姿态，妄图通过自己的阅历去纠正别人的世界观，告诉他们不要恶意去黑一些职业选手，告诉他们要好好说话，不要骂街，这样既不文明又不礼貌。我还会尝试去告诉他们自己曾经拿过全国冠军，虽然规模很小，但好歹也是冠军。这冠军就像个资格证书一样，我天天挂胸口，示众人，让他们明白，老子有资格教育你们。然后我得到的最大多数的反馈归纳起来就四个字：“傻 ×，你谁？”

这就很麻烦，因为我还要花很大的篇幅打字告诉他们我是谁，我真是一个很复杂的人，有那么多故事，说出来他们都未必爱听，万一他们连看都不看，那我说出来又没有什么意义。哎，这是一个多么矛盾的世界！我又是这世界里多么矛盾的一个个体！

所以我觉得真的需要有一本书去告诉他们我是谁，我真的拿过冠军，我的伙伴又都有谁，我还有过什么样的青春。在网上你发表一篇文章，别人直接就能留言骂你，但书不一样，总不至于读者把一些他们认为的不良词句用红色水笔标出来，然后写上一些他们认为良的语句，再给我寄回来，告诉我说：“傻啊，这才是普世价值呀！”然后我就用黑色的钢笔在他文字的下方写上我的寄语，然后寄回去。这事不会出现，毕竟是书，又不是信。但这种读者我又是极欢喜的，因为至少他在思考，我让别人思考了我就欣慰。毕竟我不是冯总，认为书要买，但可以不看，太他妈任性，彻头彻尾的商人做派。

一口气写到黄昏，胃酸提醒我：“该吃饭了！”我这才关了文档，打电话叫外卖。等饭来的空闲，我打开游戏，石头和燕姐果然在线，我私聊问他是不是不打算回杭州了，准备在武汉跟燕姐长相厮守了？石头说不是，燕姐真挺好的，会打刀塔，还会做饭。我也不知道自己为什么那么不喜欢燕姐，这种讨厌无理无据，赤裸裸的。石头说燕姐这段时间在他的悉心教导下，进步很大，已经不随机乱拿英雄了，专心地辅佐他。他说等燕姐上了 4000 分他就回杭州上班，他就是这么有责任心。

过了一会儿，郑小刚也上线了，让我们陪他玩通宵。他说他妈给他在工厂里找了个流水线上的活，过几天就得去报到了，最后这几天疯狂地玩一下。石头说他很欣赏郑小刚的作风，疯狂的男人最潇洒，燕姐就经常这么表扬他。我想闲着也是闲着，写了一天确实有些乏了，索性放松放松，不想万伊电话来了，让我去南站接她。我跟石头说有事要先下了，石头说还有什么事比跟兄弟们打刀塔重要？别的不说了，一个义字！我懒得理他，下机去南站接万伊。

3.

万伊从来都很好找，漂亮的优势，人群中扎眼。女人的行李一般都会比较多，而漂亮女人的行李则不是一般的多，因为漂亮之人更爱拾掇。行李中衣服占了百分之八十，剩下的百分之十八是化妆品、护肤品和保养品，最后这可怜的百分之二可能就是些杂七杂八的小物件，像吹风机，剃毛刀这种，可有可无。

我拖着她那两个大箱子用手机软件叫车，大城市车不好叫，好容易叫上了也是一路堵着，都说北京的的哥能聊。这不废话吗？堵在路上他再不找人聊点闲话，多憋得慌。我们找的这的哥嘴就特别碎，估计也是看到有美女上车的缘故，跟我们贫了一路，脑袋都给他说炸了。

好容易到了住处，万伊数落我来了这些天了也不知道收拾一下，家里脏得跟猪圈似的。说完她就操起家伙开始捯饬房子，我就在一旁看着，心想家里还是得有个爱干净的女人，这才能住得舒心。

大扫除完毕，我就跟万伊躺在沙发上聊老丁。万伊说老丁真挺不容易的，老家条件不好，这些年都靠自己一个人在北京打拼。在老丁还是小丁的时候就在三元桥那一家网络公司当程序员，天天加班到半夜，冰箱里冻着馒头，就着凉水吃。周末老丁就接点私活来干，有时候活大，就通宵弄。说实话我蛮震惊的，觉得老丁了不起，至少我没有这份毅力，我除了玩游戏玩过通宵就好像没别的什么事能让我整晚不睡觉的。

万伊说老丁现在的公司经营状况其实也算不上特别好，现在哪行哪业竞争都激烈，也只有过年的时候会抽空回老家去看看。

“你这次跟老丁回去是不是把事定了？”我问万伊。

万伊迟疑了一下说：“说实话，我有些犹豫。”

“犹豫什么啊，你不是也说老丁这样的好男人是稀有物种了吗？”

“老丁人是好人，不过他目前的经营状况，我还是有点担心。”

我知道万伊在担心什么，老丁这种迷你小公司，在茫茫商海里，就像海滩上的蓝色眼泪一样，稍不留神就会被冲上岸快速地死掉。万伊是不想让自己的生活像坐过山车一样，你要知道，东山再起比白手起家难一万倍。那时候万伊可能已经从尖果儿变成了苍果儿，值不上价，说不定还要包邮。万伊是会犹豫，她肯定在想到底是跟了老丁，还是再寻觅几年找个更好的，更稳的，至少能让她没有后顾之忧的。

这些话我没说出来，没意思，这种事我一个外人顶多只能劝，可我又真不知道该往哪个方向去劝。劝她跟了老丁吧，要是以后真破产了，那万伊得恨死我。若劝她再找一个吧，要是那个还不如老丁，那万伊还是得恨死我。总之里外不是人，别掺和是最正确的，一切让万伊自己做决定，我只负责当观众和听众就行。

“坐车累了，早点睡吧。”我终结了关于老丁的话题，转身回了自己房间躺下。躺下并不代表睡着，我辗转反侧，内心五味杂陈，因为万伊最后这几句话，让我想到了鬼鬼。

我曾经问过鬼鬼到底想要什么样的男人？她说她也不知道，男人太难选了。事业心重的吧，肯定没工夫照顾你；整天围着你打转的吧，肯定没工夫照顾事业；要不找个富二代，可是富二代又普遍花心。

我问：“男人非得有事业吗？”

鬼鬼笃定地说：“当然，我只想生活过得好一点，这不过分。”

“可是两人一起努力也可以慢慢地把生活过好。”

鬼鬼笑着说：“我又不特别想努力，总之我就是懒，懒癌到晚期了，没得救。”

那时候我并不理解鬼鬼口中“懒”字的含义，我觉得我当时也懒，就想整天躺着。上班太累，太烦，每天都重复做着一些事情，薪水又拿的少，每个月都花透，房子车子什么都不用去考虑。我特别讨厌杭州的公交车，上下班高峰期的时候人多的能挤碎你睾丸。我还讨厌每个季度给房东打房租，感觉这钱哗哗地都通过无形的网络流向了他的卡里，剩下的只够自己吃点快餐，玩点游戏。我经不起隔三差五地和鬼鬼去喝咖啡，去下馆子，成本太高，透支太大，真的力不从心。

现在我躺在地铺上想，如果人设可以切换，把我换成她。作为一个对生活品质要求极高的姑娘，怎么可能会忍受每天上下班挤公交车。下班了连忙跑到出租屋附近的菜场里抢点瘦肉和蔬菜，回家顶着油烟做饭，吃完了跟我躺在床上看看无聊的综艺节目，然后再重复一下草草了事的性生活。日子过得精打细算，哪都想去，又哪都去不成，就想跟床上平躺着，看看天花板，五分钟后就自然入睡，醒来一切照旧。这种日子积攒了太多的怒气，又无处宣泄，只能去网上找茬骂陌生人，或者关起门来跟对方吵架。

4.

第二天，冯总一早就来了电话，说是样书到了，让我赶紧去工作室一趟，看看自己的作品。我有几分激动，这就像在产房外等候多时，终于大门对开，护士抱着我的孩子从里面走出来送到我手里一样。

我奢侈地打了车去葫芦工作室，冯总已经在了，老二和老四也在，他们都拿着我的《一万个男朋友》在翻看。

“看看吧。”冯总把书递给我。我几乎是颤抖着把书捧在手里，书皮是亚光膜的，封面的设计算不上有新意，这也在我的预料之内。翻开来，就看扉页上我写的那一句话：“一万个太多，我只在乎你，我跨越千山万水地来找你，你用尽了所有的技巧来睡我，我只希望你爱过我。”我眼眶有些湿润，这种感觉很难去形容。这本书应该算第一本我独立完成并署名的作品，虽然不是我想写的内容，可它至少由我而来，又由冯总推给这个世界。

“恭喜你，老三。”老四走过来跟我握了手，表情并不友好。他还说回去会好好看看这本书，学习学习。我知道这都是放屁，他能看我的书才见了鬼，老四伪善得很，关键时刻能插你刀的准是他。

我又看了看老二，他正叼着烟在桌边翻看我的书。大年已过他似乎又老了不少，脑袋上“地中海”的面积显然扩大了。都说写作盛产秃子，因为脑子用太多了，可我觉得老二是被股票闹的，虽说过年这几天停盘，但他估计年前炒股欠了不少债，头发都是愁掉的。我有些同情他，如果这种重压落在我身上，我肯定束手无策，死路一条。他至少还能勉强坐在这里，看我写的书，抽两块钱一包的烟。

14 生活 就是一场轮回

其实释怀与歌无关，

你听到的歌词勾起的是能代入你自己的故事，

故事每个人都有，

世界又这么大同小异，

总有一款适合你流泪。

1.

我在万伊的出租房里给自己搞了个庆功会，花了点小心思，买了几个氨气球飘着，又去超市里买了点下酒的熟菜，还买了一只北京烤鸭。万伊则给我订了个蛋糕，往桌子中间一摆，刘芒和唐小丫就围坐在一旁拍手，嚷着要我赶紧切了，说切了新书就能大卖。万伊不知道从哪又摸出来一瓶香槟，起开给我们都倒上，大家纷纷举杯。万伊说真没想到在北京这许多年还能认识个作家，而且还跟我住一屋，没白混。刘芒说以后我拿了奖可别忘了兄弟啊！唐小丫拿出本子让我给她签个名。

我傻愣愣地笑着，人为什么那么容易骄傲？就是因为周围的人总是喜欢放大你所取得的哪怕一丁点的成绩。当然他们心怀好意，只不过我这人越大越自卑，早没了大学毕业时那一副从头发尖到脚后跟都满是信仰和抱负的样子。以前我总是想要回应一切的质疑，跟父母对着干，跟恋人对着干，跟所有看不惯我的和我看不惯的统统对着干。现在我总是想要回避，对所有事都一笑了之，内心深处说的最多的就是"顺其自然"。"顺其自然"是个可怕的成语，扼杀一切斗志与激情，绝对是听从命运安排的说辞。命运如此无常，我却一意孤行地听命于它，慢慢地老死，死不得其所。

刘芒我问我关于新书的打算，是不是真的打算要写一本刀塔青春小说。我说已经动手写上了，刘芒吃了口蛋糕说我不够意思，写书都不跟他报告一声。我懒得理他，他这人就是这样，总是一副特关心朋友的姿态，其实心思全在吃喝玩乐上。我曾不止一次在他面前说过开工写这本小说的事，真不知道这小子的耳朵是什么时候聋的。唐小丫说游戏小说她看不懂，还是写点谈情说爱的比较好，她爱看。刘芒让我别理唐小丫，本来也不是写给她看的，这死丫头从来不看书，尽看日本动漫。万伊说不管写什么，能出书都是件值得骄傲的事情，总会有人爱看的，再厉害的作家也不可能把小说写得全国人民都去看，这又不是语文课本。刘芒在一旁拆台说他可不爱看语文课本。

也许是受了我的鼓舞，又或许是受了刺激散场的时候刘芒说，他今年也不能闲着，要写几首歌，跑几个场子找找机会。北京有太多像刘芒这样的歌手，分为三六九等，刘芒这种属于街头艺人，基本是在通道或者路边唱歌，面前摊着琴袋子用来装路人洒的钞票。稍微高级一点的就在酒吧里驻场，有长期的也有打游击的，他们拿的是出场费，费用的高低根你的名气挂钩。

其实像他们这种人，生存环境还是比较恶劣的。现在的人多浮躁，喜欢去一些有艳舞表演的场子玩，看穿着暴露的姑娘在台上扭，用来下酒。在京的弹唱歌手没多少土壤，来首都大家都是抱着出名的目的，许久没混出来的，就开始南下，往西塘、丽江这种古镇跑。因为去那里的游客都是抱着远离喧嚣，亲近自然的想法出来的，需要听一点莫名其妙的歌声来超度下自己的灵魂。其实释怀与歌无关，你听到的歌词勾起的是能代入你自己的故事，故事每个人都有，世界又这么大同小异，总有一款适合你流泪。

2.

次日我和电视台的人见了面。冯总请的是保定一家地方教育频道，闻所未闻，他说覆盖面大小无所谓，有个内容就够了，说出去好听些。主持人是个胖女人，看样子血糖就不低，采访就在我们工作室进行。

胖女人跟我对了对稿子，让我别紧张，等会儿开始了她只会问些很简单的问题，我肯定都能答的上来。我拘束地看了看一旁工作人员，和他肩上扛着的反坦克火箭炮一样的摄像机，咽了口唾沫说好的。

采访正式开始，灯光突然就亮了，胖女人脸上立刻露出标准化地职业微笑。她对着麦克风说："欢迎大家收看《我有话说》节目，今天我们很荣幸地请到了《一万个男朋友》的作者王三与大家面对面，聊聊这本很特别的小说的创作历程。"

我看到胖女人和摄像机一起转过来对准了我，我心跳得厉害，感觉尿急。

我笔名叫王三，王并不是我的姓，我的偶像是王小波，他总是在作品里自称王二，所以我就起了王三这个名字，没特别的用意，也谈不上致敬偶像，为了什么我也说不上来。现在胖女人问我是什么初衷会想到去写这么一本书？我蒙圈了，这问题该怎么回答？我总不能说，其实并没有初衷，是冯总让我们写的，其实有四个范本，只不过老二写得太诡异，老五写得太青涩，老四写得又不如我，所以今天是我坐在这里接受采访。

“我也不知道。”

胖女人笑着圆场：“可以理解，其实我很多时候也不知道自己为什么要干一件事，众所周知这是一本都市青春小说，主基调是年轻人的爱情观，那么你觉得真正的爱情应该是什么样的？”

我在心里骂娘，这也叫简单的问题，都扯到爱情观上去了。爱情是个什么玩意儿，三十年来我自己都没整明白，你现在让我用三分钟的时间交卷这不是难为我吗？这东西说不好还遭人骂，你说爱情就是柴米油盐酱醋茶，相互扶持，一路到老，那肯定会有人跳出来说没有钱的日子不叫日子，叫灾难，在灾难里哪来的爱情可言？我如果说爱情是有房、有车、有房车，那么劳苦大众又跳出来说难道穷人就连爱的资格都没有了吗？就算我把有钱和恩爱都说全了，还是会有好事之人说我跟这聊韩剧呢，世间哪有这么完满的结局，他们又不是没看过罗密欧与朱丽叶、梁山伯与祝英台、贾宝玉与林黛玉，这种例子不胜枚举。

“我其实也说不好爱情这东西。”

胖女人嘴角有些抽搐，但并未干扰她职业地微笑。她继续问：“确实我们太难给爱情一个准确的定义，我相信大家看了这本书以后说不定能悟出一点什么来。好，我想大家都特别想知道您的故事，这是您的第一本书，您觉得它带给了你什么？”

“稿费。”这是我发自肺腑的话。其实我也努力在想，除了稿费它还给我的生活带来了什么？但似乎真的没有，如果没有这本书我的生活依然如此，我还是会时不时地在网上和石头打几盘刀塔，还是会跟他说不要沉迷燕姐；刘芒还是和唐小丫在一起，不思进取；万伊也不会因为我出了书就在我面前把裤子脱了；鬼鬼我都不想说，她甚至不知道我出了书。所以它给我带来的只是两万的稿费，而且没捂热就被老二借走了。

胖女人显然有些不耐烦，她说让我跟大家随便说点什么就结束专访吧，采访你们这种菜鸟太难了。我觉得明明就是她的问题太难，她就不能问我喜欢吃什么，是什么星座，有什么爱好，为什么长那么帅？这种问题我回答起来得心应手。可即便是她让我跟大家最后说两句，我也不知道说点什么好。我说希望大家都来买《一万个男朋友》这本书，真的很好看！胖女人说不行，太直白了，属于植入广告。我又说谢谢大家的支持，你们的支持就是我前进的动力，也希望自己能创作出更多更好的作品。胖女人又枪毙了，理由是人家都不知道你是谁，拿什么支持你，这种话等你成了大作家再说吧。

我不耐烦地问："那我到底要怎么说？"

胖女人叹了口气说："算了，给大家拜个晚年吧，后期我把前面的都剪了，弄个短片介绍下这书，然后把你这拜年的话插进去。"

我就对着摄像机一抱拳说："祝各位书友晚年幸福。"

胖女人把手上的稿子往地上一扔对冯总说："冯总，这二百五你哪找的？"

冯总连忙把我拉到一边，问我是真傻还是装傻，这么简单的问题都不会答？我说我是真傻，我是真的不会答。冯总就指着我鼻子说："我真是服了你们这群书呆子，活该你们一辈子穷。"说完他就转身去找胖女人交头接耳。我愣愣地站在一旁看着，换作我以前的脾气，我肯定在冯总说出那句话的时候就挺起胸脯往前逼他一步，顺手操起一旁的靠背椅子，让他有种再说一次！如果换作比以前还要再早两年的脾气，我甚至都不会跟他废话，直接就跟他干上了。可现在我是如此怂，什么叫三十而立，就是到了三十，别人在你头上拉屎，而你也得立着。我不是心中无火，是我心中多了套自动灭火装置。我会用最短的时间自问自答，如果我跟冯总翻脸了，丢了工作我吃什么？没得吃。他可以轻而易举地把书面上的王三换成老四的名字，我相信老四一定能够气定神闲地把问题都圆满地回答干净。我们这个工作室甚至都不给我们交社保，合同是签了，但估计里头都是霸王条款，官司上我都未必占便宜。说白了就是你要想走随你的便，冯总想你走也随他的便。

我傻乎乎地在原地罚站了十分钟，冯总走过来让我先回去等消息，具体的事宜到时候再找我。

出门我给老二打了电话，跟他说了这事。老二骂我蠢，连瞎编都不会，我说我没经验，老二说我悬了，冯总的脾气搞不好就要封杀你。我有些慌，问他有没有什么补救的办法？老二说有，准备简历找工作去吧。我说，事态都已经这么严重了吗？老二说你自己没脑子，能怪谁。我说要是丢了工作就没经济来源了，让他把钱还我，然后电话就断了。

我一个人走在牛街上，我觉得自己活得悲催，有了回家的念头，但很快又被自己歼灭。荣归故里和黯然返乡差别太大，在亲戚和朋友面前抬不起头来。到时小叶肯定会过来找我做他的下线，在朋友圈里发自己敷面膜的照片；白菜肯定会时不时地找我喝场大酒，吹比酒还烈的牛，划拳，聊牌局，聊哪里找小姐便宜；郑小刚肯定天天找我双排，他也只是鄙视我的技术，并不会鄙视我的生活。我会成为一个失败的案例，成为大家背地里的谈资，我可能会草草地结婚，草草地繁殖后代，草草地穷极一生。这么草草地一想都觉得可怕。

3.

“回去等通知”是我最害怕听到的一句话。这句话就像一粒慢性毒药，你吞下去的时候就知道自己早晚会毒发身亡，可谁他妈知道是早还是晚呢？等死往往比死更令人感到恐惧。在这段难熬的日子里，我发疯似的码字，我觉得自己得做点什么能让冯总后悔的事，毕竟这些年我趋炎附势的沉沦了太久，在沉下去该溺死了。此刻我仿佛又回到了初中的课堂，窗外的黄叶随风飘到干净的水泥地上，阳光下是沁人的朗朗书声。语文老师带着眼镜，便宜的香烟从他的鼻孔里喷出来，铺洒在我稚嫩的脸上，办公桌上放着我那本海蓝色的随笔本，上面是不合时宜的关于早恋的故事。我一直视他为敌，多年以后当初的敌人还未被我歼灭，新的敌人已经在另一个战壕若隐约现。

万伊看我最近老把自己关在房间里，问我是不是发生了什么事？我说都是小事，很快便会同京城的雾霾一起散去。万伊就从包里掏出一张卡来说：“这老北京的雾霾脾气倔强，一时半会还走不了，这个拿着，喜欢什么就买点。”

“真用不着这个。”我特不喜欢万伊这套，心疼穷小子似的，还喜欢什么就买点！我这见天儿要死是怎么的！

万伊见我目光坚定便也没说什么，走上来给了我一个大大的拥抱，我隔着衣服都能感受到她柔软的胸部，瞬间化的跟一滩水似的。她拍了拍我的背，轻轻的说：“加油，我支持你。”这句话让我这刚化成的水都有了三十七度五的温度。

眼前这个女人总是在我面前如此温暖，可一想到她在外头的那些事，又让我觉得这是一场幻梦。万伊从河北回来后又重操旧业，开始去酒吧里钓凯子，一面广撒网，一面跟老丁打游击。只不过她换了阵地，从三里屯换到了工体，如此，老丁彻底沦为备胎。老丁对万伊一无所知，但这未必就是坏事，至少万伊在他心里还保留着最好的模样，女神的姿态。万伊微信里有不少交友群，说起来是交友，其实里面都是些真假公子爷，每天都在搜罗美女，点开来看看朋友圈的照片，中意的就去聊上几句，然后问人家约不约。不过万伊一般都不太跟网上的这些人瞎胡闹，她说网上骗子多，照片里握着宝马方向盘，谁知道车是不是借来的，还说不定就是个修车的小工。有钱没钱一般她肉眼就能分辨，虽然也有失误的时候，可毕竟超级大骗子总是少数。

刘芒最近也像中了邪一样，学我天天把自己关房间里。有几次饭点我找他下楼吃面，他都抱着吉他说不去了，这几天突然来了灵感，准备写首关于北漂的歌，歌名他都想好了，叫《京城浮萍》。

我说：“写个毛啊，明天再写。”

“这灵感说没就没，你觉得我这个歌名怎么样？”刘芒问我，还没等我回答他就说算了，搞创作的必须得自私点，听太多别人的意见反而不好。他说浮萍真是太贴切了，生长在湖的最角落里，飘着，没有根。太像我们这群人，在北京城的边角，密密麻麻地聚拢在一起，都向往这湖心的美好，可最终都被人捞起来去喂猪。

“你不去我自己去了。”我不想继续听刘芒跟我说他的原创，我觉得这是对我的一个讽刺，本来一本正经坐在这里谈奋斗的人应该是我，而吵着要去网吧的人是他，现在一切都反转了。我突然很害怕刘芒成功，我也觉得浮萍的寓意特别好，这么好的东西保不齐就真的火了，毕竟那么多人都活得像这水中浮萍一样。我记得有两句关于浮萍的诗写得特别有意境：“浮萍漂泊本无根，天涯游子君莫问”，我只知道这两句，甚至连作者都不知道姓甚名谁。想来这个作者也不会太出名，从古至今就是如此，大家会去搜李白看他的诗，而不会搜“床前明月光”去看李白。

可能正是刘芒出人意料的觉醒让我正式沦为了一个足不出户的超级宅男，写饿了就叫外卖，写累了就上网看看新闻，或者去 QQ 上找人扯犊子。我觉得自己就像一个死囚，在牢里关了不知多久，突然某夜狱卒给我端来好酒好菜说吃饱了明天好上路。我肯定吃不下这顿饭，手起刀落就那一眨眼的事儿，但这一眨眼的工夫是所有走过的生命里最痛苦的等待，更夫每一次的打更都是为你鸣起的丧钟。

小叶在 QQ 上弹我，他说他现在混开了，准备和朋友开个车行卖车。他还特别解释了这个车不是自行车更不是三轮电摩，是小汽车，过几天就要开张了，有活动，买车就送一箱面膜。我说为什么不是买一箱面膜就送辆车。他问我是不是有毛病？难怪业务做不好，跑去写书，想象力过剩。小叶给我发了他车行的照片，门面不算大，里面停了几辆普罗大众购买率比较高的国产车子，他黑漆漆地站在旁边当车模，车子上贴着“三好车行”的 logo。我问他为什么起这么个名？他说所谓的“三好”是，质量好、服务好、信誉好！小叶让我给他在朋友圈做做宣传，如果有朋友买车就找他。我说我朋友都穷，只买得起公交月票，买不起车。小叶说不能老和穷的朋友玩，越玩越穷，他就专门挑富的玩，富人自有富起来的道理，资源一共享说不定你就走上发财致富的逆转之路了。

4.

春意盎然的时候，我又生了一场病，胆囊炎。医生说让我少熬夜，伤身，而且饮食要规律，还特别嘱咐了要吃早饭，很多得胆囊炎的都是因为不吃早饭引起的。我问他说是不是我现在开始吃早饭就能把这病给治了。医生说开什么玩笑，你现在都有炎症了靠吃饭能顶什么事儿啊，得吃药！

我揣着开好的药回去教育万伊，把医生跟我说的话又跟她说了一遍，想来我和她也真是匹配，都是生活规律乱套，由着自己性子吃喝拉撒。但我相比于她还要稍微健康一些，她经常性地喝很多酒，有啤的，有洋的，而且她酒量并不好。酒量不好对于一个混迹夜场的姑娘来说是吃大亏的，被别人三下五除二地放倒在那不安全，说不定就给捡了“尸体”。我在网上看到过这种文章，说三里屯、工体这种酒吧聚集地有不少捡尸的主，看到你喝得意识全无的就趁机过来摸两把，亲两口，胆子大的还能拖你去厕所干更下流的事。这些不是没给万伊说过，万伊说她心里有数，她有独特的挡酒技巧。我说你再有技巧也遭不住别人劝，万伊就让我搞清楚她和陪酒小姐的区别，她虽然也喝酒但是不陪酒，得端着架子，不能让人给灌晕了，否则下档次，档次一下来就成屌丝了，没了女神范儿，不讨男人们喜欢的。

冯总终于来了电话，他真就把我书上的名字换成了老四的，他解释说我文章是写得不错，就是场面活儿不如老四，以后政策变了，让老四在外头抛头露面，我只需要负责写就好了，当然稿费少不了我的。这我哪能同意，这等于是把自己的孩子卖了。冯总说你不同意也没办法，这就是公司的政策，你要么别在这干了。我终于忍无可忍，在电话里问候了冯总母亲。我觉得做人不能连骨气都扔了，此处不留爷，自有留爷处。我差点就摔了手机，还好及时控制住自己的贱手，生活已经如此窘迫，千万不要一时冲动徒增成本。

万伊让我去老丁那上班，好歹有口饭吃，工作之余就自己在家写作，这样更好，还不用看人脸色。我说老丁的脸不是脸啊？万伊说老丁好歹算半个自己人，总归会照顾些。

我看着万伊说：“谢谢！”

“跟我客气什么啊。”万伊笑着说。

其实我更希望万伊会跟我说，去完成你的梦想吧，去写你想写的一切故事吧，不要担心生活，我养着你。如果她这么说我想我会走上去给她一个大大的拥抱，可惜她只是让我去老丁那上班，虽然也还马马虎虎，但不值得我拥抱她，道个谢足够了。

说起来我已经太久没有上班，这几年我懒散惯了，面对即将到来的朝九晚五真没什么信心。周一我去了老丁那，他给我介绍他公司的情况。这是一家只有十来个人的公司，规模中下的样子，主要针对一些企业做管理软件。老丁给我在公司安排了个销售的位置，他说其他的岗位专业性太强，我胜任不了。他给我开了 3500 元的保底工资，如果跑下来了客户还有提成。他让我千万不要在公司里说自己的薪水，这是照顾大舅子，他这有几个老销售干了七八年了，也才拿 3200。说完他拿了一份厚厚的材料给我，让我去自己的位置上好好学习一下，了解了解公司的产品，这样才能有方向。

我的工位是特别加出来的，在公司最角落，旁边立着一台柜式空调，我觉得自己仿佛又回到了当年大学毕业在外贸公司实习的那个时候，一公司都是陌生人，只有我一个傻兮兮地坐在角落里和一堆杂物相依为命。

15 我的工作，我们的生活

被人喜欢是种特别奇妙的感觉，

它能让你觉得自己的存在之于世界的价值。

1.

在我三十岁的时候重新开始干二十多岁就已经干烦了的工作。同样是做业务，我觉得现在还不如当年。当年我做的是外贸，面对的都是老外，反正公司的产品都在电商网站上挂着，老外有兴趣就会给我来邮件询价，我每天到公司的第一件事情就是打开邮箱看看有没有新邮件。如果有就给人报价，碰上大方的老外直接就跟你聊合同的事了，碰上小气的还会跟你砍一圈价。等合同签了老外就给你付一笔订金，你拿着订金去找工厂合作，中国的工厂大多数都能赊账，这是我从我们销售经理那学来的经验，款子拖得越久对方越离不开你。

在中国，除了义乌之外都是这种外销模式。我在义乌也待过，那地方有个国际商贸城，许多阿拉伯、印度或南美的客户一般都会过来亲自淘货，但会联系一家外贸公司，派遣一个翻译跟着，我以前就是干这种翻译的。拿个小本跟着他们走商铺，一走基本就是一整天。老外有看中的货当场就跟老板订量，我都记在小本子上，货物很繁杂，又是头发夹又是钢筋锅的，我必须要理顺了。回到公司后把这些都输入电脑，然后逐个给商铺老板打电话，问他们再要一、两个点的佣金。要佣金这事得瞒着老外，属于暗箱操作，一般来说那些土老板都会答应。

钱上面都搞定以后，就是发货了，货都是从义乌各个村落的作坊里统一送到我们公司的仓库，一件一件贴上英文的商标，层层摞好。所以背货工在义乌是个很吃香的职业，只要你有膀子力气，就能来干，一天能有个二百的收入。

等所有的货都收集完毕，就是后期的货代、报关等手续了，到时候会有一辆集装箱大卡从宁波港或者上海港开来，停在你仓库门口。这时候你又必须找装箱工，装箱工和背货工不同，他们是有团队的。一般是工头带上四五个人，把货从仓库里面搬出来有效地装柜。这是门技术活，要尽可能往集装箱里装进最多的货，而且还不能超重。装箱工是一人一百五，好的会要到你两百。

老外在码头收到货了，给你打辛苦费，也就是佣金，一般都是货物总价值的5%，这都不是吃死的，得看老外脾气，大方的给你7%，碰上一些尼日利亚或者印度的客户给2%的也不是没有。

可能国内外贸业务员地位最高的地方就是义乌了，那里谁都想做外贸。我记得我在公司做的时候有个卖菜刀的老板，自己开着宝马来送货，每次见面都给我一百块钱说是高温费，其实就是马屁钱，让我以后多把老外往他商铺里面引。过了一会儿菜刀老板的儿子开着玛莎拉蒂来贴商标了，老板和我解释说，犬子刚中专毕业，让他出来锻炼一下。说实话这一幕还挺刺激人的，义乌人就爱买楼买车，这是他们的脸面，衣服却穿得土里土气，有的还破破烂烂。在义乌的快餐店里很可能坐在你边上狼吞虎咽的就是个身价过亿的老板，他们苦惯了，对吃真的不太讲究。

我所有的阅历都来自南方，我并不了解北方人的脾性，而且我现在要跑的还是求人的业务。就像上门搞推销一样，低头哈腰地跟人说："大哥，看一看吧，这个真的特别好。"别人就说"滚！"

大三那年我参加过一个社会实践，就是做这种上门推销，推的是小型的电动按摩球。我们全班同学在一个写字楼的大房间里被人培训了一上午，说的都是按摩球的使用方法和市场前景。讲师说现在坐办公室的人颈椎都不好，这个按摩球很便携，随时随地都能拿出来按摩一下，缓解压力，提高效率，神器啊！他让我们三人一组，看到写字楼就冲进去，厚着脸皮跟人推销，有人买当场成交，如果没人买也得把名片留下。跟我一起的是俩女同学，她们非要去杭州的延安路，说那里的写字楼多，而且上档次，有消费能力。从公交车上下来她俩立马钻进银泰百货里逛商场去了，丢下我一个在七楼打电动。时间打发得差不多了，她们拉着我把名片往垃圾桶里一丢，回去交差。

我说："这样会不会不太好？"

她们说："这么丢脸的事，要去你去，我们才不去。"

说实话，那时候我没见过世面，打心底害怕接触社会，只能作罢。

老丁安排了个人带我，公司的人都叫他小刘，看起来跟我差不多的年纪。小刘和我说他们公司这软件其实不太好推，一年能找个一两家单位就不错了，剩下的日子就靠吃老本过。客户还得维系，时不时要去走动走动，找他们办公室主任喝酒唱歌。小刘问我酒量怎么样？我说特别不好，小刘摇摇头说那完蛋了。

2.

现在，每天晚上到家都差不多快八点，我和万伊的作息彻底错开，我们经常会在楼道里打个照面，一番简单的寒暄后，我进门，她出门。我吃完外卖就打开电脑开始创作。我写书不列大纲，有时候想好的内容写着写着就偏离了，有时候在公交车上想好的金句在吃完炒面以后又怎么都想不起来。自从在老丁那上班后就不能熬夜了，否则一觉能睡到礼拜六。这一来多少影响了小说的进度，不过自己反正也不在葫芦工作室干了，没人催稿子，每天就算写十个字也无关紧要。当然我不能自我放松，因为自己没别的本事，卖软件更不是我所向往的，话虽如此，搞的我真的能卖出去一样。

我有时也会去网上搜《一万个男朋友》，有不少关于它的新闻，还有采访视频。我点开来看到了那个熟悉的胖女人，问的还是那几个将我难住的问题，只不过回答的人不是我，是老四。从网上销售情况来看，这本书的成绩还是可以的，已经上了新书畅销榜的前十。现实不断地在开我的玩笑，我也不是没有某种想法，觉得自己傻，如果那几个问题我都答上来了，说不定我真的红了。可是我又不想受尽压迫，冯总摆明了就是在剥削我，让我的劳动没有成果。

我找到了以前玩刀塔认识的一个游戏媒体的编辑，跟他说自己手头正在写一篇游戏青春小说。对方听了表现出了极大的热情，让我现在就把已写好的稿子先给他，他给我做成专栏给放主页的醒目位置。他的这席话就像不远万里给我送来手纸救我出坑的真心人一般，到时我的小说上了他的网站，下面每一位水友的评论都将会是我不放弃的动力。有的时候人还是需要动力的，我现在算是明白了为什么那么多网文大神一下能写出几百万字的小说来，就是因为有那么多的水军在刷票支持他们。被人喜欢是种特别奇妙的感觉，它能让你觉得自己的存在之于世界的价值。就像你唱了一天的歌，累得够呛，突然有个小姑娘跑跟前来说："我好喜欢听你唱歌啊，能再唱一首吗？"我是觉得不管多累，你都会满足对方，因为谁都不想让喜欢自己的人失望。

刘芒突然打电话让我赶紧下去吃烧烤，说有新朋友介绍给我认识。我问他什么朋友？他说我废话忒多，让你下来你就立马滚下来！

我来到烧烤店，刘芒和一个光头坐在一起，光头脚架在凳子上正啃着烤腰子。我走跟前坐下，刘芒给我介绍："这是B哥！"

"B哥好！"我觉得刘芒是要混社会了，以后不靠音乐，靠打家劫舍过日子了。

"B哥是鼓手，我在西单认识的，咱们准备要组乐队了！"刘芒显得很兴奋。

"好事儿啊！"

"我有几个兄弟都是玩摇滚的，一个键盘，一个贝斯。"B哥又拿起一个烤腰子。

"这是我哥们儿，大作家。"刘芒向B哥介绍我。B哥头都没抬，就跟腰子过不去。

"哥，给咱乐队想个名儿呗，最牛气的那种。"刘芒终于表明了叫我来的目的。

"那叫牛魔王乐队吧。"

"严肃点，这不是跟你闹着玩的。"

"找我你是真找对人了，我自己书名都起不好的人，你找我？"

"你好歹也是大学毕业啊，不像我们没什么文化。"

"兄弟你这话我就不爱听了，你B哥我是有文化的，初中毕业呢。"B哥在一旁发话了。

我极讨厌起名字，特麻烦。这年头大家都爱把生活的不如意往名字上找补，非说是名字没起好，毁了运势。听人说有些玄学大师专门给人起名字月入百万，又是算生辰八字又是算五行相克的。我不信这些邪门的道儿，名字就是一个代号，起个 3.1415926 怎么了？别人能认出是你不就行了吗！这世界上只有两种人迷信这些，一种是特别有钱的人，一种是特别穷的人。有钱人觉得自己有钱是前世修的福气，老天给的运道，所以他们要正风水，好让自己以后能一帆风顺地继续发大财。而穷疯了的人则觉得自己之所以没能发财就是倒霉催的，他们能找出很多一夜暴富的例子来勉励自己。比如隔壁老王中的五百万和邻村老李找的有钱寡妇，自己没能成为老王和老李除了倒霉没别的。

我印象最深的是我在杭州的时候，我们的陈总。陈总是个老迷信，他不知道从哪里花了八十万倒腾来块破石头。我们公司十几个小伙子从楼下把那八百斤的石头给他搬上楼，他让我们举着，自己则在慢条斯理地擦桌子。陈总说石头是圣物，不能被灰垢玷污了。在我看来，那就是一块普通的石头，我姥姥家后山上有很多，比这大得多。石头摆好，陈总就跟我们说这石头的来历，说至今有五百年了，是块仙石。听得玄乎，我都怕这石头里突然蹦出齐天大圣来。

最终烧烤吃干净名字也没想出来，我说名字都是次要的，作品才是核心。刘芒不同意，他说黑豹、零点、Beyond 这种乐队一听就酷劲十足。我说那是因为他们出名了所以你觉得他们名字好，而他们并不是因为名字好才出的名。刘芒说拉倒，我找唐小丫给我出主意去。

3.

虽说我不乐意干销售的行当，可在老丁这干着总得对的起人家这份照顾，不能光着屁股拿人钱。我掏出手机翻看自己的通讯录，给上面还算有走动的人一一打电话。

我给小叶打电话，小叶说他车行现在规模小，不需要什么管理软件，等过个几年，他把车行开成了 4S 店再说。我说你不是有个联盟吗？他说有空帮我问问。听到这我就没抱太大希望，这话跟有空请你吃饭是一个妈生的。

我给石头打电话，石头说自己还在武汉，燕姐的天梯就差一百分就上4000了。我说等你回杭估计单位都把你开除了。他说不可能，校长是他铁哥们，他大学的时候在西安帮他平过事，人家讲义气的，不像我。我让他问问那个讲义气的校长需要不需要企业管理软件，石头问我拿来干吗用的？我说我也不是很清楚。石头说不清楚你跟我说个毛，他代校长回答我："不需要！"我让他在武汉注意身体，不要透支了，他说自己是飞行员的身体，经得住燕姐考验。

我给老五打电话，老五说他在书店里看到《一万个男朋友》了，可怎么挂着老四的名字，是不是发生了什么事？我告诉他这事说来话长了，他让我长话短说，我说你买个软件我就告诉你。老五说他又不是局长，单位买捆胶带都要去办公室报批。

我给汪大嘴打电话，汪大嘴说他们公司可能是需要这种软件的，现代职场说白了就是人的职场，管理是重中之重，你给我写份可行性报告，我参考一下再说。接着他又问我能不能先让他们试用一年看看效果，如果效果好可以考虑买。我说这又不是买衣服，不带试用的。汪大嘴说我这个人就是不会做生意，都什么年代了，客户是上帝的道理都不懂。他说他现在就是上帝，我得好好伺候着。

我居然还给白菜打电话，白菜说自己一个开小卖部的，这软件要多少钱，有没有双扣算牌功能？

这一连串的电话打得我绝望，我觉得自己交友不慎。他们所有人都问我为什么书写得好好的，突然推销起企业管理软件来。我脸皮薄，说是帮朋友推销，有信的有不信的，反正都帮不上忙就对了。我妈还给我来过几个电话问我跟北京那虚拟女朋友处得怎么样了。女方有没有提出什么要求，他们会尽力满足。我说现在都在忙事业，双方都没往那想的意思。我妈给我好一通数落，说男大当婚，不能拖，时间这么紧迫，就别避孕了。

于是在公司每天能做的事情就是靠在椅子上看着窗外灰蒙蒙的天空发呆。还真像万伊说的那样，这雾霾脾气不好，死赖着不愿走。公司里的销售员都戴着口罩躲屋子里，我就英勇地去天台上抽烟。我站在高处俯览，用力地将烟和PM2.5吸进肺里，脑子一团乱。前几天老丁在会上发了火，说销售部门都是吃屎的，开年后一个新客户都没发展进来。销售部门是前头兵，是要冲锋陷阵的，你们天天在办公室里坐着能有客户送上门来吗？都给我出去跑企业，扫大街去！

老丁口中的扫大街就是我之前说的上门推销，一家家公司地跑，有一个算一个。同事们的抱怨也不少，都说管理软件这行业竞争激烈，而且咱们公司的产品又没什么特色，操作起来还很麻烦。他们怪老丁什么屎盆子都往销售部脑袋上扣，这能都是他们的责任吗？技术部门那帮人拿着高薪当爷养，产品没竞争力拿什么去跟客户谈？技术部门的人就怪公司销售部门的人懒，这世界上从来就没有烂的产品，只有烂的销售员。

我觉得老丁这公司要完，一个团队如果起了内讧，那问题就不小了。这和玩刀塔是一样的道理，总有逆风的时候，而在逆风局里也总会有骂队友的选手。内讧一开始，往往都无法收场，接着就会有人故意去送死，故意打掉队友的装备，或者直接挂机。谁都觉得错不在自己，谁都觉得这局反正已经输了，老子输盘游戏怎么了？又不是输不起。

我回去和万伊说了公司的事，让她有空还是去陪陪老丁，他挺不顺心的，你去还能让他稍微高兴一下。万伊说好吧，有空就去看看。看得出她不情愿，现在老丁情况不好，万伊肯定也动摇了。对她来说找个老实人是有前提的，这个前提不是这个人老实，而是这个老实人有钱。现在老实人钱没了，光剩下老实了，说实话，我都比老丁有竞争力。但我打心底里同情老丁，我也希望他能够度过难关，虽然我不知道这个关有多难，但我不希望他因此倒下。

4.

刘芒最近老请客，我问他是不是中了彩票了。他说不是，都唐小丫那借的钱，我说你真好意思问人家学生去借钱喝酒。刘芒说这不是为了庆祝乐队正式成立嘛，乐队的名字他已经起好了，叫黄鼠狼乐队。我说，这还不如之前的牛魔王好听呢。刘芒说不光如此，他们还接了个社区演出的活，让我带上好友去给他捧场，我说我在北京哪有什么好友，就你和万伊了，刘芒说那就带上万伊。

周六晚上六点我跟万伊和唐小丫打车去大栅栏社区，黄鼠狼乐队下午就在那搭好了台子。台子旁边站着很多赞助单位的易拉宝，有卖车的，也有琴行的，反正挺杂。台子正中间拉着横幅，上面写着："国家富强、民族振兴、人民幸福"的中国梦主题标语。刘芒的乐队负责全程伴奏，开场是个走秀。模特都是些上了年纪的大叔大婶，大叔穿着西装打着领带，大婶穿着红红绿绿的旗袍，在上面慢悠悠地走台步。

"好不流行的感觉。"唐小丫有些失望。她是来看刘芒爆炸开唱的，没想到看到的是群长辈在台上健身。

"先看看，说不定到后面黄鼠狼乐队就出场了。"我说。

"这名字是谁起的啊？太难听了。"万伊在一旁嘀咕。

"我起的，我觉得萌萌哒。"唐小丫说。我和万伊面面相觑，选择沉默。我们又等了一会儿，黄鼠狼一直没出来，台上不是诗朗诵就是民族舞。唐小丫有些不耐烦了，拉着万伊说要不别看了，去附近逛逛吧。我说这可是你男朋友在北京的第一场演出，你哪都不许去。唐小丫撅着嘴玩手机打发时间。

演出一直持续到九点，围观的群众早在八点多就走得差不多了，剩下的都是些刚跳完广场舞准备回家的大妈。拆台的时候我们去后面找刘芒，刘芒一头大汗地坐在音响上抽烟。唐小丫说："我还以为是你的演唱会，原来你就是个伴奏带啊。"

"要从基层做起，这是我迈进演艺圈的第一步，你个丫头片子懂什么。"

"怎么样？"刘芒丢给我一支烟问我。

我说不错，在老家也有这么一个广场，经常也有类似的表演，伴奏的也是乐队。只不过我老家的广场比这大，还有竞争，傍晚的时候起码搭了三个台，一个专门跳民族舞的，一个专门是唱红歌的，还有一个是街头卡拉 OK。

唐小丫问我街头卡拉 OK 是个什么玩意？我说就是搭个台，在中间摆台大彩电，接着功放和 CD 机，要唱歌的就上来当着一大街的人吼，反正十块钱一首，唱多难听都是这价。万伊说那多难为情啊，当这么多人的面，要是破音了不给人笑话。我说总有脸皮厚的人，我经常路过的时候能听到催人尿下的歌声，唱的多是八十年代的金曲，还有唱粤语歌的，就是不太标准。

刘芒说别急，很快你们就能看到我开嗓了，到时候我要让全北京的爷们儿，姐们儿都知道，有这么一支叫黄鼠狼乐队的天团，唱的是最接地气的摇滚，保准让所有人都嗨翻了。

16 尾巴（上）

从羽绒服换成背心，

再从背心换成羽绒服，

不管你情不情愿，

这一年就这么画圆了一个句号。

1.

整个四月都没什么大事，日子过得和四季似的。看着一天天身上衣服少去，这种状态太虚无，就感觉整一年瞬间就要过去了。从羽绒服换成背心，再从背心换成羽绒服，不管你情不情愿，这一年就这么画圆了一个句号。夏家胡同里的所有人都随着春天的风渐渐活跃起来。刘芒和他的黄鼠狼乐队接的活越来越多，虽说还未真正登台开唱，但估计也不远了。唐小丫已经大四，开始参加社会实践，她学的是旅游管理，家里在东城给找了个旅行社，让这丫头去那先打杂，毕业证书一到手就转正。如此一来唐小丫似乎与我们渐行渐远，以前天天都躺刘芒床上啃薯片，现在只有周末才偶尔能看到她带点酱肘子过来看我们。唐小丫说上班挺无聊的，天天就坐在电脑前面，不是给人录单子，就是给人打电话，枯燥极了。

万伊最近又勾搭上一个开丰田红杉的小开，她说这公子年纪比她还小两岁，老爸是地产商，她从手机里翻出照片来给我看，小伙子长得还挺帅。我说她走了狗屎运，万伊反驳我说狗屎也是留给有准备的人捡的，工体那帮果儿、小眯眼睛里只认识奔驰宝马保时捷，看不上开丰田车的。万伊说知识决定命运，奔驰宝马也有二三十万上下的中端车，大众和丰田也有诸如辉腾和红杉这种的百万好车，总之不能太狭隘。我有些替老丁不值，但这就是万伊的生存状态，我没有觉得万伊是极恶的那一方，只是出于一点对老板的同情。不敢想象老丁公司倒闭，债主上门，未婚妻又弃他而去的窘迫场面。但万伊隔三差五地还从老丁那骗点买包或买衣服、鞋子的钱这事我觉得不对，公司现在如此困难，你还去人身上剜肉忒不地道。这点我不是没劝过万伊，万伊只是淡淡地问我如果她不去问老丁要这些钱，这月的房租和水电是不是由你来付？一下对我造成了一万点伤害，我被沉默了。

而葫芦工作室那边又是另外一番景象。老四借着我的书现在俨然成为了葫芦的一哥，风生水起，经常跑些铁岭、通州这种地方搞签售。从网上流出来的照片看，现场还真有不少人，虽然人群里肯定有一些水分，但小城市居民平时文化活动极其匮乏，这不刚好来个作家还带着一本使人浮想联翩的书。诚然当地一些媒体肯定也是有过引导的，毕竟他们那地方的新闻太少，这种活动看起来还挺有意义的。

冯总的套路我多少有点数，他以前说最多的就是“农村包围城市”这句话。他总说共产党靠这个战术连江山都能打得下来，一个小小的图书市场自然不在话下。冯总的战术一般都分三条线，第一条是找电视台，只要通告一结束他就有东西跟人聊了。第二条战术就是签售，找当地的媒体和相关部门造势，再让摄像找点角度拍点特型照片，制造出哄抢的假象。有了前两条的铺垫，第三条就是走学校和企事业单位，让他们以员工或者教师福利的方式进一批书，反正每年工会都会发书，你吃进就行了，至于下面的人看不看，这本身就无关痛痒。

冯总的三驾马车一直所向披靡，他是个会利用人脉的人，加上自己开矿的经历以及一些小城市有关部门的关系，赚钱还是很凶狠的。在我刚来葫芦工作室的时候，有七个作者，老大在当时就像现在的老四一样，是单独可以署名作品的，他是我们所有人的榜样。每次选题会冯总都会让我们向老大看齐，争取能出一本属于自己的书。我记得老大离开葫芦的时候是秋天，那天刮着妖风，枯枝败叶飞到了天上，打在窗户玻璃上哒哒作响。老大和冯总吵得很凶，他说在葫芦干了五年了，书也出了快十本，卖得也都还马马虎虎，可工作室一直很专制地以两三万的价钱就给他买断了。冯总说在葫芦都是买断价，不可能以版税结算，还让他不服可以辞职，出几本破书就敢叫板，真以为卖得好就是自己写得好？没有我，你就是一坨屎。

那天是我到北京从事写作工作的第六十二天，满胸的抱负，我觉得自己正在走进梦想光芒。老二走过来给我泼冷水，让我别太把自己当回事了，梦想离现实远着呢，要是肚子里真有墨水，还是试试给一些大的出版社投稿吧，万一中了呢？我说我以前不是没投过稿，基本都折了，葫芦挺好的，至少还给些稿费。老二就笑着让我至少别在这停下，有弹跳还是蹦高点。我问他为什么不蹦跶？他没直接回答我，只是说有的事说出来我也不明白，带你去又太远。

相比老四，老二就惨多了，工作室近期的重点都是那本《一万个男朋友》。他除了会在QQ上跟我抱怨几句没活儿就没法活了，基本都是隐匿状态。估计他现在吃饭都成了问题，所有的钱都在股市里，一时半会儿翻不了身。他媳妇在家附近的小火锅店给人当配菜工，可怜巴巴的一点薪水刚够吃顿饱的，下半年的房租都不知道在哪儿。他时不常地会来个电话问我有没有什么工作给推荐一下，我说我自己都在公司里给人打工，效益也不行，可能坚持不了多久就得裁员了。老二在电话里叹长气，问我最近还有没有写东西？我告诉他自己在网上写之前跟你聊过的那本游戏小说，纯免费的那种。他就骂我吃饱了撑的，天天累得要死写点不赚钱的太对不起自己了。我说小说反响还挺好的，微博都有几万粉丝了，对不起自己也得对得起这几万水军。电话那头传来老二有些惊悚的笑声，一直持续了很久，笑完他说："挂了，不聊了。"

2.

网上连载有一点不好就是老被催更，水友们看得肯定比你写得快，他们觉得不过瘾，就在下面回帖说能不能快点更，每天才写这么几千个字，拉泡屎的功夫就看完了。他们肯定也和刘芒一样，觉得一天打个两万字真是太轻松了。我想自己在水友们眼中就应该是这样一种角色定位：在很大的宅子里，纯白的书桌，高级的电脑，青轴的机械键盘，一杯恰到好处的咖啡。我笔挺地坐在那里，手指飞快地在键盘上创造着他们喜欢的人物和故事，过程如此流畅，甚至连错别字都没有。中午的时候我会伸一个大大的懒腰，然后去楼下吃一块三成熟的菲力牛排，上面浇着浓郁的黑椒汁，旁边还点缀着两朵西兰花。下午我继续写，甚至比上午还流畅、迅猛，晚上六点，我把写好的稿子通通发到网上，然后关机出门与朋友吃澳洲龙虾，吃完了就去夜店，喝几杯威士忌，顺道还带个尖果儿回来，用尽各种体位玩一晚上，最终沉沉睡去，极具创造力的一天结束了。

在他们眼里我一天最少要写五万字，四天就能写完出版一本实体书所需的黄金字数量，三个月就能完篇一部史诗级网络小说的全部篇章。他们就算痢疾都来不及在厕所里看完我产出的文字，有的水友因为太痴迷我的作品，熬夜阅读，最终过劳而死。

可是，世间只有写书之人过劳死的案例，还未有看书之人过劳死的新闻。

其实我断更也是常有的事，可能书迷会觉得是我在饥饿营销，又或者是刻意的情节停顿好引出高潮。但真实情况就是小爷我玩刀塔去了。这并非我略有成绩就回到以前那小赖坯子的状态，而是我现在真的非常菜，这导致我一些关于刀塔的战斗细节老出现 bug，水军们就抓住这些漏洞在评论席里互撕。一时间又有几万人知道我是个菜鸟，这让我不爽。我唯一能想到的解决办法就是去网上看比赛视频，然后把里面的一些精彩选人和团战镜头文字化到自己的作品里，效果虽说好点了，但还是有很多真实积分 2000，但隐藏积分 200000 的高级水军会出来说这套阵容很脑残，这些团战很弱智。我是个很敏感的人，每次看到这些带着极主观色彩的人，我就特别想骂街。可这街骂不得，粉丝不是一个人，是一个群体，你若伤害到这个群体中的任何一个，你都会被整个圈子唾弃。

这个时候我得把江菲搬出来，是的，就是初中那颗情侣树上被人刻的最多的那个江菲。作为女神一号，她是饱受外界骚扰的，追求她的人队伍排起来能赶上春运售票窗口排队的长度。她成绩很差，因为没工夫学习，她需要读的情书比书多，她每天来学校的任务就是拒绝突然从半路杀出来的表白者。那个年纪大家心智都不太成熟，被女孩子拒绝了总是心里犯着邪念，一时间关于江菲的谣言就沸腾了。有说她整容的，也有说她小学五年级就被破了处的，还有说她打过胎的，后来有人觉得打胎不足以平民愤，就改口称她其实生过孩子，还是双胞胎。可以想象，一个初中女生承受着怎样的一种世俗压力，她不过是不想跟人谈恋爱，不想有一万个男朋友，多简单的逻辑，可那些被江菲灭掉灯的同学从未善罢甘休，本着“你不让我好过，我也不会让你好过”的老流氓原则，孜孜不倦地散布谣言，搞臭她。

综上所述，如果我恶言秽语地针对了某个粉丝，势必会有人传我这个作者还没出名就端着架子，杀害粉丝忠诚，渐渐地我就成了一个伪善的人，一个表里不一的人，是个垃圾。既然是个垃圾，写出来的肯定也是垃圾，没人要看一堆垃圾，你说冤不冤？

3.

石头终于回了杭州上班，他最近上线少了，说工作忙，都是带燕姐欠下来的。我问他燕姐是不是上4000分了？他说燕姐非但没有上4000分，自己都掉到3500分了，而且最近身体也不太好，老起夜，小便还分叉。我说他纵欲过度，他说不是没这个可能，燕姐就像一头发春的野驴，网吧通宵完了还要跟他来几次，他这铁肾都要报警了。

石头问我最近在忙些什么，我说在网上连载一篇关于刀塔的青春小说。石头要了链接去看，一个小时后给我打来电话说我文笔还有待提高。

我说："网上水友都说我文笔挺好的。"

石头说："他们文化程度都是胎教，不像我，专科毕业，对中国文学有不少的研究，特别是三国。"

"拉倒吧，我又不是第一天认识你，你家我都去过多少回了，连本《新华字典》都没有，最具文学性的读物就是电风扇使用说明书。"

"那我出个问题考考你，三国志里哪个武将的武力值最低！"

"……这个！？"我觉得这问题很诡异，正常人的逻辑问武力值都是问最高的，这还有争议，有的说关二哥斩颜良诛文丑，过五关斩六将当为第一人。也有的说赵云百万军中七进七出当仁不让。当然人气最高的还是吕布，毕竟关羽加张飞再加个编草鞋的皇叔才跟人打了个四六开。用刀塔术语来说，这就是三人开雾过塔强杀，大哥沉着冷静，绕树林卡视野，空血回城。

"不知道了吧，是李典！"

"为什么是李典？"我觉得李典虽然算不上名将，但比起群雄逐鹿之时的一些无名之辈肯定厉害许多。

“因为李典是第一关，逼在版边就能打死通关。”

“你大爷的，我跟你说文学，你跟我说游戏。”

石头说：“游戏也是有文学性的，它首先必须是个好的故事，这样才有可玩性，没故事性的游戏就会很无聊，那么问题来了，你知道世界上哪个国家的人最无聊吗？”

“中国人。”我反正觉得自己每天都过得简单又无聊。

“不对，是俄罗斯人。”

“为什么啊？”

“因为俄罗斯方块这游戏太无聊了。”

我彻底无语，跟石头聊天总有种让人窒息的感觉，他的思维跳跃地太快，不给你喘气的机会，而且明明不是这理，他非要给你绕进去。石头问我有没有打算把他写进去，我说暂时没有，他就说那他暂时不看了，等我什么时候写他了他再看。我说你还是别看了，找你的燕姐去吧。石头说燕姐其实挺好的，就是性欲强了点，这个缺点改改真是个不错的姑娘。

我说：“大哥，咱们还是玩刀塔吧。”

石头鄙视地说：“说了哥哥工作忙，不像你一点事业心都没有，挂了。”我听着手机里传来的忙音，差点没气吐血。

4.

有段日子没见刘芒了，这天他突然跑来找我说唐小丫有些不太对劲。我问他哪不对劲了？他说这丫头片子已经快两个礼拜没来找他了。

“人家现在实习呢，不比在隔壁上学，摇轮椅过来就十几分钟。”

“我有种不祥的预感，我觉得她肯定在外头有人了。”

“你别把人都想得那么坏，说不定就是忙。”

“不行，我要去埋伏一波，你陪我去。”

“为什么是我啊？”

“因为你是五号位，蹲人比我有经验。”

“牵强了啊兄弟，这游戏和生活能一样吗？”

“怎么不一样了，玩辅助的人就是沉得住气。”

我劝刘芒，这样不好，万一给人家姑娘发现了就完蛋了，不信任在任何爱情里都是一杯毒药，能杀死一切。刘芒说他已经决定了，无论如何都得干，被毒死总比被戴了绿帽子强。我是觉得唐小丫不是这种人，小姑娘没心肺，纯天然地跟了刘芒，那时候刘芒什么都没有，人家也没计较过。

最终我还是没能拗过刘主唱，跟老丁请了三天假，去跟踪唐小丫。刘芒为了这次行动也真下血本，租了辆捷达车，还去地摊上买了个望远镜。我们各司其职，我负责开车，他负责看望远镜。我说感觉就像拍电影，我就是古天乐，你就是刘青云。他说凭什么你不能是刘青云？我说我是古天乐！刘芒说那我也得是余文乐。

唐小丫家住在工体附近的幸福小区，我和刘芒早上六点就把车停在她家楼下，在车里吃油条。刘芒说现在物价一天天地涨，油条都快跟火腿肠一般细了。过了一会儿，唐小丫从家里下来，刘芒就说来了来了，你看这不要脸的穿这么少，肯定有鬼。我简直是醉了，人姑娘就是很普通的打扮，明明是刘芒心里有鬼，你戴着有色眼镜看景，怎能不把色彩都染黑？

唐小丫上了公交车，我们就驱车跟着，我对北京的路不熟，加上车技又不太好，中途被别的车加了塞，再吃个红灯，把人给跟丢了。

“你怎么开的车？”刘芒不干了。

“挂一挡，松离合，踩油门……”

“谁问你这个了，连个人都跟不住。”

“那怎么办？”

“算了，我打电话问唐小丫单位地址。”

刘芒问来了地址，我却不知道怎么开，就怪刘芒怎么不租辆带导航的车，你让我一个路盲在北京开车不是难为我嘛。刘芒让我找个地方把车停了，咱们打车去，我说那你还租什么车，早打车不就完了。刘芒说你懂个屁，车里好埋伏，总能派上用场的。

唐小丫的单位在一幢沿街写字楼里，街对面就是一排不成规矩的小店。

有卖兰州拉面的，有卖衣服的，还有卖电玩的，反正由着老板性子，爱卖什么卖什么，你管不着。我问刘芒接下来干什么？刘芒看了眼手机上的时间，说要不先去附近溜达溜达，等中饭时间再过来守。我觉得不如先回去，等下午四点再过来，谁大中午的出轨玩啊，约会都是晚上，下班时间，吃个烛光晚餐，喝个咖啡啥的。刘芒认为有道理，不过要先去把车取来，顺道再买张地图，不过不能四点出门，北京堵，咱们路也不熟，两点就得出来，顺着地图往这摸。

一番周折回到住处都已经快十点了，我在刘芒房间里和他讨论跟踪计划。他总结说我们今天的任务很失败，原因就是没计划，瞎跟。当然不认路也是个大问题，战术必须得调整。我就跟他建议说我的车技真没达到藤原拓海的程度，万一唐小丫下班坐的是地铁，那你让我怎么跟？所以跟从本质上就是错误的决策，我们应该蹲，就在她家楼下找个视野好的位置把车停了，坐车里等。刘芒摇摇头说，等太被动了，就算唐小丫半夜回来也抓不到把柄，她随便编个和同事出去玩的借口就把你灭了。

最终计划敲定，还得跟，只不过不开车了，当“尾巴”！我说咱们两个人，去当尾巴目标太大，容易被发现，我看这事你一个人去就行了。刘芒说不管，他自己一个人太无聊了，我在还能陪着说说话。我说去你的，你玩跟踪还随身带个陪唠嗑的。刘芒翻箱倒柜找出两个用过的口罩说是去年冬天雾霾最厉害的光景留下的，他与我一人一个，在北京戴口罩很正常，这样就不会被发现了。我问他你这口罩是不是戴上就能隐身？他说就你话多，让你戴你就戴。我拿过口罩来闻了一下，这味儿！我说，你去年冬天没少吃大蒜吧。

下午三点，我和刘芒一人耳朵上挂溜着一个口罩，刚好碰上万伊从外面回来，她昨晚又不知道哪风流去了。万伊大老远一眼就认出了我们，走过来问：“嘛去啊？二位。”

刘芒说：“这你都认得出来我？”

“今儿晴空万里的，你们戴个口罩干吗？”

“抢银行！”刘芒不太开心被认出来。

“抢银行光戴个口罩不顶事，我那有黑丝袜。”

我把万伊拉到一边跟她简单了说了下刘芒怀疑唐小丫的事，万伊说我有病，瞎跟着起哄，万一没这事，人姑娘说不定还能原谅刘芒，但未必能原谅你这个帮凶。我叹气说自己也是被逼的，万伊说我三十了跟个孩子似的。刘芒在不远处喊我，让我别说了，一会银行该关门了。

17 尾巴（下）

我的生活就像飞行棋，

骰子投到几就走几步，

偶尔人品爆发跳格，

可很快又被别的飞机打回原地。

1.

说起来我对跟踪还是有经验的。这还要追溯到我初二那年，我暗恋过班上一个女生，那年纪也不太懂审美，反正就是觉得这同学挺不要脸的，没事爱和男同学一起撕扯嬉闹。那时候我们的精囊都烧着火，想对一切异性发射，我自不例外。“不要脸”坐在我后排，上课的时候我总是故意把背靠在她的课桌上，我简单变态地认为这样无形就是缩减了我与她的距离，木头课桌仿佛就是她身体的一部分。

班里总是会传一些绯闻，比如某人暗恋某人，主要大家都腼腆，基本没有表白的勇气，只能私底下意淫一些小的动作刻意地去靠近心上人，就像我那样。我在班里最大的敌人是坐在扫帚堆旁边的帅哥。其实我并没有觉得他有多帅，只不过他比我们早知道使用摩丝这种影响平衡的道具罢了。他每天都把自己的头发搞得亮亮的，捋着郑伊健短款那样的四六分头，穿着人造革夹克，走路都踮着脚，酷酷的模样。他是班里的不良少年，身手不凡，无论是打球还是打架都是一流，不过老天是公平的，他有狐臭。狐臭男不像我们那般羞涩，他表现出来的是超乎年龄的成熟。每次课间休息，狐臭男就跑到“不要脸”旁边，搂着她的肩膀，问她晚自习结束要不要一起回家，或者是中午要不要一起吃炒面这种问题。

有些八卦党说“不要脸”其实也喜欢狐臭男，我不愿意去相信，也就是从那时候开始我决定跟踪“不要脸”。我们城市小，往返的代步工具基本都是单车，夜自习结束了，大家就去车棚里取了车，往家骑。这是一个高峰期，所有人都沿着两条不宽的主路各奔东西，花花绿绿地挤在一起，谁也引不起谁的特别关注。我始终与“不要脸”保持着一定的距离，离得太近会触发人本能的警觉。记得那是一年的秋天，路上有很多枯败的树叶，车轮子压过发出沙沙的响声。我尾随着“不要脸”穿过坊门街，又过了不知道哪个朝代留下的城门洞，路灯也渐渐地暗了下来。周围是些深浅不一的巷子，“不要脸”一个人孤胆骑行，一点没注意身后的我。我则在进行激烈的思想斗争，温存的、凶残的都有闪过。跟踪人是种什么体验，不太好说。就像拆礼物盒子的过程，礼物被包着很多层膜，你一层层地剥，最终看到的东西未必让你满意，可这个过程是能引发剧烈心跳的，说白了就是过程大于结果。

我像个暗中保镖一样看着“不要脸”把单车锁在了自家门口的铁杆子上，然后毫无防备地进屋，那时候我还没学会抽烟，只是往空气里叹了口气。在此之后，我隔三差五就跟踪“不要脸”，我甚至不知道为什么要这么做，这似乎成了我的习惯。可能我看到她平安到家就会安心，至少在这一段不长的路程里，没有出现除我之外的男人，我就认为自己还有机会。那时候就是蠢得这么单纯。

我们的初中还藏匿着一群马贼，专门偷用劣质链条锁的单车。那时候锁的做工粗略，有些上了年纪的链条锁，用小剪刀插进去一搅就给糊弄开了。记得有一个月学校里丢了十几辆单车，我的是其中之一。失去了跟踪工具的我很悲伤，我妈给我办了公交月卡，说是冬天要来了，骑车冻手，等开了春再给我买辆新的。也就是在那几个月里，我听隔壁班的一个相熟的同学说，上次他参加了狐臭男的生日聚会。狐臭男带了个女朋友，是你们班的，两个人当众亲嘴了。之后我每次看到狐臭男偷偷地对着“不要脸”笑我都觉得恶心，我甚至无比自责，觉得就是因为自己单车丢了无法跟踪，这才让狐臭男有机可乘，一举歼灭了我。

2.

现在想起来这些往事都觉得非常可笑，可这许多年过去了，我居然又跟着刘芒胡闹跟踪她的女人。这一路过去，我觉得在北京有车真没啥用，在高峰期，给我一辆飞鸽自行车，我能轻而易举地超过法拉利、保时捷和兰博基尼。

我和刘芒在唐小丫单位对面的兰州拉面店吃了碗刀削面，刘芒提议的，说现在不吃点垫肚子，一会就得饿着跟踪，到时候唐小丫大鱼大肉的，咱们总不能走过去加双筷子。为了拖延时间，我们哥俩像品红酒一样地品着刀削面，要是吃快了干坐在店里不太好意思。刘芒看着时间，说差不多了，行动。我俩迅速干掉面前的大半碗面，走到人行天桥上，一人拆了个镜筒当起了监控，刘芒说这叫上帝视角，连蚂蚁都别想逃过他的视线。

我说："唐小丫上车了。"

刘芒说："哪儿呢？我怎么没看见！"

我指着一辆缓缓开动的黑色丰田锐志车说："现在怎么办？"

刘芒看着锐志从我们的脚下开过，说："早知道把捷达开来了！"

作战再次失败，不过刘芒认定了唐小丫肯定劈腿了，因为她老爸的车是本田的。我说现在咱们赶紧打车去唐小丫家楼下埋伏，说不定能有收获。刘芒说打车来不及了，坐地铁！从地铁口出来，我们像被人追杀一样狂奔进幸福小区。楼下停着老唐的本田车，未见锐志的踪影。我说是不是锐志抢先一步把人送到了，刘芒说不可能，这晚高峰没有什么交通工具能跑得过地铁。

他拿起手机给唐小丫打电话，让她晚上来夏家胡同，唐小丫说今晚公司里开会，走不开，周末再去吧。刘芒把电话摔了，我劝他冷静，说不定有什么误会。刘芒就蹲下来哭，说人心隔肚皮，没想到自己就这么绿了。我点了支烟塞他嘴里让他先缓缓，别着急下结论。刘芒就说一会儿等唐小丫回来看我不削丫的。

我和刘芒在小区里的健身器材上坐着，刘芒跟我说他的初恋。他的初恋是他的邻居，大他一岁，也喜欢黑豹乐队，两人在一起的话题都围绕着黑豹展开。初恋说如果黑豹能开一场演唱会就好了，无论多远她都会去看。刘芒说无论多远我都会陪你去看。我问他和初恋最后为了什么分开？刘芒说初恋一直都有个男朋友，在北京上大学，那年暑假，狗男女在街上手拉手逛被他撞见了。

"后来呢？"我问。

"后来那个姑娘跟我说一直把我当个知音，对我没那意思。可我们都上床了，你猜她怎么说？她说就是因为太没意思了，所以才上床，那婊子还劝我别想多了，就是陪我玩玩。”

“难怪你对这事这么敏感，不过话又说回来，唐小丫对你还是认真的，不是玩你。”

“那她也不能让别人给玩了啊，凭什么我就那么倒霉。”

“说不定这里头真有误会。”其实我对自己这句话也不是特别有底气，我也觉得唐小丫劈腿的可能性比不劈腿的可能性大。

刘芒一支接一支地抽烟，我觉得他的拳头已经饥渴难耐。我不断地提醒他等会儿要见着了千万别冲动，有什么话好好说，万一真有误会可就回不了头了。刘芒让我别啰唆，他办事有分寸，我点头说，是啊是啊，暴力不能解决问题的。

我们从晚上六点一直等到十一点半，我都赖秋千上睡了小一觉了，唐小丫的影子还没见着。我心里在犯嘀咕，这姑娘不会要在外面过夜吧？我又看了一眼旁边低着脑袋的刘芒，隐约觉得他身体的周围在烧着巨大的小宇宙，随时可能发出冲击波把幸福小区给毁了。

快凌晨一点的时候，我透过灌木丛看到了开着氙气大灯的锐志车缓缓开来，我推了旁边打盹的刘芒说，来了！刘芒像条疯狗一样地弹起来，冲了过去，我就在后面追他，由于不是我的女朋友，所以在潜能上我输了一大截，追不上。我看到刘芒冲到了车前，用血肉之躯站切断了车灯，从车里看过去，应该是个极亮的影子。唐小丫从副驾驶室里走下来，诧异地说：“刘芒？你怎么在这？”驾驶室里又下来个穿着运动服的男人，有些不置可否地看看刘芒又转头看看唐小丫。

刘芒上去就给了唐小丫一嘴巴，骂道：“你个臭不要脸的！”

运动服赶过来推开刘芒说：“你要干什么，凭什么打人？”

刘芒上去给丫一拳说：“老子管教女朋友呢。”我连忙上去一把抱住刘芒让他冷静，先前不说好的好好说话吗！唐小丫就坐在地上哭，运动服男人估计是受了少女眼泪的刺激，暴走过来就是一记直拳，刘芒一猫腰，这波伤害我全吃。我捂着飙血的鼻子，骂了句“干你大爷”，就上去跟运动服厮打在一起。

刘芒见我上了，立刻抽空去打唐小丫。运动服是个练家子，三下两下就给我干平了，接着又走过去一脚踹飞了刘芒，然后把唐小丫扶起来，问她有没有受伤。唐小丫什么也不说，就是哭，运动服一把将其搂入怀里，摸着脑袋说，没事的，我会保护你的。

“我去！”刘芒发疯一样地冲来，又被一脚踹飞好远，接着又冲，又被踹飞。我们的打斗惊动了小区里的人们，黑着的窗户都亮了灯，有个大爷在楼上叫唤说要是再不住手他就要报警了。

唐家人也从楼上跑了下来，老唐从运动服怀里接管了哭得梨花带雨的唐小丫，转过脸来质问我们。刘芒说你闺女劈腿，老唐说我是不会同意你和小丫在一起的，你滚吧。刘芒看了一眼唐小丫说：“滚就滚！”然后拽着正发狂在巅峰的我往外走。

“孙子，你就这点出息？”我生平还第一次被人这么吊打，各种不服。

“一会儿人家真报警了咱们吃不了兜着走，大丈夫能屈能伸，再说咱们也打不过他龟孙子。”刘芒怂的彻底。

我看到小区门口有家便民超市，就拉着刘芒进去，刘芒拿了两瓶水一包纸巾说先把鼻血止了，我拿了把菜刀气势汹汹地拍在收银台上。刘芒说你神经病啊！我说这事不能这么算了。

超市大婶看着一脸血的我问：“兄弟，你买刀干吗？”

“做饭！”我说。

“你这还淌着鼻血呢，不会是要跟人干架吧。”

“我上火不行吗？你赶紧的，一家人等着我呢。”

“你要杀人全家啊！”刘芒在一旁叫起来。

“你要杀人啊！”大婶听了刘芒的话也叫起来。

刘芒抱着我往外拖，他推着我走了十来米，往后张望了下，才说：“大哥，这是我女朋友劈腿，你怎么疯了？真想把警察招来？”

“我长这么大还没被人这么揍过！”我往马路牙子上一坐，摸出被挤扁的烟盒，从里面拿了一支“阳痿”的中南海狠狠地抽起来。

“得了，你要不爽干脆揍我一顿消消气。”我没理他，自顾自地抽烟。刘芒在我旁边坐下，抬头看着街路，叹口气说："这真是个埋葬人的城市啊！"

3.

万伊拿了个鸡蛋给我敷青肿的眼眶，说几十岁的人了还跟人打架，有病，又不是你自己的事儿。我看着她没说话，有时候身在异乡真的特别无奈，被人打了拿出电话却找不到一个能帮忙的兄弟。想起来也讽刺，我之前不断地劝刘芒要冷静，反倒是自己不冷静了，还好这刀没买上，不然真不知道自己能干出什么蠢事来。说不定还得蹲班房，到处不落好，在父母眼里我就是个逆子，在那群追着我书看的水友眼里我就是个断更了的太监。

我感叹自己的悲凉，从小到大有过太多的想法。小时候我的理想是当解放军，扛着枪上战场，杀鬼子。像魂斗罗一样在枪林弹雨中穿梭，敌人的子弹永远打不中我，我则一枪一个，弹无虚发。

小学的时候我的理想是当警察，惩恶扬善，开着歪把子摩托车威风凛凛地在街上掣驰，把流氓和扒手按在地上，拷在树上。在威严的审讯室里与犯罪嫌疑人周旋，在街头巷尾与抢银行的悍匪枪战。

初中的时候我的理想是和那个"不要脸"的女同学交朋友，我搂着她在学校的篮球场上看狐臭男打球，他每投进一个球，我就亲旁边的"不要脸"一口，感觉好极了。

高中的时候我想成为足球运动员，带领中国男足冲出亚洲，走向世界。在世界杯上我把大罗、小罗、C 罗过个遍，荣膺最佳射手。当我捧着大力神杯在首都机场出现的时候，数以万计的中国球迷向我抛撒鲜花，撕心裂肺地呐喊，我就是国民英雄。

大学的时候我想成为刀塔世界冠军，披着五星红旗看着台下的老外一脸不服的表情。我躺在床上，看着墙壁，游戏网站上都是关于我的新闻，评论里都是关于我牛 × 的传说。我的淘宝店里签名照都卖到了一千一张，我的女朋友是圈子里最好看的女主播。

大学毕业后，我不知道自己要干什么，社会给了我一巴掌，我睡不着了。

我开始怀疑人生，我学会接受一次次的失败。我的生活就像飞行棋，骰子投到几就走几步，偶尔人品爆发跳格，可很快又被别的飞机打回原地。

那时候我觉得该工作了，于是就着专业干了外贸。活不开心了，就想着该闯闯了，于是又撇下杭州去了上海。上海的日子待烦了，纸醉金迷的东西看太多，嫌自己穷，觉得印度人那没前途，秘书是女人的行当，就又折返回杭州重操旧业。那些年我一直到处奔波，想富又富不起来，想发狠奋斗一下，这念头过几天又被玩心给冲淡了。

可能写作是我坚持最久的一件事，比玩游戏坚持得都久。虽然它至今没能给我带来太多的东西，但我并不跟它计较，因为这是我多年的梦想。鬼鬼跟我说："人得有梦想，万一实现了呢？"于是她带着梦想出国了，把迷茫的我给留下来。我如今看似不三不四地活着，身边都是不三不四的人和他们不三不四的梦。一个走不进舞台中间的主唱；一个找不到归宿的果儿；一个冲不上4000分的朋友；一群生活不易，全靠演技的水军。但生活就是如此，梦想总需要付出代价，纸面上的所有人都有各自的忧愁，我又何必多心。

我走进万伊的房间，对她说："我睡不着。"万伊掀开被窝说："进来吧。"我钻进去，抱着她，闻着她头发上洗发水的香气，感受她在我胸口的喘息，放空自己。

4.

周末，唐小丫来找了刘芒，说那个运动服是他父母安排相亲的对象，打架那天是他们第一次见面，她没想到刘芒会去跟踪自己，更没想到刘芒会削她。唐小丫说其实自己对那个运动服没什么感觉，她抗拒相亲，但又不想违背了父母的意愿，她一直都是个听话的孩子。她说刘芒很上进，她特别崇拜为了梦想北漂的男人，只不过事情到了这种地步，没有未来了。让她家里接受一个在北京没有根基的外来人本来就是件渺茫的事，现在闹得这么僵，把原本百分之一的机会都扼杀了。

我说唐小丫真是个好姑娘，是喜欢你的，应该尝试去挽留。刘芒摇摇头说，话都说到这份上了，挽留没用。他说唐小丫走的时候，他让她把生日时候送给她的那条刻着自己名字的军牌项链还回来。刘芒的原话是说，既然分开了就各自断了念想吧。其实我知道，他肯定很难过，因为现在这条链子正挂在他脖子上。

我把这段遭遇编成了故事写进小说里，反响很热烈。有的水友说男主角真不是个东西，居然动手打女人。也有的说就应该拿菜刀去灭门，劈腿还有理了？我没有办法用短短的几千个字让所有人都能明白这件非虚构的事，看故事的人都有自己的故事，看热闹的人都有各自的忧愁。

还有人留言给我，说他是高三的学生，也很喜欢写作，自己也尝试在一些网站写过关于刀塔的小说，觉得不够好，没有我写得那么真实。他让我教他写小说，我告诉他这不是写作文，没有固定的格式，你无须修辞和引用，不用歌颂和点睛，就是带着自己对待世界的看法去写，总能碰上几个和你有缘的读者。他说高三了，压力好大，父母天天逼着他学习，他一点都不想学，就想写小说，想成为我这样的作家。我只是淡淡地回复了“加油”两个字，就把电脑关了。

其实我完全可以劝这个孩子，不要妄想了，我算个什么狗屁作家，我在北京硬生生地把主业写成了副业。其实他如果努力一些，考上好的大学，将来有了好的工作，会让自己的生活轻松太多。可这些话我都没说给他听，我自己也说不清为什么，就是觉得有人喜欢写作，我就不该打压他，在我热衷写作，向往成功的年华里，我身边全是负面的声音。所有人都乐意让自己的未来一帆风顺，面对他们的也就是绝大多数可以预见的生活轨迹，明天全他妈和今天一样，该刮风刮风，该下雨就下雨，偶尔下一场雪就能开心的跟个孙子似的。

还有水友问我这些故事是不是真的，我统统回复说是虚构的，故事就是故事，我编的。这是实话，我想他们一定很失望，不管是不是真的，能在里头找到自己终归不是坏事。当人问及真假的时候这就已经不再是我的故事了，因为故事里有了他们自己的影子。

出了这事后，刘芒就很少出门，除了接活儿以外，他就在隔壁弹琴，隔着水泥墙我还能听见他哼唧几句歌词。我又开始去经贸打球，主要是觉得自己不锻炼不行了，下回遇上事还得挨揍。单从球场上的表现来看，我觉得自己的境界高了，至少不粘球，不会出现之前那种接到球不运到失误不撒手的情况。在球场上还碰上过之前一起吃烧烤的那几个同学，他们说看到我网上写的刀塔小说了，痴迷得不行，让我别走，搁这等着，他去教室拿本子，怎么也得让我给他留个墨宝，说不定将来我红了，就赶不上这好机会了。

18 时光如水，青春如歌

我算是明白了，

一个人成熟的标志就是总觉着累！

1.

流年似水，转眼夏至了。万伊跟我说他们北方有冬至饺子夏至面的说法，所以今天要吃凉面。我说自己是南方人，习俗不一样，我们老家不过夏至，冬至过，但是不吃饺子，吃的是瓜子和花生米，然后把卤蛋和大肉烩一起，再来一杯杨梅酒。万伊说你们南方在吃上面总是那么奇怪，像你们的方言，说出来压根听不懂。

我看着窗外的毒日头说这时候要是在我们那说不定就在下雨，这雨有个说法，叫杨梅雨，大雨一过漫山遍野的杨梅就全红了。万伊说不爱吃杨梅，里头尽是虫子，忒恶心。我笑笑说，这多好不但补充维生素还补充蛋白质，一举两得。我还和万伊说杨梅酒的故事，用新鲜的杨梅泡在高度的谷烧里，等酒红透了就可以喝了。以前有个山东客户，说起来能喝两斤白酒，然后我和他打赌，我喝一小杯杨梅酒，他吃两颗酒里泡着的杨梅，结果那厮被八颗杨梅放倒了。万伊很淑女地吸溜着凉面说："杨梅有那么厉害吗？"

我说："你以为啊？大部分的酒精都在里头呢。"

万伊说得亏认识了我，老能听些有趣的故事，她时不时地就把我说过的故事讲给那些公子哥儿听，他们津津有味的。上次她和一个开路虎的说我那次大学里打群架的故事，他就特别来劲，一直感叹说北京还是太小，太和平，群架根本打不起来。我笑着说那人就是没事找事，闲得慌。万伊说生活里有太多的学问，这饭每天都吃，可若跟那群公子去高级餐厅你就得知道这里头的门道，别整得跟占了大便宜似的胡吃海塞。红酒要怎么品，牛排要从哪头切，甚至于切了如何高贵地送进嘴里都讲究，这样才有贵气。有钱人吃饭讲的是排场和气质，环境要优雅，要有音乐和烛火，对面要坐一个美丽的姑娘，口味什么的早就是其次，意境才是关键。

我说：“有钱人活得真累。”

万伊说：“没有钱的人活得连说累的资格都没有，苦在有钱人那里是黑咖啡的味道，在穷人这里是中药的味道，截然不同。”

“在这方面，我永远说不过你。”

“那是因为我说的都是最现实的，我是摇摆人，从夏家胡同到工体的一个钟头就是我从困顿走进奢靡的一段旅程。”

我看着万伊，吃面的样子都很好看，她对男人的阅历超乎你的想象，如果她去写一本关于爱情的小说应该比我写得精彩。

吃完饭，万伊说今天不想去混了，咱们看电影吧。好像来北京后还没有去电影院看过一场电影，我所有文娱方面的需求全部来自那台十四寸的笔记本。主要是我觉着看电影就得跟姑娘去，买一桶爆米花你一爪我一爪地吃，渴了就喝一口可乐，情节无聊了就跑一趟厕所，碰上烂片索性就抱一起亲嘴玩。

我和万伊的关系就是这样，不算恋人，又不只是朋友，我也说不上来我们算什么，但这样也没什么不好，总比在家对着电脑强。我们看了场不知道想要表达什么的国产青春爱情片，万伊哭得稀里哗啦的。她说自己好羡慕上过大学的人，梧桐树都挡不住的阳光，干净的校服，姑娘清澈的眼睛，男孩刚刚好的碎发。她说自己在该上学的年纪就直面肮脏的社会，张口闭口谈的都是钱和性，就没有经历过学校里那种纯美的爱情。我说这都是电影里演的，其实大学没有你想的那么好，你是没去过男生寝室，没看到浸在脸盆里的衣服和挂在床头的袜子，有的大学妹子妆化得比你还浓。爱情其实也没有那么的纯美，但不会特别现实倒是真的，长得帅在那个时候还有点用。而对于绝大多数男生来说，所谓大学里的青春其实就是被口水染透了的枕头，棉被上的精斑和网吧会员卡里的余额。

散场了，我和万伊像情侣一样牵着手在街上散步，初夏的晚风拂来，使人迷醉。万伊说首都的空气比我老家的好太多了，真想在这里老死。我说北京的空气比我老家差太多了，真不想死在这里。万伊哈哈地笑，我也跟着笑，不时有过路人会回头看看万伊，却无人看我。

2.

天气热得很快，万伊开始露出了久违的乳沟，我在网上连载的刀塔小说也接近收尾了。我写东西喜欢用开放的结局，所谓开放结局说得不好听一些就是似完非完，方便写续集。有一家工作室在微博上私信我，我对挂着出版头衔的人都有莫名的好感，全都和见着亲人似的。

这家工作室是武汉的，其实是个游戏网站，为了丰富周边，他们考虑做些图书。跟我聊的人让我放心，他们在当地有资源，出版不是问题。之前他们也出了一些关于刀塔的小说，与我的类型不同，我自吹自擂说我的作品不会让你赔钱的。他说可以给我两万块钱买断费，我一听就有点别扭，我现在对两万这个数字敏感，有种点了我死穴的感觉。

哥们问我剩下的章节还有多少？我说没了，这就完稿了。哥们就说，完稿了我就没法跟你合作了。我问他为什么？他给我解释说如果社区有免费的保险套送，你还会不会去自动售套机上自己掏钱买？做书也是一样的道理，你网上都有连载了，再买书没意义。我有些急了，跟他吹了不少牛，对方还是不愿意合作。他说之前那两本书给他赔惨了，光成本就丢进去四万，一本书卖 26 元，才卖出去两千本，有点不敢担我这本书的风险，怕又给陪了，况且我这小说网上还有连载。

我问他就没有什么办法吗？我完全可以把网上的内容给删了。哥们说这篇能挖的金子已经不多了，不过好歹有几百万的点击量在那，不然你就写个续集，我给你出。我说自己得考虑考虑，对方说他其实也要考虑考虑，不然大家先都考虑考虑，以后再说吧。

我摇摇头，写连载的这段日子里，有不少顶着出版帽子来找我的人，有的来头不大，有的来头不小，最终也没成事儿。来头最小的是个读大一的小伙子，说特别喜欢我这故事，他说给我八千块钱让我把版权卖给他，他找人做书，半卖半送地打发。反正他也不求赚钱，钱他爹有，就是想玩个票，过把制作人的瘾。我说小说都还没写完呢，他说废话，就是要没写完的，这样别人才会求着他要后面的故事，这感觉好极了。我让他哪远滚哪去！

来头最大的是个知名图书公司的规矩小编辑，编辑虽小但是靠山大。小编说他想做本书参加选题会，觉得我文笔不错，问我要了大纲。我还临时给他赶了大纲和目录，他拿了去，我每天就揪着心，一躺下都是自己参加签售会的泡影。再后来他说选题没过，公司一口气出了六本童书，他很无奈，说童书利润太高了，一本抵你三本。这种雷声大雨点小的事情见得多了心自然也就平了。反正我的初衷就是写一本承载自己青春的小说，只不过我青春期中的大部分都给了刀塔而已。有没有稿费，对不对得起自己都不重要了，但多少得为喜欢看我书的水友们负点责，叫好不叫座在中国也不是只有我。

3.

刘芒在暑气都散不干净的黄昏跑过来找我说他要开嗓了！终于要开嗓了！不是在大街上，是在西单商场一楼。我听着也为他高兴，让他好好表现，真红了也难说。他说这是黄鼠狼乐队的历史性的一枪，今晚他要让西单的鸡都不敢打鸣！在这个炎热的傍晚我们从夏家胡同出发，直奔西单圣域。路上我给唐小丫发了微信，说刘芒要唱歌了，在西单一楼，知名化妆品赞助的音乐会。

万伊说刘芒这是要上道啊，以后可得巴结着点，说不定就成小明星了，不会忘了咱们吧？我说不能，我还帮他打过架呢。万伊说什么打架，你们那叫挨揍！

我这人不好逛商场，买衣服都是去淘宝，日用品就去便民超市，总之我是个对品牌毫无追求的人。奢侈品我基本叫不出几个来，对我来说优衣库都能划归进奢侈品里去。来的时候舞台早已搭建好，背景是一大块赞助商的广告牌子，上面写着“炎炎夏日，释放你们的激情”。台下用彩带拉出来一块长方形的区域，区域的前端是一排盖着白布的桌子，桌子后面坐着几个评委。评委的后面放了几十张椅子，零星坐了些人，有的拿着扇子，有的拿着荧光棒，不明身份。

第一个登台的是古刹二人组，一男一女，男的穿着长衫，女的穿着绫罗，他们面前一架电子琴，一架非洲鼓。两人唱了首很魔性的歌，不知道的还以为两个妖道来这做法事。万伊说真难听，不过装扮还挺有意思。

舞台下已经围了不少人，楼上的扶手上也趴了一圈凑热闹的，时不时还有些熊孩子如狼似虎地奔过，带着刺耳的尖叫与狂笑。我在人群中搜寻着唐小丫的影子，我多希望她能来，我寻思着如果来了，看到刘芒在台上的表现，两人说不定又能回去。可在人群中找唐小丫的难度比在人群中找万伊的难度高了几十个百分点。她这姑娘清秀，像风，只有拂过的时候你才能感到一丝舒服，哪像万伊这种光一样的女人，大老远地就闪得你眼睛疼。

又上来几个乐队，名字都怪怪的，反而让我觉得黄鼠狼这名字更悦耳。这些乐队唱的都是些港台的歌曲，有 Beyond 的也有五月天的，万伊爱听，轻轻地在一旁跟着哼。说起来她是五月天的脑残粉，所有的歌全会唱，到家第一件事就是把蓝牙小音箱打开，匹配好手机上的播放软件开始放五月天的歌，然后才会洗澡敷面膜。

刘芒是第六个登台，黄鼠狼乐队今天清一色穿着白色的老头背心，下面配的是黑色的大裤衩，脚底下踩着澡堂里的那种屎黄色脱鞋，土出了境界。万伊笑得不行，她说刘芒太逗了，这出场的架势像卖水果的准备敲锣吆喝。现场的观众也都沸腾了，掌声给得那叫一个热烈，这热闹大了，光出场就赢喝彩。鼓手一顿乱锤后，刘芒的吉他扫了起来，他唱的是黑豹的《无地自容》。

人潮人海中　有你有我
相遇相识相互琢磨
人潮人海中　是你是我
装作正派面带笑容
不必过分多说　自己清楚
你我到底想要做些什么
不必在乎许多　更不必难过
终究有一天你会明白我
……

间奏的时候刘芒还有一段电音吉他的solo，他往前冲了几步，单膝跪着，甩着脑袋。商场里全是他的嘶吼，像跳蛋一样震动着所有人的敏感部位，大家都高潮了。有个女评委还站了起来，用手指打着节拍，我也不由自主地跟着节奏点头。万伊说吵死了，还是我阿信的好听。我说你不懂，这歌影响了多少70后啊，万伊说本宫90后的，差着辈儿呢。我指着一旁扭着屁股的小女孩说："你看，音乐不分年龄的。"

万伊看了一眼说："我还是喜欢五月天的温柔。"

表演完了，刘芒说太过瘾了，撸串去。鼓手说自己惧内，下次吃饭尽量改白天吧，回去晚了搞不好要挨打。B哥说他就这点出息，鼓手说等你们结婚了就明白了。刘芒这次拿了个第二名，他说这成绩已经非常好了，第一名是赞助商请来的乐队，内定的，抛开黑幕咱们就是冠军。

我说："原来这还是个比赛啊？有奖金没有？"

"没有，就一千块出场费。"刘芒说。

"那这名次没意义嘛。"万伊搭茬。

"不能这么说，刚下台的时候就有经纪公司的人给我递了名片，让我找时间去他们公司喝咖啡。"

"要红啊，兄弟！"我有些嫉妒。

"必须红！来干杯！"刘芒吹了一瓶啤酒。

在这点上我和刘芒大相径庭，他永远这么自信满满的样子，和他比起来我显得"谦虚"多了，其实我就是个自相矛盾的人。就像去年我要出书的时候，大家抬我说要成为大作家，我说的是一切还都是未知数，不好说。其实每当我躺在床上，闭上眼睛，脑海里闪出的都是人山人海的画面，这些画面如此私密，以至于我不敢形于色，怕人知道。刘芒总是如此自信，这种自信与生俱来，从不掩饰自己的喜悦，从他脸上就能看穿一切。

我现在特别想问他还想不想去那个ImbaTV参加"麦霸我最6"，成为一个歌唱得最好的游戏主播。我觉得答案是否定的，刀塔已经慢慢从他的生活里消失，他曾经也如此痴迷，与人组队，扬言要成为京城第一。以前他见着我就聊刀塔里的技能，聊职业选手的八卦。现在我们聊的少了，他也不会有事没事地跑来我的房间蹭我的点八中南海抽。有时候凑到一起说的也都是关于他的工作，他现在的事业，他接的活儿，他想唱的歌，他想要到达的高度。当然不经意的还会提一下以前的日子和唐小丫，他有时似是而非地会问我，你说唐小丫现在是不是已经和那个运动服好上了？是不是也像当初躺在我身边一样躺在他的身边？是不是还像以前一样喜欢坐在被窝里啃薯片，薯片必须是黄瓜味的，啃的一床都是渣子？是不是还会在快来高潮的时候喊大侠饶命？

我说我哪知道，我又不是唐小丫！刘芒就抽一口烟，吐出雾来说，我也就是随便问问，未必是你来回答。

我就坐在一旁看着他胸前的项链，心想爱情真可怕。我努力地回忆起身边发生的一些爱情故事，仿佛都是悲情的。在杭州做医疗设备的时候，我有个孟加拉的客户叫 Shebeli，他说自己特别喜欢杭州的西湖，因为西湖里有个美丽的传说。我说你讲的那个是白蛇传，是个“不要脸”的“老妖精”丢伞吊凯子的故事。他说，对对对，就是这个故事，太凄美了。那天我们坐在断桥的小石凳上，Shebeli 跟我说他爱上一个中国姑娘，四川人，他拿出手机来给我看照片。照片里的人看着年纪不小，长得也很普通，不过老外的口味和咱们不一样，非觉得好看你上哪说理去。他叹了口气说那姑娘说可以接受他的人，但是不能接受他没钱，所以他打算奋斗几年争取在成都买套房子，还得买辆车，所以你们公司的单子能不能把价格再压一压？我心想，嘿，这孙子，跟我这扯呢！

正聊着过来个老太，伸手问我们讨钱。那时候西湖边有不少要钱的老人和孩子，老人要钱就是近身伸手要，孩子就冲过来抱着你大腿，不给不让走。Shebeli 让我翻译告诉讨钱的老太，让她跪下来祝福他和那川妹子有情人终成眷属，他给一百。我觉着有点过分了，和老太说：“婆婆，这老外侮辱你呢，你赶紧走吧，别处要去。”老太当没听懂，嘴里呢呢哝哝不知道说些什么，手还伸着，不肯走。

“婆婆，人让你跪下，快走吧。”

“给钱让我躺下都行，你跟他说。”

碰上这么没节操的老太我也是没了脾气，把刚才 Shebeli 跟我说的原话给她翻译了一遍，老太一听一百块钱，扑通一声就对着老外跪下来，嘴里嘟囔着乱糟糟的吉祥话，还磕头。

Shebeli 说："No，不是给我跪下，你要对着姑娘的方向跪下，还要祝福。"

我说："要祝福，向四川的方向。"

老太问我："四川是哪个方向。"

我说我也不知道，老太就转身对着西湖磕头，嘴里说祝福你们，祝福你们。我看着这位老太把东西南北四个方向都给拜了一遍，心里为她感到不值，可 Shebeli 还是不满意，还上了脾气说老太心不诚，这钱他不给了。老太一听到不给钱，站起来就骂："你他妈生儿子没屁眼！"

Shebeli 问我她说什么？我翻译说老太刚说的是杭州欢迎你。Shebeli 将信将疑地看着我，我扭头看着泛着涟漪的湖面。

最终我未能和这个孟加拉人做成一笔业务，部门的所有人在和他打过交道后都集体讨厌他。而关于他的跨国爱情也是我所听闻的最卑微的爱情，可这又有什么办法呢？毕竟在爱情里爱得多的那一方都是狗。可每次想起这件事我都会陷入深深的自责，我觉得自己就像抗日战争中的走狗，虽然我只是个翻译，但看过爱国主义题材影片的人都知道，翻译就是走狗。骑着三角档的自行车，披着黑色的麻布褂子，踩着布鞋，鼻梁上架着一副哈利·波特同款的眼镜，头上顶着鬼子的帽子，讨厌至极。

刘芒靠在老藤椅上哼着京戏，把我从西湖边重新拉回到夏家胡同板子楼里。南方人爱听戏剧的很少，年轻人都忙着赚钱，老人都忙着帮忙着赚钱的年轻人带孩子，没工夫。我觉着等我老到这年岁，那些地方戏估计也都该失传了吧。以前我家对面就是电力局大院，纵穿过大院走到尽头再翻过栏杆就是一个小庙。小时候庙里时不时地有一些我们当地的戏曲表演，我常跟小伙伴去那撒欢，老给人拿竹扇子打出来。现在庙还是那个庙，里面还是些儿女不在身边的孤寡老人，只不过不唱戏了，改唱歌，各种曲目，有主旋律的，也有《星语心愿》。我就觉得世道变了，最老的一批都死了，不太老的正在歌声中慢慢消化自己，有一天我可能也会坐在那里，不知道唱的会是些什么。

我对刘芒说，长夜漫漫，燥热无眠，要不去网吧吹冷气吧，顺便玩两盘刀塔。刘芒笑了一声跟我说貌似已经好久没玩刀塔了，游戏版本都换了吧？都不知道现在流行什么打法了，说起来自己连比赛都没看过了，以前喜欢的战队不知道解散了没有……

我问他："走不走？"

他摆摆手说："不去了，我现在就想像这么躺着，我算是明白了，一个人成熟的标志就是总觉着累！"

19 多事之秋

我更倾向于激励自己，

每当我遇上什么坎儿，

我就拍拍胸脯用身体里的另外一个自己来告诉自己说，

一切都会好起来的！

1.

老丁的公司立秋的时候裁了一波员，小刘走了。老丁把我叫到办公室让我努把力，公司最近是比较困难，但还没到要死的地步。我知道他是碍着万伊的面子没有裁我，销售部现在就剩下三个人，除了我之外，另外两个都是从公司起步时候就跟着老丁的骨干。我回去和万伊说了公司的情况，万伊坐在沙发上抽着烟叹气说这段时间就不问老丁要钱了，他公司的事自己也帮不上忙，只能这样了。我其实有过一些不好的想法，想让万伊现在的丰田红杉君出面来帮老丁，当然这只是我的想法，可行性几乎为零。

在我的成长历程中，所有关于秋天的回忆似乎都不美好。“多事之秋”这个成语看来也不是毫无来头，也许在秋天这个去暖将寒的季节里，总该有些与之相应的事故。许久不联系的老二来电话说他老婆得了病，挺麻烦的，需要钱。我拎着水果篮子去看过嫂子一次，得的是肾病，要透析，价格不菲。我让老二去找冯总要钱，老二说找过了，冯总扔了一万块钱，不顶事，撒泡尿的功夫就用完了。

这是我人生中第一次慰问病患家属，我没任何经验，我也没有生过什么过夜的大毛病，只能干杵在沙发上看老二抽烟叹气。老二说在北京也没几个朋友，仅剩下的几个也因为炒股那会儿被他借怕了。我说要不把股票里的钱套出来吧，看病要紧。嫂子从里屋削好了我买的苹果端出来说：“股票里的钱不能动，我能坚持到飘红。”

我说：“嫂子，这病不能靠挺，钱总能再赚的。”

说话间老二就哭了，挂着鼻涕说：“我他妈在北京混快十年了，攒下来的这些积蓄一半给股市吃了，剩下的连老婆都保不住。”

我连忙劝他说：“哥，您别这样，先看病，一切都会好起来的。”

我不太会安慰别人，“一切都会好起来的”是我的万金油句式。我相信有很多人在劝人上特别在行，别人遇到了什么事他们能有一一对应的成套的说辞，但等这些事在他们自己身上发生的时候，就蒙圈了，指不定比那些当年被自己安慰过的人更悲观，更不可劝。而我相反，我更倾向于激励自己，每当我遇上什么坎儿，我就拍拍胸脯用身体里的另外一个自己来告诉自己说，一切都会好起来的！不过相比于老二的境遇我是幸运的，都是小困难，用点力气跑两步就过去了，到不了直面存亡的地步。

从老二那回来我心情很差，世界上肯定不止他一个不幸的人，可他却是离我最近的那一个。我在微博上写了他的故事，号召水友们发善心给他捐款，效果并不太理想。汶川地震那会儿，我正在杭州上班，我捐了一个月的工资，是我们公司捐的最多的。记得部门经理说他本来准备捐 3000 的，没想到我捐了 4000，所以他只能捐 5000 了。我说捐多捐少是自愿行为，你就是捐一块钱别人也不会说你没有爱心。经理说好歹我是你领导，怎么能比你捐的还少？这是规矩。我就纳闷了，什么时候捐款也有了这种狗屁规矩，我要是玩狠的捐自己一个肾，你是不是得捐一双？

地震是国难，二嫂的肾炎只是个体事件，无法相提并论。比他们惨的网上一搜一堆，有水友留言说我脑残，一个炎症也要人捐款，以后谁感冒了是不是也要搞个募捐？听他的口气，这年头你不得个癌症真不好意思跟大众开口。在网上我总共筹得善款 782.48 元，我又自己添了两千块钱全部给了老二，我跟他解释这都是网友们的一点心意，虽然杯水车薪，你就当大家一个祝福吧。老二拿了钱又开始哭，我说你个大老爷们整天哭哭啼啼搞什么，现在医学这么先进，你这又不是绝症。老二抹着眼泪说，没钱就是绝症。

我问万伊怎么办，万伊说你自己都要饿死了，就别学雷锋了，这世界上需要钱的人太多，轮不到你来逞能。我说这情况就叫见死不救，万伊笑我穷大义，她让我点到为止，知道为什么有“别蹚浑水”这话吗？因为不知深浅，你会不知道怎么着就陷进去给溺了。

2.

刘芒又请了一次大酒，这次是在大酒店订的大包厢，上的是躺在冰片上的龙虾和挂着边儿的鱼翅羹。不过喝的还是二锅头，万伊说大餐和红酒更配，刘芒说二锅头喝惯了，改不了口了。

刘芒签了一家唱片公司，要出专辑，挺开心的事。刘芒说高兴是高兴，美中不足的是公司让他们唱抒情的，谁让现在民谣流行呢，老摇滚在世面上卖不动。我说不管怎么样也是成功了，民谣就民谣呗，等名气再大些就不用看公司的脸色了，可以唱自己喜欢的曲子。刘芒喝着二锅头就着大龙虾说："管不了那么多了，至少现在都吃上大龙虾了，总比以前在烧烤摊子上剥小龙虾好得多。"

喝得差不多了，刘芒歪歪斜斜地挂我身上嘀咕说大龙虾不好吃，还是怀念以前在烧烤摊上吃小龙虾的日子，都是唐小丫给剥的，上面带着她手指的味道。我说你要是放不下就去找她吧，刘芒说不找了。设身处地地想一想，如果我是刘芒，我也不会去找人家，挺丢脸的，搞不好真能跪下来，这和以前在寝室里看到楼下的那个对女生下跪苦苦哀求的人没区别。

这个秋天我无所事事，我特别想帮老丁把业务搞上去，可又像个无头苍蝇，不知道该从哪开始。业务部门的人现在都不用在公司坐班，天天在外头跑，我也跑，至少跑了几天，不过都被人礼貌地请了出来。之后我放弃了，开始在家睡大觉，一觉睡到中午，起来下楼吃拉面，吃完了就进网吧里坐下，开始打刀塔。打游戏之前我还会点开已经连载完的那篇小说看看水友给我的评论，有不少问什么时候出续集，也有说文笔小学生，这种小说他读学前班的弟弟都能写。然后就有人开始在下面跟他互撕，把我文章的风向都带歪了，所以热闹永远是打发无聊的肾上腺素。

只要我上线永远都能看到石头，而只要石头在线那燕姐肯定也在。我想如果他们有一天结婚，势必拉起宽带，配好电脑，一人一台，石头用黑色，燕姐用白色，电脑就放在床头的位置。两人连衣服都不穿，背对背双排，在游戏里石头负责指挥，运筹帷幄，燕姐负责服从，唯令是从。画面就定格在这个瞬间，右上角开始不断闪动着关于年份的数字，色彩由浓转淡，石头一头白发，燕姐一个秃头，两人还打着赤膊，一身年轮。他们身体所有的敏感部位已经不再敏感，石头每喊出一个 Nice，假牙都会从嘴里喷出来，他又立刻捡起来塞回嘴里。终于有一天，燕姐从石头的背后倒下，闭上眼睛的瞬间她想说："我最亲爱的人啊，我听了你 60 年的指挥，我们输了 60 年，但是我无怨无悔。如果有来生我还愿意与你在网上相逢，做你的女人，听你的指挥，输一辈子。"石头回过头看到已经故去的燕姐，叹了口气，把剩下的游戏打完，在远古之树倒下的一瞬间，他在全屏打字说："我老伴死了，我也该说再见了。"屏幕下方跳出来无数的省略号。石头卸载了游戏，在燕姐的尸体旁躺下，轻轻地说："最终还是没能带你冲上 4000 分啊！"

"在干吗呢？"石头在频道里打字问我。

"在想事呢。"

"靠想有前途的咯？做人要行动派，来跟我带燕姐上 4000 分。"

我苦笑："算了吧，我看你这辈子是没希望了。"我脑海里又想起了刚才在想的那一幕。

"你看，你这个朋友就是没有信念，只要燕姐听我指挥，很快就成功了。"

"拉倒吧，燕姐都是你说东她不敢往西的，这还叫不听指挥啊？"

"那是她没有理解我指挥的意义，没发挥主观能动性。"

"你就没想过是你指挥有问题？"

"我指挥没问题，是你们理解有问题。"

"你这个人不太讲道理。"

"我这个人最讲道理了，你再说我不讲道理，我又要拉黑你了啊！"石头的脾气总是这么霸道。

"大哥，我错了！你组我，我跟你带燕姐去。"我认怂。

从中午打到晚上饭点，输了六盘，我说玩不动了，吃饭去了。石头说输这么多盘你吃得下的咯？继续，不赢不准吃饭。我说我都掉到 2000 分了，匹配来的都是些渣子，石头说知道就好，都怪你们这些 2000 分渣子的拖后腿，还不听指挥。我说得，我这盘听大神你的指挥，求你带我赢一盘。这头说完，那头燕姐说饿了，要吃饭。石头说那就先吃饭吧，吃完继续，气得我鼻血差点呛出来。

3.

下了网，我还是吃拉面，我感觉长年累月地吃下去，我估计也得生病，天天不是拉面就是刀削面，心情好的时候就吃炸酱面，心情特别好的时候就加个荷包蛋。这要让我妈知道了，她非说死我，她老人家对吃特讲究，什么荤素搭配，营养均衡说得一套一套的。每次我回去，她就说我瘦了，肯定是在外面吃地沟油吃的，外头的东西又脏又没有营养，哪有家里做得好，不然就回来吧，每天都吃你妈做的饭，肯定白白胖胖的。我说我的同学朋友现在各个白白胖胖的，那叫中年发福，跟发馒头一个道理，再过几年就该高血压了，中年不忌口，老来爆血管。

每回吃拉面我都能吃出酸味儿来，估计是腻歪了，可真找不着比拉面性价比更高的食物，好歹里面还有几片能糊弄人的牛肉，比泡面里的牛肉来事儿。泡面里的牛肉哪能叫牛肉，牙缝都塞不住。吃一半，刘芒打电话来问我要不要去三里屯打球，我好奇，问今天吹什么邪风？刘芒说最近老失眠，脖子大筋疼，想活动活动。我让他等着，这就回去换装备。

我回去把胡萝卜套装穿好，上楼去找刘芒。刘芒看到我，笑着说："哥们你又要制霸球场了。"大城市就是这点好，喜欢运动的人不管什么时候都有个去处。在我老家就没这待遇，天一黑就没地方打球了。灯光球场倒是有，只不过都在人家单位里，属于内部活动区域，大门口有保安守着，看到有生面孔来就问你要工作证。篮球不比足球，找个有亮的地方，往两头摆两双球鞋就算门了，门摆的窄，没有守门员，也不准开大脚，大家就图个乐。可篮球要没筐就没意思了，我总不能找面墙，在上头画个圈，拿球往圈里砸，那都是我小学时候干的事。

三里屯的球场就在阿迪专卖店附近，我问刘芒干吗要来这打球，刘芒说因为他只知道这晚上有球打，而且水平还不错。

我说："我水平不行啊，到时候给人笑话。"

刘芒说："你可是要制霸北京城的男人。"

"不许人吹个牛了是吧。"

刘芒笑着说："把球传给我就行了。"

和刘芒认识也不短了，还真没见过他打球，看他瘦的和兰州拉面一样，怎么也无法与篮球高手联系起来，而且他还矮我半个头，我都觉得自己能打爆他。我和刘芒走进球场，我看到都是些壮汉、高塔，有些虚。我拿肘子顶了顶刘芒，意思是说去角落那个球场打吧，那里的人看起来弱弱的。刘芒说我没出息，要打就要打最强的。

我们又加了两个猴子般大小的球友，站在那群人面前，就像人类对抗巨人。我这下特别不粘球，拿到球第一时间给刘芒。刘芒拿球一个加速，这爆发力惊人，很快就杀到了篮下。我是小看他了，这家伙技能槽深度不浅啊，还留着这一手呢，果然是我大东北的孩子，身体素质不是盖的。就在我对刘芒刮目相看的时候，他的上篮被人按在了板上，然后一个里外里的空接暴扣，刘芒被撞飞出去快两米。我吐了舌头，心想自己果然还是太年轻了，这情节反转地好快。

我们另外两个队友也基本是打酱油的，我一拿球他们就跑到两个底角去，我只要一看他们，他们就冲我叫："自己打，不要传给我！"人类真是太狡猾了，我看了看撑在膝盖上喘气的刘芒，觉得作为队友应该站出来。防守我的是一个一米八五的大个子，我的意思是说对我们来说他是个大个子，对他们那边的人来说他只能算是个普通个子。我想我必须要使出我的绝招——死亡变向了。

这个变向原理是这样的，我先往右边运一下球，球必须运过腰的高度，同时身体重心靠向左边，接着我会做一个幅度不大的换手，把球从右边换到左边，同时一个交叉步做向左边突破的假动作，等到防守队员重心被我带到左边以后，我立刻用一个大幅度的向右拉球晃断他腿。听起来似乎挺复杂的，细节不重要，重要的是我晃的时候自己崴了。倒下去的瞬间我本能地叫了个犯规。

“一八五”说：“兄弟，我刚碰都没碰着你，上哪犯规去！”

我说：“打手了！”

“一八五”说：“讲道理嘛，我看你摔了来拉你一把。”

我说：“你拉我手了！”

“一八五”说：“哥们儿，能好好打球就打，不能好好打，滚蛋！”

刘芒走过来劝开我们，比赛继续。我跟“一八五”杠上了，可现实太残酷，我用尽浑身解数都过不了他。我传球给刘芒，他接球以后抬手就是一个三分，对！就是三分球，我们身高不够可以靠投篮来弥补。我刚想到这，就听见“啪”的一声，刘芒不知道什么时候被从我身边飞过去的“一八五”给盖了火锅。

输球后，刘芒和我盘腿坐在球场边喝水，边看别人在场上飞驰。我叹了口气说：“篮球果然是巨人的运动啊。”

刘芒点点头说：“老了，要是在五年前肯定晃翻他们。”

我递了支烟过去说：“差不多行了，五年前你还没现在高呢，中圈投篮人家都给你抓下来。”

4.

我们沿着繁华的街路蒸发彼此，我俩的装束与这条灯红酒绿的马路显得很不搭配，即使这样，每当路过一个酒吧门口还都会有个男人站在那让我们进去玩会儿。我很不喜欢这种招揽生意的做法，觉得不上档次。以前在杭州的延安路也有不少这样的人，在路上把你拦下然后问你西装、夹克衫要不要看一下？耐克阿迪锐步鞋要不要看一下？不用想就知道卖的都是假货。接下来就是西湖边拦你看表演的，拿着张塑封好的图片，上面有三点式美女背着一条蟒蛇的，还有连体双胞胎表演，看着就瘆人。除了这些就是拉你去唱歌的，说里面的姑娘都一等一的漂亮，能陪你喝酒，喝高兴为止。当然使用这种招揽更多的就是巷子里的按摩店，是个男的路过，店里翘着二郎腿的姑娘就冲你喊：“喂！进来！”这都还算儒雅。在广州的时候我路子生，找网吧上网，找到一栋老旧的大厦，外墙上写着“网吧请上二楼”的红色标志。我顺着楼梯走上去，里面许多商铺都关了，中间还立着几根掉了皮的承重水泥柱子，网吧在走廊的尽头。从我当时的位置出发到网吧必须要经过一排白天都亮着红灯的休闲按摩店。老板娘就在门口像拽自家孩子进屋毒打一样地拽你进去休闲，我当时害怕，跑了，网也没上成。人生地不熟的独自在外面，还是别进这种场所，太危险，万一完事了冲进来个大汉说你强奸他老婆，吃不了兜着走。

我在其中一家酒吧门口停住了脚步，透过茶色玻璃我看到老丁一个人坐在吧台上喝酒。刘芒问我怎么了？是不是万伊在里头？我说不是，是她男朋友，刘芒说万伊什么时候有男朋友了？我说走吧，万伊最不缺的就是男朋友。

坐上公交，我找了个靠窗的位置坐下来，看着北京城阑珊的夜色想着老丁沧桑的背影。他一定特烦，他虽然老实，但不傻，万伊估计也有一段时间没去找过他了。在他们中间我起不到什么化学作用，我只能做个旁观者。万伊有她自己选择的权利，她现在不选老丁就像当初选择老丁一样，都是主观决定的。不能说万伊有多不是东西，选老丁时候她说的那些话我现在还时常会想起来。她只是想在这个城市生存下来，需要有人给她买单，这是她的马拉松赛道，从起点她就在这条赛道上拼了命地跑。这条道可能连终点都没有，老丁只是在中途给万伊递上一杯水的那个人，她停下来把水喝了又继续向前跑，把老丁远远抛在身后，消失在背景里。

回到家万伊躺在床上看球赛，我说今天真见了鬼了，你怎么也看上足球了？她说开红杉的帅哥是国安球迷，她得充充电，不然跟人没的聊了。我说你功课做得挺到位啊，搞清楚越位是怎么回事了吗？万伊让我别小看她，她一个小时就把国安从主力到替补，甚至是教练组成员都给记全了。边说她还边拿出 Ipad 在我面前晃了晃，意思是说数据网上都有。

我问他跟那个帅哥到底怎么样了？万伊说她也说不好，反正先处着呗，现在看是没什么毛病，不过毕竟人年纪小，不懂事，就怕过两年成熟了，有了阅历就麻烦了。这男人就怕有阅历，玩心一过就不把感情当回事了，多少经典的爱情片和浪漫的约会都骗不回来。

我说我今天看见老丁了，在酒吧喝酒呢。万伊愣了一下，低头看着 Ipad，嘴巴里蹦出一个“哦”字。我没有继续说下去，我和老丁不算朋友，他只是我的老板，而且还是通过万伊的面子才进的公司。我还记得那天吃完饭，老丁给的那个大红包，万伊在我和老丁聊天时那尴尬的表情，还有出租车上我对万伊说的所有关于老丁的坏话。

20 孤独症患者

成功都是给别人看的，

失败只有自己知道。

1.

当榆树叶落满大片街道的时候，老二说他在北京待不下去了，是时候回老家了。听到这消息我心里挺不好受的，有种战友死在面前的感觉。我问老二什么时候走，我去送送他们两口子。老二说甭送了，以后估计也没机会再见了，至于欠我的两万块钱就随缘吧，能还他肯定还，还不上也就不还了，莫怪。这是我听到过最无情的赖账，连个借口都不找，即便如此我还无法骂他混蛋，谁让人家那么悲凉呢。他这属于道德绑架，让你没办法再和他提钱的事，提了反而自己不是个东西。

刘芒最近都在网上看租房信息，他说专辑的歌都录得差不多了，剩下的都是些后期的制作，等到唱片一面世，肯定有不少通告要跑，夏家胡同毕竟还是偏，来往不太方便。不过他让我放心，相隔再远他有空的时候就回来这里找我撸串。我心里一万个舍不得，但还是表现出一副支持的嘴脸，任何时候困苦都留不住人。

更不好的消息是，老丁的公司又裁员了，这次只裁了一个人，那就是我。裁我的原因与我无关，而是万伊和他正式分手了，老丁结了我的工资，说了句："你走吧。"然后我就走了，这时候说什么也没用，"谢谢你这些日子的照顾"这种话说出来怪恶心的，不如洒脱地拿了钱走。

看到万伊的时候我也没提这事，她最近也忙，红杉车时不时地就会来楼下等她。每次车停下，帅哥在驾驶室里长按两声喇叭，万伊就急匆匆地抓起包跑下去。

我的生活急剧恶化，我陷入了更大规模的迷茫。如果换作以前，碰上这种情况我会给自己打气，会想自己接下来是不是该干点什么？再熬一熬说不定太阳就出来了，阴天就转了多云。可我现在的心态如此阴郁，脑子里想的不再是该干点什么而是该不该回老家了，天空那么阴霾，乌云那么大片地压来，说不定一会儿就该下暴雨了。

我现在越活越混，白天一睁眼就跑胡同里去和夏大爷下军旗。夏大爷今年都 90 多了，老当益壮，在老槐树下支个竹藤椅，旁边摆着小桌子，桌子上放着一个布满茶垢的茶罐子。老头从早上坐到中午，碰上熟人就唤来杀几盘军旗，碰不上就把小收音机打开听梆子戏。手里捏着一把写着金字的折扇，一年四季都拿着，显得足智多谋的样子。我一般都是上午十点准时去老头阵子上坐下，跟他对弈，棋牌都是我的弱项，夏大爷总是杀得我片甲不留。老头膝下无儿女，他说也没几天活头了，所以天天在这坐着看天，听鸟叫，说不定哪天就死了。我说要是不嫌弃，我就给您当孙子吧，我这岁数给您当儿子也不合适。老头就叫我孙子，我就答应。

有时候夏大爷虐菜虐腻了，就收了棋子跟我讲他当兵打越南的故事。他说越南鬼子没良心，防御工事用的都是印着中粮字样的米麻袋子，里面盛的沙土摞起来有半人高。步枪都是中国造的，从麻袋子的缝隙里伸出来打中国士兵。攻打谅山那会儿，越南老百姓也红了眼，把手枪藏斗笠里头，藏裤裆里头，给你背后放黑枪。我说我知道谅山，是越南的天险，当年美国佬打越战那会儿打了几个月都没能打下来。老头说这算什么，咱们只用了三天就给炸平了，美国佬打仗不行，不然抗美援朝时候他们怎么输的。

有时候到了饭点，老头没说过瘾就拉我去他家，他拿电炉子烤大馒头，泡茶叶末子的香茶递给我说："孙子，边吃边听。"我啃着喷喷香的馒头，老头就跟我说越南王牌师的故事。这个师不同于其他作战部队，人用的不是中国的武器，而是清一色的美军枪械装备，这师里还有个王牌团，当时听风说该团各个神枪手。我喝了口茶，把堵在喉咙口的馒头咽下去说："那么牛啊！"老头点了个烟锅子嘬着了说，厉害个屁，被咱们杀的一个都没剩下，就像我军旗里杀你小子那样。我拍手说："我军威武，大爷还有馒头吗？"老头说有的是，又从碗橱里掏出两个来往电炉上一摆。

我觉得自己变老了，居然吃馒头都能吃上瘾，有事没事就往夏老头那跑，一跑一个饱，饭钱都省了。老头记性不好，经常说过什么他自己也不记得，我权当第一次听，他也爱说，我也爱吃他烤的馒头。吃完了，我又开始自责，觉得占一个老人便宜不好，可一到点儿胃酸浓度上来了，我就给自己洗脑说老人多热情呀，不吃他点馒头指不定还不高兴呢，而且馒头也确实够便宜的。

不过吃归吃，偶尔我还是会买瓶二锅头带点油炸花生米去孝敬他老人家。老头特开心，每次看到我拿酒来他都说，有你这孙子真是我晚年的福气呀！也许是当过兵的人都豪放，我给他倒多少他喝多少，喝多了他请我抽两口他的烟袋子，险些给我呛死。老头喝高兴了就唱梆子戏，他老的牙都掉没了，咬字漏风，唱出来有些搞笑，但我都装出一副很认真的样子笔直地坐着，晃着脑袋假陶醉。

2.

天气渐冷的时候，石头给我打来电话，说他要结婚了，多年兄弟请帖就懒得发了，你人必须过来，份子钱随大点。我问他是新娘是不是燕姐，他说不是，新娘是别人介绍的，过过日子差不多就行了。我有些失望，我觉得燕姐太适合他了，像燕姐这样的老婆上哪找去？能陪你打一辈子的刀塔。

我问万伊借了3000块钱就上了路，到杭州已经是晚上八点多，给石头打电话，他说今晚是单身派对，让我直接打车到文三路的沸蓝网吧。我说你这单身派对还真特别，在网吧里搞，石头说玩着呢，不聊了，赶紧来，就差你了。

打车赶到沸蓝网吧，石头的朋友们坐满了两个相邻的包厢。石头穿着西装系着红色的领带，头发梳成了吴彦祖的模样，脸上干净得看不见一根胡渣。我问他来网吧玩个游戏干吗穿这么正式？他说要玩到天亮的，明天直接接新娘去。我站在他身后看他玩了一会儿，困了，就问他有没有酒店休息，石头让我去网吧休息区的沙发上躺会儿，大家赚钱都不容易，能省则省。

杭州的秋凉来得比往年早，我傻乎乎地靠在沙发上发呆。上大学那会儿我也像今天这样坐在沙发上，只不过是等机子上网。那时候大学城方兴未艾，远近只有一家网吧，从下午开始附近几所高校不爱学习又没有女朋友的同学就早早地过来霸位置。到不了八点档所有的位置就全部满员，没抢到位置的同学只能在沙发上等，如果是周末沙发上都坐满了焦虑的同学。不讲卫生的就往地上坐，处女座的就站着，有时候等候的队伍太长，老板也会出来劝，让大家别等了，明天赶早吧。每次想到这，我脑袋里就会浮现出小宁波的画面，小宁波的寝室住我隔壁，没事爱在各个寝室流窜，跟人套瓷，动机和刘芒一样，蹭烟抽。但小宁波和刘芒不同，刘芒不挑，小宁波则会嫌你的烟牌子不好。他说在宁波他们都抽大红鹰，二十一包，有点钱的就抽中华烟，你要给他递根红双喜，他就冲你翻白眼。

小宁波一年四季都穿着一件粉红色的睡袍，夏天就打赤膊绑腰上，冬天就往里头加毛线衣。他还有两双拖鞋，一双绒的，一双凉拖，也是分寒暑穿。寝室里的温州室友和我说小宁波脑子被大三的同学打坏了，才会这样。那时候流行 CS 和传奇，小宁波都玩，他去网吧也穿睡袍，还问老板要烟抽，他脸皮比睡袍厚得多，又不怕挨揍，真是拿他没办法。小宁波常年都吃住在网吧，累了就把外挂打开，把脚架桌子上，脑袋枕着椅子靠背睡觉，醒过来就关了传奇跟网吧里的人连局域网打 CS。他的偶像是 117，觉得人长得挺酷的，有点黑社会大哥的腔调。我说 117 的职业是打 CS，又不是砍人，你不是应该崇拜人家的技术吗？小宁波说就是喜欢人家长相，技术可以练，长相是天生的。

我在沸蓝网吧的沙发上迷糊了一宿，天终于亮了，石头带我们去附近吃了拌面和豆腐脑，然后联系了几辆奥迪车过来把朋友们装了，去接新娘。新娘是萧山人，我坐在车上，摇下窗户，带着钱塘江腥味的空气从外面钻进来，给你的呼吸道降温。石头这婚结得突然，不过这也符合他的性格，他这人办事从不拖泥带水，总是杀你个措手不及。

我们在萧山的一家土菜馆吃了中饭，吃完就去新娘家楼下点炮。石头踩着气球上去把媳妇背了下来，嘴里骂骂咧咧怪新娘子父母一点没有远见，房子买六楼。石头粗暴地把新娘往主婚车里一塞，我们也纷纷钻进奥迪车队，开始在萧山城里绕。绕到公园车队停了，石头下来挽着新娘在草地里摆造型拍照，我们则在不远处无聊地跟着。公园拍完就继续上车，然后到江边拍江景，江边风大，烟都点不着，关键是冷，我看新娘冻得够呛，袒胸露背的，嘴唇都紫了，也是不易。

好容易走完了外景的流程，车队在酒店门口慢慢散去，新郎新娘去房间里补妆，我们这些闲杂人等就在大堂里横七竖八地坐着，扯闲天。婚礼没什么新意，都是些老噱头，十分钟的灯光秀，主持人五分钟的煽情演说，然后请出新郎。石头走红毯的时候还是那副屌屌的模样，驼着背，踮着脚，让我想起了当年和他一起在二中门口敲诈中学生的时光。石头上台说了一些感谢的话，新娘就在《婚礼进行曲》中缓缓走来，然后两人面对面交换了戒指，接了吻，切了蛋糕，倒满了香槟塔，礼就成了。现场的灯光瞬间明亮起来，碗筷的叮当声不绝于耳，我这一桌都是不太熟的朋友，大家基本沉默，只顾吃喝。石头拿着放跑气的雪碧冒充白酒一桌桌地敬，到我们这桌的时候，大家说恭喜，石头说吃好喝好，其实他就是不说这话，我们也不会辜负这桌菜。

吃完了，朋友们一窝蜂冲上去闹洞房，让石头穿着连衣裙，画上口红去超市里买卫生巾。我坐在房间的角落看着这个陪我走过青葱岁月的朋友，狼狈地在众人的笑声中打扮成猥琐的样子，他身边站着我初次相见的姑娘，姑娘脸上写的是我看不懂的那种幸福。这两年我老家的朋友开始大规模地结婚，红包像丢上谅山的炮弹一样在我脑袋上炸开了花。我总是找各种各样的借口躲避他们的婚礼，把钱打到他们的银行卡上。我其实是害怕见到这种场面，让我觉得朋友正在远去，青春已经腐烂，孤独感像钱塘江的潮水一样涌上心头。

3.

回京的那天，又起了霾，空气里都是锅炉窑子的味儿。国安球迷又和泰达球迷杠上了，马布里又在易建联脑袋上拿了快30分，无论是工体还是五棵松都充斥着不安分。我从以前刘芒常驻的通道里走过，里头都是新的面孔，唱的全是周杰伦的歌。说起来我还真没有见识过刘芒在这唱歌的样子，估计以后他也不会在这里出现了。

Kumar给我来了个电话，说他在中国的任期到了，过几天就得回印度了。在中国的这段时光是他最难忘的日子，他很高兴交了我这个朋友，让我有机会去印度玩，他招待我。我说有机会一定去，不过我想是没这个机会了，我没事跑那去干吗呢？难不成还真为了找 Kumar 玩吗？我觉得他和我们一样现实，脑子里除了钱就是女人，而且我害怕印度的大虱子。我讨厌未知的国度，因为未知的国度总会有很多未知的事物，让你觉得无能为力。

万伊现在经常一个礼拜都在外面疯，她的房间已经被我和我的孤独占领。我没事就躺在她床上对着电脑发呆，在 QQ 上跟人聊没营养的闲天，说说游戏，说说国家大事。我像个大人一样跟网上那群涉世未深的年轻人讲道理，给他们出谋划策，告诉他们选什么专业比较有前途。我甚至教我读初中的表妹写作文，我会像当初我的语文老师教我的那样教她，要引用名人名言，要段落分明，要首尾呼应，要篇末点题。我表妹说我是她的偶像，她长大了也想写小说，事实上她已经在网上写了，班上还有不少同学看呢，不过她写的都是“腹黑总裁爱上我”这种题材。我就骂她，你写这些乱七八糟的，作文能拿高分吗？你现在不好好学习，偷偷摸摸地在网上写小说，将来考不上大学你妈不打断你腿才怪。

如果有人胆敢在网上晒自己的战绩截图，我就又把当年自己带队拿冠军的老梗拿出来镇压。我还会在自己的阅历上添油加醋，让别人觉得我了不起，在生活里是个成功的人。所以成功都是给别人看的，失败只有自己知道。

经贸大学那几个同学还给我介绍女朋友，姑娘是他们的同学，长相普通，喜欢文学。我在经贸大学名声不小，都拜这哥几个的宣传。他们之中有一个是校广播站的，一到晚上六点放完了《一生有你》和《光阴的故事》就开始读我网上那篇小说的节选。广播站的那位同学跟我说这个姑娘特别崇拜你，人家把你的小说里的段子都手抄了一本子。我说既然这样，那就见见吧。

我们安排在周五的晚上见面，接头地点在经贸田径场的沙坑旁。这感觉奇奇怪怪的，好像有一群人故意安排好了等着看我笑话。我换了件干净的衣服，刮了胡子，用自来水整理了发型，总觉得少点什么，转身从万伊书架上顺了本《老人与海》，想这该差不多了，有了文化人的样子。

我拿着书在沙坑旁感受着像从西伯利亚吹来的风，瑟瑟发抖，心里暗骂那群小鬼给我找这破地约会，明摆着想把我冻死。过一会儿姑娘来了，我跟她打招呼，姑娘低着头很羞涩的样子。我说外面太冷了，不然找个暖和的地方吧，姑娘说好的。茫茫夜色里，无光的操场上，我缩着脖子像个王八一样在前面走，姑娘低着脑袋跟在我后面。一路上我极力想说点什么缓解气氛，可又不知道说什么好，只好缩着继续走，姑娘也就耷拉着脑袋继续跟着我走。

我们在经贸大门口的一家奶茶店坐下，几口热的下去，我终于解冻了。借着灯光我看清了姑娘的脸，戴着黑框眼镜，留着一头不长不短的头发，很普通的刘海，围着一条少女情怀的围巾，围巾上都是机器猫的大圆脑袋。

“这个送给你。”我把《老人与海》借花送佛。

“谢谢。”她声音轻的像猫叫。

“小妹妹，你不用紧张，我们就是随便聊聊。”

“不要叫我小妹妹，我不小了，我都过了法定结婚年龄了。”

我被这突如其来的一句话给怔住了，可能是少女都不愿意承认自己是少女。在这个复杂的世界里，单纯的人总是害怕被别人识破自己的单纯，她们需要佯装老练来武装自己。不知道这是好还是坏，现在的普世价值单纯即代表无知，反倒被人看不起了。少女叫倪晓，学法律的，不知道梦想是什么，喜欢看书，喜欢幻想。她说以后的事家里都差不多规划好了，毕业了就在北京给找个律师事务所上班。这不是开玩笑嘛，她这种性格开了庭不得让辩方律师说哭了才怪。倪晓说慢慢就习惯了，反正她也没什么追求，每天开开心心的就行了。我说这话我怎么听着那么耳熟呢，你们学校有个旅游专业的女生也说过同样的话。

想到唐小丫我就自然能把刘芒牵出来。那时候他们两个每天就是开开心心的，刘芒坐凳子上弹琴唱歌，唐小丫坐在刘芒床上抱着枕头，啃着薯片笑着看刘芒。可这种开心是有保质期的，那些抱着慢慢就好了的想法的人把社会认为得太简单，一旦等他们进入大人的世界，各种不可抗的压力纷至沓来，你就赖地上哭吧，挠你痒痒你都笑不出来。

倪晓说特别喜欢我的小说，我说这是一本游戏小说，你看得懂？倪晓说我虽然不玩游戏，但是我也有青春呀，我也憧憬过爱情呀！哎，要是这部小说能出版就好了，我一定买个 20 本送给我的高中姐妹们，让她们都看看。她这句话戳到了我的痛处，你以为我不想出版？我大大小小跟多少人聊过出版的事儿啊，可人家不愿意出，我总不能绑架别人爸爸逼着人出吧。

关于出版这块的事我懒得去解释，看她青青羞羞的样子，就算解释了她也未必能明白。这种姑娘从来都不是我的菜，我这人肤浅，喜欢大胸大屁股的妖精，话不多说，就是干。完事了靠床头点一支烟吐口圈说："哎呀，妈呀，爽死了。"这种女人多实在，没有那么多的小情愫，也不会因为你的一句漫不经心的话就突然悲伤。更何况我在倪晓身上看到了唐小丫的影子，我不想成为第二个刘芒，再说我早就过了为爱痴狂的年纪，经历了这么多的波折，折腾不起，早已麻木不仁。

送别了倪晓我独自回到住处，万伊又没有回来，我用被子捂着脚，拿起电视遥控器换台玩。换了一会儿台，我又站起来对着镜子骂自己，说你看你个怂样儿，在北京混了这么久你混出什么来了？人家刘芒都要出专辑了，你出本书给写了别人的名字，你就是个废物！赶紧滚回你妈身边去，在这待着不嫌丢人啊！骂了差不多十分钟，觉得对自己狠了点，又往回找补夸自己，说你看多帅一小伙啊，能成功，不是能，是必须，必须成功！我告诉你，从明天开始你就开始写文投稿，肯定一次过稿，那些编辑必须被你的文章迷死！

21 新的开始

这个世界总有人会成长，

也总有人会凋零，

走的走，

死的死，

你无能为力。

1.

我手机里有很多关于文学或者阅读的 App，但我从来不看，至于我为什么要下载下来，我的解释是，万一突然有一天在路上无聊了再去下载太烧流量。我的手机流量如此可怜，每个月都不够用，有时候我想浏览一则新闻我会端着手机，像拿着龙珠探测器一样，贴近有免费 Wi-Fi 的商铺蹭网。这一点都不夸张，生活的拮据超乎我想象。

我在网上搜各种编辑的联系方式，统统加了，有一个聊一个，然后跟他们毛遂自荐，讲讲自己的阅历，说说自己的写作经验和想法。有的杂志编辑回复我说，说那么多没用，你就是村上春树也得先有作品啊。我说马上就可以有，你们要什么样的稿子？对方让我去网站上看，上头写得明白着呢。

我说："好，那我写好了直接发给你。"

对方说："别，你直接走正规的审核渠道，发公众邮箱。"

我说："我发邮箱，你万一不看怎么办？"

对方说："我不看，自然会有别人来看。"

对方说完头像就灰了。说实话，我这个人不太相信公众邮箱，我觉得人都是懒的，编辑也懒。他们每天要看那么多篇文章，我运气又一直那么差，说不定就给我漏审了。其实吧，还是因为我不够出名，我如果我拿一篇朱自清的散文去给我的语文老师看，告诉他这是我写的，那他肯定能给我挑出不少毛病。审查终归很难做到客观，就像咱们去评判一碗毛血旺好不好吃，四川和重庆的朋友就叫好，上海和广东的朋友可能就会说不好。

我终究没有那么不堪，不管怎么说我的那篇连载在游戏圈还是掀起了一点波浪。有一家游戏杂志的编辑主动找到我约稿，稿子要求是与游戏相关的中篇小说，千字给 80 元，不能超过一万字。我拿计算机一算，你大爷的，写满了才拿800元，就这还得扣税，拿到手里连个整数都不是，看着就闹心。可聊胜于无，有点事做总比看着墙发呆强，而且该编辑还跟我说下个月他们准备搞个文学大赛，你可以来参加，第一名奖金有两万。我心想：操你大爷的两万！我特烦两万这个数，不吉利，一听是这个数我就觉得我第一名肯定是没戏了。

我除了不相信公众平台之外也不相信文学比赛。文无第一，更何况这还是一个游戏文学的大赛，几个评委都是写时评的编辑，游戏玩得菜，时评里也都是错别字。这样的人居然能摇身一变成了评委，指点起江山来，太扯淡。

我从小就觉得除了靠体能较量个高下的体育比赛，所有的文艺比赛都有黑幕。比如小学时候的“祖国是花园”儿童歌舞第一名就是副校长的亲戚，她小时候就没有明星相，画着浓妆都土土的，跳起舞来像扭秧歌，但评委给的说法是这位同学肢体语言丰富，表现能力强，富于朝气。初中的时候大合唱，第一名永远是四班，因为四班不光有合唱还有班主任在前面领舞，不巧他们班主任是校长的老婆，所有评委本着非公平的原则一起打出满分。所以看还是要看体育竞技，你就是市长的儿子，吃山珍海味长大，跑不过就是跑不过，一目了然。

2.

石头婚后已经很久没上线了，我给他打电话，他说在外头度假呢，到处都是老外。我说不错嘛，都出国了，石头说没出国在义乌，逛了两天国际商贸城，买了些汤勺和钢筋锅，明天准备去横店玩，看一看皇帝的样板房。我说燕姐现在天天一个人在线上，怪孤单的，石头让我没事少玩游戏，电脑辐射大，杀精。

我最不想看到的事终于还是来了，周末的时候从外头开来一辆象征着goodbye的卡车，车身上用白色的油漆写了“搬家”。刘芒靠在门框上抽烟，指挥着工人们轻拿轻放，我走上去说：“你又没什么东西，至于把搬家公司叫来吗？”

刘芒说：“就想体验一下使唤人的感觉。”

我没问他新的住处，肯定比夏家胡同好，以后我与刘芒的距离不再是走十多节台阶，迈二十来步碎腿就够了的。

晚上刘芒又回胡同里找我吃烧烤，我们去了经贸旁边的那家烧烤店，店里生意火爆，都是些稚嫩的学生面孔。我和刘芒在门口抽烟等桌子，他问我万伊人呢？我说不知道，她现在整天不着家，偶尔回来一下也是换身行头就走了，跟串门似的。刘芒说好怀念快去年过年那会儿啊，大家人齐刷刷地在我那喝酒，唱《东方之珠》和《北京，北京》，还都哭了。我笑笑，不知道该说什么。

朋友终会走散，这个世界总有人会成长，也总有人会凋零，走的走，死的死，你无能为力。在一起患难的时候，大家勇敢又坚韧，喝着最烈的酒，吹着连自己都不信的牛，不管是自信还是自卑，都在一起狂欢。以前我们唱着歌，鼓着劲在同一条路上走，终于看到了前方的岔路，于是我笔直，他往右。现在我还能看见他，他也能看见我，大家还会隔着不太远的距离聊个天，可时间越来越久，我们越走越远，角度越来越大，迷雾越来越浓，就谁也看不见谁了。

一直等到快八点，我们才得以坐下来，刘芒点了烧烤界黄金三宝说好久没喝点了，上一次咱哥俩坐这还是春节刚回来。我说是的，那时候这店也是刚开，你预言说它会火，显然你猜对了。刘芒叹了口气说，就要离开这里了，真有点舍不得。我说这破地方没什么好留恋的，我要是成功了也搬。

几杯酒下去，仿佛当年的日子全回来了，刘芒一喝酒脸就红，像关二哥。他跟我说唐小丫的事儿，唐小丫特别好色，每天都要几次，我说吃不消了，她就从他爸抽屉里给我顺保健品，说这不是药，让我多吃点没事，把自己补得凶凶的，她就有福了。我问她给我吃了你爸该怎么办？小丫说没了他妈会买，你说好笑不好笑，这还带遗传的。

我们笑着又喝了几杯酒，我说该我了，我给你说个万伊的八卦。你别看万伊每天人模人样的，她小便声音特别大，隔着卫生间的门，我躺在里屋都能听见。刘芒说你不懂，小便声音大的女生运气都不会太差。

我和刘芒聊着这种荤故事，喝着啤酒，笑得像傻瓜。我们喝顶了就去厕所里吐，吐空了又继续回来喝，刘芒说不醉不归，我举杯也说不醉不归。咱们一直喝到第二波吃夜宵的同学上门，才踉跄着离开。我和刘芒相互扶持，一起摔倒，又一起挣扎着站起来。刘芒说自己没醉，还要继续喝，这就去超市，再买点去你那喝，不能喝燕京了，丢面儿，得喝进口的黑啤。我说你在这等着，我去买！

我像个行尸一样走进附近的24小时超市，从货架上挠了十瓶最大瓶的黑啤下来，丢在收银台上。负责收银的大婶带着惊讶的眼神看了看我，又看了看我的黑啤，我觉得她一定是觉得我喝醉了，醉了就醉了，今天我就是要把自己喝断片儿。我这么想，第二天我睁开眼睛，顶着照进屋内的阳光和剧烈的头疼，刘芒已经离去，天知道下次一起烂醉是什么时候。

我们费了好大劲才回到住处，往冰凉的地板上一坐。刘芒拿着黑啤舌头打着结说："你看看，就说老外的啤酒实在，这么大一瓶，你再看这瓶盖都和咱们不一样，人家是塑料的。"

我指着牌子说："谁说不是，你看这牌子，什么邦，一看就是德语的发音。"

"来，为了友谊长青！"刘芒说。

"为了似水流年！"我说。

"干了！"我们举起瓶子一饮而尽。

3.

等我醒来的时候，太阳照在我的脸上，头倒是不疼，嗓子像吞了针一样的疼。我撑着坐起身来，发现手上插着管子，一抬头脑袋上还吊着几个瓶子。我一惊，旁边大爷一咳嗽，往地上吐了一口老痰，我才发现自己正躺医院里。

万伊从外面走进来说："醒了？"

我嗓子疼得说不出话来，万伊就冷笑一声说："出不了声了吧？我长这么大还真没见过你们两个这样的天才，灭了6瓶厨邦酱油，这是要殉情啊？得亏我回来得早。"

我往万伊身后张望，万伊让我别看了，刘芒早走了，你可把人给害死了，人家是靠嗓子吃饭的，要是坏了，你可是毁了别人一辈子。我低下头，无比自责，我现在比谁都担心刘芒，我怕他真出了事，这可是一笔血海深仇，把我车裂了都不解恨。

从医院回来，我喝了一周的流食和医院开来的药浆，但还是不能说太多话，话多了就疼。我给刘芒打电话，一直是无人接听的状态，我想起了当年石头给我拉黑的日子，我愧疚的厉害，觉得自己真是个蠢货。现在刘芒是事业的上升期，刚录好了专辑，现在却赶上这乌龙，唱片公司的计划肯定全乱了套，我害怕的就是他的公司会像当年冯总对我那样地对他，那我就成了千古罪人。

这几天北京入冬，胡同里的大爷们都缩在屋里头听戏，只有夏老头还一个人搁外头坐着，有时碰上，他就让我过去陪他下棋，我说不下了，我又玩不过您老。老头就要给我讲个故事，我说这故事我都听出老茧了，那个王牌师够辛苦的，在您嘴里都死多少回了。老头问我是不是最近遇上事了，感觉情绪不太好，我说没事，就是有病，不太想说话。老头让我跟他进屋，说有传家宝赠予我，我这贪小便宜的劲儿上来，没忍住跟着去了。老头从箱底摸出来一本棋谱给我说，这是他耗尽毕生精力自己手写的军棋谱，自己时日不多，传我了。我有些失望，还以为他会拿出存折或者金条什么的出来呢，没想到就是本破棋谱。学这些有什么用，军旗连个像样的比赛都没有，学精了也就够去别的胡同里欺负别的老头。我接过老头的棋谱，不能驳了人家面子，老头都老成这样了，给人留个念想。夏大爷让我一定要好好学，将来传于后人，我说好吧。

我一直觉得自己是个不太聪明的人，分辨一个人聪明与否的关键就是他的数学和逻辑思维，我数学很烂，上了初中就开始不及格。而一切与逻辑思维相关的东西我又都不擅长，比如下棋，从小到大我就没赢过几盘。下五子棋我输，下斗兽棋我也输，下象棋我更是输得一塌糊涂，围棋我压根就看不明白。打牌我更烂，玩双扣大家都不愿意和我一边，说我这个人太野蛮，先把炸丢了，留一手的单片儿，打到残局别人出对三我都要不起。打麻将我感觉自己打什么牌都能放铳，朋友教我，金三银七，这种牌不能瞎打，我就打红中和发财，结果给人碰出个大三元。我一推说，不玩了，朋友说八圈没打完呢你这干吗去，我说去公安局自首，聚众赌博，朋友们怂了拿出电话重新找麻将搭子。

4.

政府又开始全城供暖的时候，有个编辑在微博上找到我，说他看了我在网上写的连载，觉得不错，问我有没有兴趣写续集。我说那得看你有没有兴趣帮我出续集，对方说有啊，兴趣大着呢。我问他怎么证明，他就跟我说他从高中开始玩刀塔，以前也想过当职业选手，也想拿全国冠军。我连忙说全国冠军我拿过，没什么特别的，对方说我了不起，他没这实力，但是这游戏陪他走过了最好的青春，他很迫切地想出一本关于刀塔的书，纪念一下自己逝去的青春。

我直接问他写出来能给多少？这段时间我真的被搞烦了，老有这种编辑找到我说一堆好听的，到了节骨眼上就给我放鸽子，说是给我分析前景，让我别总想着稿费，把书先写了，把口碑攒起来，这样大家都认识你了，你就是作家了，到那时候再考虑去赚钱。万伊说的没错，人还是现实点比较好，谈感情太伤钱，没钱就没人情，时间久了连人性也没了。

编辑说你拿的是版税，他还给我算了个公式，我头都大了，让他直白些，直接告诉我一本书大概能赚多少。他说差不多两三块，我说太少，他说不少了，卖一万本就是两三万，卖十万本可就是二三十万呢！我不信，我觉得自己这书卖不了这么多，冯总拼命地推《一万个女朋友》，估计也才卖了四万来本。对方说一切皆有可能，他们出版社有来头，有渠道，再找找电视台搞个采访，做个宣传，指不定能火。我一听电视台三个字立刻不干了，我说不接受任何采访，我就一文字工作者，干吗非要抛头露面的。对方要面聊，说这三言两语的说不清楚，他让我留了地址，说周六休息的时候来找我。

我联系不上刘芒，就在网上搜关于黄鼠狼乐队的信息，最近的一期是他们在某酒吧搞了个小型的歌友会，在现场的照片里我看到了穿着一身休闲装的刘芒。作为摇滚青年，他的服装一直都是皮革制品，我以前还说他穿的跟80年代的古惑仔似的，刘芒说穿休闲服的才二，让人感觉有气无力的样子。我在网上听了刘芒的那首《京城浮萍》，很不错，曲子的意境和歌词的深度都让人心碎，这是整张专辑中唯一带着摇滚味儿的歌，其他的都是些慢慢悠悠的民谣。我还在网上看歌迷给他的评论，都是近期的，说主唱的声音太迷人，是那种沙哑的沧桑感，一首说爱的歌从他嗓子里唱出来，总有苦涩的味道，好喜欢。我是多想告诉这个人，这份沧桑是这些年时间的灰烬积在胸口的闷奏，这份沙哑的表现，是晒足一百八十天的厨邦酱油的提炼。我想刘芒应该没事吧，比以前更火了就应该不会嫉恨我了。

晚上万伊回来，我说她脸色不太好，是不是病了，她关了门让我别管，她要睡觉。我一撇嘴，站在门口偷偷地说："就是有病！"一个人身体状态好不好我一看就知道，这是从我妈那遗传来的。她老人家从小就爱管我，不让我吃炸薯条和麻辣烫，我肠胃不给力，一吃就拉，我妈看我脸色就会问我是不是跑出去偷吃了。我不认账，她就跟我说中医讲的就是气色学问，说我这是阴虚，肠道湿气重，脸色泛黄，印堂发黑。我说印堂发黑那是中邪，我妈说就说个意思，为了押韵，反正你一吃这些垃圾食品我就能知道。其实我妈也不是真的懂什么中医学，她就是凭直觉，什么时候觉着我不对劲了我就真不对劲了，邪得很。慢慢地我长大，似乎也有了这种直觉，不知道算不算特异功能，我想过要是哪天真混不下去了，就靠这个去招摇撞骗，给人看病，说不定还成神医了。反正中医说的是以内养外，几贴中药吃半年，等你反应过来我早捞一票溜了。

我打开取暖灯，缩在被子里开始做梦，梦里我穿着西装站在讲台上，台下是北大清华的学生，我跟他们说自己的过往和不易，告诉他们年轻人要有梦想，要坚持梦想。学生们举手问我问题的时候都用麦克风，年轻的声音从礼堂的音响里传出来还带着回声，我每一次的回答都会引来热烈的掌声。画面一转，我手里拿着奖杯，面前是挂着各大电视台 logo 的话筒，他们在问我同一个问题，作为年度畅销书的冠军作者你有什么感想。

我像个老江湖似得回答说："这都得感谢所有读者对我的支持，没有他们就没有这本畅销书，书不畅销，我不如乞丐。"

22 相逢的孤岛

如今所有的艰辛都是从前某个时间段

不起眼的碎片造成的蝴蝶效应。

1.

我和川子见面是在一家咖啡馆里，地方是他挑的。川子就是那个自称要登门拜访我的编辑，我是怕露怯，毕竟胡同里怪寒碜的，现在的孩子都势力，我必须要防一手，不能让人家看清我的际遇，不然谈起来输阵。

川子是河北人，小时候随父母来的北京，虽然说不上土生土长，但有记忆的年岁就搁这发芽。他跟我说了很多他自己的事，说上学，说打架还说他朋友，我喝着咖啡听。年轻人废话总是比较多，因为他们需要证明自己并不是毫无阅历，万事从认识开始，进入正题需要前戏。半小时后我续了杯咖啡，川子讲到了他打魔兽竞技场的时候，说那时候在网通区简直无情啊，叫个“独孤求败”。等我把咖啡变成了尿撒了，川子又开始讲他玩刀塔的年华，那个时间段他刚参加工作，每天下了班就跟要了命似的往网吧跑，废寝忘食地玩。说到这里他终于喝了第一口咖啡，说好渴，不知不觉讲了这么久。接着他又喝了一口继续说他妈特别唠叨，每次一玩游戏就在旁边开始和他讲道理，讲游戏少玩书多看，人生才会有进步。说起来这点和我妈还真像，看来我们这一辈都是在家长口水里成长起来的，他们在对游戏完全未知的情况下就开始否定，觉得这是有毒物质。

第三杯咖啡的时候，川子终于累了，靠在沙发上捋舌头。我问他为什么想到要出这一本关于游戏的书？他眼睛一亮，估计才想起这次来的主要任务，连忙说这是他的一个小梦想。当编辑快两年了，出的都是自己不爱出的书，可为了生计又不得不出，你都不能理解这里头的纠结。我问他都出了些什么书？他说都是工具书，教人做菜的，教人织毛衣的还有教人鼓捣电脑软件的。我告诉他其实我特别能理解他的情况，因为我之前在葫芦工作室也写了很多自己并不想写的书。

川子说："太好了，那咱们就是惺惺相惜了！"我问他如果我出了书能赚多少钱？说实话我一直觉得出书还是很赚钱的，因为我知道的作家都很有钱，而他们中间的大多数除了写书就不干别的，所以我会得出出书赚钱的结论。川子说他自己也不敢保证，现在传统出版萎缩得厉害，大家也不爱买书来看，即便买了也没工夫去翻。在这点上我不能去苛责所有人，人就是不爱看书这没错，你别给人扣个毁灭文化的大帽子。关键是现在社会的价值观就是赚钱，多累都不怕，这是一个不等值的交换，用身体去换金子，真累急眼了就找个阳光明媚的海滩躺着，真累病了就找个三甲医院的病床躺着。也只有躺着又睡不着的时候大家才会想着看看书吧，不然干吗呢？看不了几分钟就睡着了，摆明了把书当安眠药使。

川子的意见是不管怎么样，这本书他一定要帮我出，这是他能保证的，但他不能保证这书一定赚钱。不过他也安慰让我别悲观，现在书还在你脑子里呢，咱哥俩聊的是个概念，具体的还要等你先写出来，你在网上连载的那一部有那么多人在看，他们肯定期待续集。他跟我分析数据，说一百万的点击里面最少是 10% 的读者，那就是十万，这十万在取 10% 差不多就是购买力了，草算下来两万块钱保底还是有的。

去他的两万！我这辈子尽跟这数字过不去了！但我还是同意要与川子合作，理由很简单，之前在网上更新的那本书我并未能让它走进书店，我觉得对不起它。而现在我要出它的续集，不管怎样，这本书的重要性是有的，至少我回去了可以给家里一个交代，拿着书在我妈眼前晃，告诉她自己在北京混得不错，这是书，过目吧！我父母不懂这行的门道，有本书拍那他们就会觉得我有出息了，在亲朋好友面前也有东西显摆。

另外我现在的生活开销其实不大，房租有万伊养着，早饭我基本不吃，消费为 0 元，中饭如果万伊在家的话会给我点钱让我出门去买，那么消费也为 0 元。倘若万伊不在那我会去兰州拉面馆吃碗拉面，消费为 8 元。晚饭和中饭差不多，万伊出门晚的话我的消费就是 0，万伊出门早我的消费就变成了 8。万伊在我的生活里其实就像一台计算器，只要她在家，我走过去在她脑门上乱按一通，她就会字正腔圆地说："归零……归归归归……归归零……归零……"

很难定义到底谁跟着谁的节奏在活，最开始的时候我觉得自己是不乐意万伊像养个小白脸似的养着我，我甚至想过承担部分的房租，后来不知怎么的就习惯了，习惯来得太突然，让我有恃无恐。

2.

万伊最近的脸色越来越差，用再多的粉底和腮红也遮盖不住从里面溢出来的不健康。她的精神状态极不好，神情恍惚，有时候跟她说着话，她的魂就不知道飞去了哪，总要让我重新复读一边。我觉得不对劲，我怀疑万伊得了抑郁症。我上网去查抑郁症的临床表现，网上说的看着都像，就我对抑郁症的了解，这病靠人文关怀没用，就得吃药。

我劝万伊去安定医院瞧瞧，万伊说安定医院是精神病院，你才有精神病，要看你去看，我不去！

我说：“你要积极配合治疗！”

万伊说：“我好着呢！精神着呢！”

“有精神病的人都精神，你就去看看能怎么地，排除排除。”

“再说一遍，我没病！要去你自己去！”

我见万伊喊上了就没继续吱声，万伊又摔了门，她现在易怒，前天在楼下买烟还跟老板吵起来，怪人家磨叽。我挺担心她的，抑郁症在我这种外行人眼里总能和跳楼、上吊、喝农药轻而易举地联系起来。万伊可千万不能自杀，她对我的重要性就像乌巢对于袁绍的重要性一样，她有个什么三长两短，我可就断粮了。道理可能偏了，但我真不希望万伊有事，现在也只有她还在我身边。

我问石头有没有医院的朋友，他圈子广，帮我咨询一下关于抑郁症的事。石头说不认识，像你朋友这种状态未必是抑郁症，说不定是嗑药嗑的。听了石头的话我觉得问题严重了，比起精神病我认为万伊在嗑药的可能性更大。

毒品与抑郁症相比，我更希望万伊是后者。我对一切与毒品牵扯上关系的人事都心存恐惧。可伊可能是目前我在北京的最后一个朋友，我不想她有事，但似乎我也没有什么好的办法阻止她，总不能去报警吧！

3.

川子时不时会给我来个微信，催个稿。他说选题会通过了，就等着我写好了出版发行，书年前必须得印出来，年后北京有个文博会，挺好的机会，刚好可以造造势。真是什么事都让我赶上了，我万不想错过川子口中的这次千载难逢的机会，可又打心底里担心万伊。

北京最近下了场小雨，气温又降了些，老四给我来了电话，说要请我吃饭。吃的是东北菜，老四吃着乱炖和粉条说好久没吃家乡菜了，感觉回到了童年的时光。我就不爱吃东北菜，我家乡吃辣，菜里基本没啥汤水，都是爆炒，随便拿几样出来都能就着喝几瓶啤酒。

老四说这次请我吃饭主要还是感谢我。我有些纳闷，按道理说这本书老四是没拿到一分钱的，冯总把两万稿费结给了我，他只是个顶包的替补，无非是空有个名头而已。名头在葫芦工作室丝毫没有价值，你再出名也是冯总说了算，当年老大的例子就在那摆着。老四喝了口二锅头笑着说："所以我离开葫芦了。"他让我不要那么惊讶，人往高处走的道理你又不是不懂，他和一家出版社签了约，终于可以摆脱冯总了。

"冯总不是你的偶像吗？"

"那是以前了，人总会膨胀的。"

"你下一本书准备写什么？"

"没想好呢。"老四说。

"你都没想好，人出版社就签你啊？"我有些不爽。

"没办法，谁让哥们现在出名呢。"

"说说你吧，你现在都干吗呢？"老四问我。

"吃喝拉撒，当动物。"我没打算把川子联系我写续集的事告诉他。

"还是你会过日子啊，这是人类的最高境界。"

回家的路上路过音像店，我跑去问老板有没有黄鼠狼乐队的碟，老板说听都没听过这乐队，啥时候冒出来的？我说就最近冒出来的，主唱是我兄弟，声音又低沉又好听。老板说您不会是托儿吧，我说他对市场把握不准。老板拿过来一张碟说这爷们儿声音更低沉更好听，比你朋友强，要不买这张吧。我说我朋友是遇强则强，别的歌手我不稀罕，你这没有我上别处找找去。

这年头音像店越来越少，主要是手机方便了，网上下载又免费，没人买碟。人的心理都是这样，有不要钱的干吗还花钱啊，有便宜的干吗还买贵的啊。CD 一般都放车里听，还都不是好车，好车早用上蓝牙了。而开经济型车的主儿也都是买些空碟自己往里刻曲子，要么全 DJ 舞曲，要么全经典老歌，分门别类地刻，最后用中性笔在碟面写明白了往遮阳板上一夹，实惠。

图书也如此，我觉得自己的梦想遇上了一个不好的时代。这个时代又快又先进，这个时代大背景里的人们又浮躁又厌世。我诸多抱怨，如果现在有一个知道我一切的人指着我鼻子说搞得自己看书一样，我一定会跟他急。因为他说的太对了，一巴掌正好打中我七寸，可世界上一定还有不少和我一样的人，用上帝视角去观察社会，不以自己为例。我理性地揣测了一番自我，之所以会这样，还是因为生活压力太大，又无处申诉，所以推诿给外界，觉得大环境太恶劣，导致身处大环境中的我也别无选择地随波逐流。这就像以前父母给咱们择校，为什么非要硬着头皮往重点里送？就是因为大家觉得重点学校学习风气好，绝大多数人都在学习，你在这种氛围下除了念书什么都干不了。而其他非重点的学校就自然是对立面的风气不好，讲起来那里的学生不爱学习，抽烟喝酒、打架早恋，分分钟给你带偏了。

我就是认为“近朱者赤，近墨者黑”这话太有道理了，所以才会觉得如今所有的艰辛都是从前某个时间段不起眼的碎片造成的蝴蝶效应。我经常在酒桌上听人吹这种忆当年的牛，说当年自己要是好好学习，天天向上，说不定现在都上北大了，毕业后也在五百强的企业里上班，开着几十万的车，身边躺着一米二大长腿的漂亮老婆，压根就不认识你们，还跟这吃烧烤喝啤酒？这话我也跟人说过，谁不想从头再来一次呢，谁不是一不留神就掉沟里去的。

4.

十二月我收到了鬼鬼的电邮，说她都回国两个月了，在上海开了家工作室给人定做礼服，电邮里有她的淘宝店地址和联系方式。她问我现在过得如何，如果可能的话见一面吧。这时候收到她的电邮我心情挺复杂的，我不知道该不该去找她，见了面说什么呢？到时候她看到我现在这臭模样肯定得嫌弃死。我与鬼鬼分开了这么多个四季，断了这么多年的联系，我们以前还能谈些理想和抱负，现在那些理想和抱负通通没实现。那时候年轻，穷就穷点，还好意思跟人说说努力和奋斗，勾勒一下未来的自己。现在见了却不知道该聊些什么了。无非是些极简的寒暄与问候，比如你最近在忙什么呢？又或者是问对方可还过的习惯与否？

我默默地关掉了邮箱，开始写小说，窗外是无尽的黑夜，万伊房间的灯光孤傲地亮着，像孤岛上的灯塔。我就站在岛屿的礁石上眺望，万伊就在灯塔里躁狂，岸上的人们死气沉沉地睡去，我伸出手，光就向我这边射来，如开水一样滚烫。

23 我在这儿等着你归来

人总要有点存在感，

否则不如死去。

1.

北京下雪的那天，万伊因为在会所里吸毒被抓了。我坐在房间里干着急，自己虽说在北京有段时间，但基本不出门交际，没派得上用场的朋友。我第一时间想到的是川子，但很快又枪毙了自己的想法。川子找不得，怕他知道我跟个吸毒的住一屋就不给我出书了。我就去找倪晓，人家毕竟是法律专业的，说不定还能有点办法。

倪晓说没事儿，又不是贩毒，关几天，罚个两三千的就完了，耐心在家等着吧。我问她有没有什么办法能把人给捞出来？倪晓说没有，这十五天是肯定要蹲的。

我爸打小就拿班房吓唬我。那时候他在派出所里当差，经常开着歪把子摩托去抓流氓和扒手，他说自己年轻的时候是反扒专家，扒手其实很好认，你只要仔细看，那些人一上公交车眼珠子老盯着别人包看的肯定是扒手。我不知道我老子到底抓了多少扒手，但从他那知道扒手抓到所里后就会走走过场审讯一下，他说其实扒手没什么好审的，都是抓现行押来的，无非是让他说说之前还有没有过犯罪记录，能问出来就问，问不出来就算了，这玩意没证据，全看扒手的心理素质。

这种人一般也是拘留，我老子给我描述拘留所里的情况，班房里空气很差，最里头有个蹲坑，蹲坑上头有个气窗。夏天的时候里头全是个头比苍蝇还大的蚊子，冬天茅坑里的味儿就泛出来，都辣眼。

他之所以跟我说这些就是为了让我行为端正，不要做些不入流的蠢事，班房的滋味可不好受。虽然现在大家生活条件都好了，我猜班房估计也改善了不少，可就是再改善也不至于给你冬天供暖，夏天空调，提供免费 Wi-Fi，享受全国包邮吧？

我晚上做了个梦，梦见万伊那个班房里有好多人，有酒驾的司机，有闹事的太妹，还有卖淫的小姐。万伊怯生生地缩在角落，太妹拿着玻璃片要划她的脸，小姐在一旁劝阻，司机在后方尖叫。在梦里我仿佛站在高处，视线能轻易地穿过厚厚的墙壁，看见太妹和万伊厮打在一起，万伊脸上流着血，在呼喊，我就看着，无能为力。

我半夜醒来，尿路膨胀，心潮汹涌，起夜的时候看了看万伊黑着灯的房间，长叹一声，都是自己作的。

2.

在万伊回不来的日子里，我开始一门心思地写这本可能改变命运的续集，小说进度挺快，写累了我就玩会儿刀塔，偶尔能碰上郑小刚。郑小刚问我石头最近怎么不上线了？我说估计婚后生活丰富多彩，乐不思蜀吧。郑小刚就说最近在网上认识个大连的姑娘，两人正隔空处对象呢，聊天的内容特别下流，姑娘说等她毕业了就来郑小刚的城市，同居！我觉得姑娘要么是疯了，从美丽的海滨城市跑来我老家这种三线小城市，往郑小刚床上一躺，就把自己给交代了。这种蠢货我怎么碰不上，老天真是瞎了眼！

与郑小刚玩了几盘刀塔，他说我好像又菜了，怎么回事？别人都是越玩越好，你是越玩越不好。我立刻摆出一副奋斗者的姿态教育说他太年轻，想问题太轻浮，不像我那么周全，等过个几年你沉淀下来自然会明白，游戏只是生活的一部分这个道理。郑小刚说不玩了，大连姑娘上线了，要谈情说爱。

我也关了游戏，我觉得人对一款游戏的喜爱是有曲线的。最早接触刀塔的时候我觉得太有意思了，那时候就是纯粹地玩，杀爽了就行，不在乎输赢。后来水平上去了，对游戏的理解也上去了，特别渴望赢，就像石头那样，输一场都不行，把积分看得比工资还重。再后来游戏里的乐趣其实已经很淡了，驱动我的是竞技，我开始和人组队打比赛，名次开始成为关键。到了晚期，越来越多的外界压力掩杀过来，我力不从心，能力有限，站不上最高，爬得也太辛苦，索性放弃了，游戏继续回归到游戏。现在，我上线只是看看有没有朋友在，如果有，那么约一起玩几局，一个人绝对不玩，游戏实则成为了一种媒介，和台球、篮球、卡拉 OK 是一样的。只有和朋友在一起你才会说打台球吧，打篮球吧，唱歌去吧，谁还会一个人去练球，一个人坐在包厢里唱着《友情岁月》，一副穷途末路的样子。

我觉得这些都可以写到新书里去，我相信有很多和我一样的人，都是玩着游戏过来的，又都因为工作的压力被迫慢慢淡出这个圈子，战友们的头像由亮转暗，代表着一段青春的终结，一场生活的启程。所以如果我之前那本书是对自己逝去青春的一个交代，那这本前作的续篇就是对自己当下生活状态的一种释怀。这并非消极，更多的是一种无奈，人的一生永远是阶段性的，时而欢快时而悲伤，有过迷茫也自会有无奈，这是必然的生活法则。

在万伊回不来的日子里，我每天下午都去经贸投三分球，我想等我投进一百个三分的时候她就回来了。我投篮的时候倪晓就在旁边端着水帮我数数，迄今为止我仅仅投进六个。倪晓说她虽然不懂篮球，但是看我投篮的动作就很业余。从数据上来看，你每天下午三点开始到五点结束，平均出手 150 次，今天是第三天，450 次出手命中 6 球，命中率比百分之一多点。我抢过她手中的水，让丫闭嘴，拿出初次见面时候的矜持来。

倪晓说："当我知道你不喜欢我后，我就没什么不好意思的了。"

"我现在觉得你挺适合当律师的。"

"爱情果然会冲昏头脑啊！"倪晓说这话的样子特别欠打，搞得我们好像爱过一样。

"为什么我的命中率会这么低呢？"百分之一的命中率确实够丢人的。

倪晓冷笑一声说："你平均 150 次出手里差不多有 89 次三不沾，32 次打在篮板上，11 次击中篮筐前沿，12 次直接把球丢到篮球架后面的灌木丛里，即便是进的 6 个球里也只有 2 个是像模像样进的，其他要么是跌跌撞撞要么是打板蒙的。"

"你是算牌器吗？"

"我只是想告诉你，投不进还是你手没劲，哪有投篮把球放脑袋后面往出砸的，又不是丢实心球。"

我说："少看不起人，三分球本来就不好投。"

倪晓切了一声，从旁边的水泥凳子上走下来，拿起地上的篮球，走到三分线旁站定。她瞄了瞄篮筐，又掂量了下球，对我说："斯伯丁篮球，直径 24.6 厘米，650 克，不过你这个是假的，PU 材料，应该只有 600 克的样子。"说完，倪晓抱着篮球踢着正步走到篮筐底下，抬头看了看，又说："三分线最远的位置在 45° 角，差不多 7 米，最近的是 0° 角，目测有个 6 米 5 多一点。"

我说："福尔摩斯，让你投个篮，你跟我普及篮球知识呢？"

倪晓压根不理我，自顾自地说："篮筐标准高度是 3 米 05，但我们学校的肯定没这么高，估计就 2 米 9 多一点，铁圈我目测内径应该是 45 厘米。"

"你别跟我装大神，赶紧投。"我被倪晓的架势搞得有些虚，柯南我看过，也是这么推理，然后花雕木门一关一开，白光闪起，指认凶手，游戏结束。

"现在有一点偏南的轻风，高处的国旗展开了三分之一，可以推断出风速大概是 1.6~3.3m/s 这个区间。"

"所以呢？"我有些不耐烦。

"所以我需要列个公式算一下抛物线和发力角度，你等我一会儿。"倪晓从包里拿出个小本子。

"大姐，我就是让你投个篮，不至于吧。"我觉得倪晓较真了，不就是想证明她比我强呗。十分钟后，倪晓放下小本子，站在三分线上用手比划了一番说："风好像大点了，我要修改几个数据重算。"

"等你算好了，风又该变了，我这一下午尽看你做算术了。"

"别急，这次我会留浮动区间。"我觉得倪晓报错专业了，她这种人就应该去工科，出来做工程师，搞精密仪器，把事儿妈精神发扬到伟大的科学领域去，别跟这屈才。我点支烟坐下来抽，顺便瞟了一眼倪晓本子上的公式，密密麻麻像爬满的蛆，看着就恶心。

"好啦！"倪晓把笔一丢，走上去拿起篮球，我屏住呼吸，静静地看着。有几个路过的同学看到有姑娘准备扔三分，也在篮板后头停了下来看热闹。倪晓嘿的一声，篮球从她手中画出一道完美的弧线，砸中了其中一个看热闹的同学的天灵盖。

倪晓走到我面前看着呆若木鸡的我淡定地说："三分球果然不好投啊！"我扑哧一声，捂着肚子在地上打滚，快笑成植物人了。装这一大圈，投得比我还离谱，刚才吓死宝宝了！

晚上倪晓拿饭卡请我在她们食堂吃饭，我说自己好久都没在大学的食堂里吃饭了，这感觉仿佛一下子回到了从前，番茄炒蛋里压根没有蛋，毛血旺里真的有毛。倪晓说，赶紧吃吧，特意点了鱼香肉丝，你们南方人的菜。我给她普及说这其实是川菜，算不上南方菜，南方菜多了，跟南方的方言一样，隔几公里一个系列。

我说以前跟个老外去小店吃饭，问他吃什么，他跟我说"You share rose，get fun"。我一开始还以为是"赠人玫瑰，手有余香"的意思，觉得这老外有毛病，好好的吃饭时间跟我讲大道理，后来才知道原来他说的是："鱼香肉丝盖饭！"

倪晓板着脸说不好笑，我讨了个没趣，低头拿筷子扒拉鱼香肉丝，结果就给我扒拉出一条小鱼干来，我大吃一惊，连忙又仔细翻了一遍，里头还有不少鱼干。倪晓说你到底是来吃饭的还是来考古的。

我说："不对啊，为什么鱼香肉丝里会有鱼干？"

"没鱼能叫鱼香肉丝吗？"

"可鱼香肉丝里不应该有鱼的呀！应该是笋丝，黑木耳丝和肉丝啊。"

倪晓说："要不要帮你把厨子叫过来，你跟他说去。"

我叹口气说："大学食堂果然是出黑暗料理的地方啊。"不过鱼香肉丝加了小鱼干还真不难吃，我爆砍了三碗白米饭，肚子撑得和个篮球那么大。吃完了我就和倪晓在经贸的田径场上散步消食，此时夜幕已经完全落下，田径场上除了我和倪晓，就剩一个孜孜不倦跑圈的大叔。倪晓说这是她们的系主任，不分季节地在这跑步，都是在这时候，吃饱了撑的。我说你没看过《阿甘正传》吗？跑步其实是一种修炼，有精神在里面的。倪晓说看过，所以系主任和阿甘一样，都是弱智！我觉得倪晓够呛人的，还好我当初拒绝了她，要是自己鬼迷心窍跟她交往，估计没什么好日子过，随口聊个天都能把肺泡气爆了。

我跟自己说要不是现在万伊在拘留所里待着，刘芒又断了来往，老子才不跟你交朋友。我一个人实在是太孤独了，每天对着电脑写的都是自己创造出来的故事，故事里有我认为最好的姑娘，最美的爱情，最不圆满却又最接地气的青春，我从没有像现在这样如此迫切的渴望成功，我的孤独来自刘芒的疏离，万伊的不幸。为此我焦虑不堪，却又无处发泄，仿佛一夜之间我就成了一个彻头彻尾的网络暴民，总是轻而易举的动怒，心情总是久久无法平复。但庆幸的是我并没有将生活中的种种不如意代入作品里，因为我觉得在这个深不可测的世界里，有太多和我一样的水军，有的郁郁不得志，有的惶惶不可终日，他们并不需要心灵鸡汤，他们需要的是一个能点化他们的真实故事，而我，就是这个故事。他们在故事里找寻自己，思考生活的意义，人总要有点存在感，否则不如死去。

3.

离万伊归来还剩十天的时候，我加了个夜跑群，群里多数是些朝九晚五的白领，晚上自发组织起来长跑。入会要交钱，一百五，给你买印着“爪力”金字的黑底T恤，每次跑的时候必须穿上，跟发型沙龙骑电单车游街做广告那样。

爪力联盟夜跑路线不少，我选的是城南的这条线，离住处近。从琉璃厂旁出发，旅程的开头便被注入了浓浓的文化气息。牛街以清真小吃出名，看到络绎不绝的游人在夜幕中大快朵颐，生活的美好即刻被翻倍，南城的民间烟火味道一览无余；长安街的车水马龙，造型独特的国家大剧院，绚烂的夜景掩盖不住老北京的古朴与繁华。

我是个耐力极差的人，读书那会儿每次体测我都是拼了老命才能勉强及格。联盟里不乏一些高手，跑着跑着就没影了，我是个路盲，要不是贾文静带路，让我自己由着感觉瞎跑，指不定能跑河北去。

贾文静是我在爪力联盟认识的跑友，属鸡，职业太太。从外观上来看贾太太二十来岁的时候肯定是个美人胚子，只不过现在人到中年，发了福，整个都肿了。贾文静说她老公是公司高管，平时忙得连夫妻生活的时间都没有，回家就说累，这不三十多了还没要上孩子。她出来跑步一是因为在家待着无聊，二是减肥。她说要是能回到年轻那会儿的身材就好了，老公还能对她有点欲望，男人就是视觉动物，做女人的只能迎合，现实残酷，小秘凶险啊！

每次夜跑我和贾文静都拖在最后，前面的人就在终点苦等我们，因为每次活动结束都要拍合照，一个都不能少。也有烦我们的，会出来说几句，让我们别老掉队，人家竞走都比你们快。贾文静就跟人道歉，我就在一旁沉默。我觉得这些人不通人情，我是新手，刚跑没几天，体能上限低，不是说跟上就能跟得上的。至于贾文静则是胸大，年轻的时候胸大勾魂，现在肉上胸围，跑起来两个大胸就在空气里上下晃，我看着都累。

读书的时候我们男生最爱看的就是女生跑八百米，一圈过后，衣衫就被汗粘在了身上，乳房的轮廓立马呈现出来，女生们娇喘连连，双峰冒着白色的水汽在空中跳动，直道就上下跳，弯道就左右晃，场面极其宏伟。在女子中长跑里好成绩永远属于飞机场，那时候她们步伐轻盈，加速冲线，然后摸出一盒酸奶，站在体育老师边上假惺惺地给胸大的女生们加油打气。这种不平衡在若干年后的招聘大会上被打破，在职场上被发扬光大，所以区区八百米怎么可能是人生的长度，小样儿，得意得太早了。

夜跑结束贾文静都会问我要不要去牛街吃点羊肉串，补充下体力。我告诉她吃夜宵特别容易长肉，她说没办法天生吃货，在你们那生的反义词是死，在我这生的反义词是熟，拉倒，自暴自弃吧！我说不能自暴自弃啊，在再下去你老公越发没性趣了，可怎么要孩子。贾文静说大不了给他菜里下春药。

我们撕咬着肉串，贾文静说，哎，当全职太太好无聊，每天早上醒来老公就上班去了。自己盯着天花板看，看着看着又睡着了，再醒来就是中午，懒得做饭，就叫外卖吃，吃完又困了，一个午觉睡到三点多，打电话问老公回不回来，不过基本是不回来的，那又是外卖，吃完了看电视剧，看不了一会儿就上床睡了。我说你这生活是多少人梦寐以求的啊，活得跟猪似的！贾文静吐掉口中的羊肉说：“骂谁呢！”

“我的意思是说你日子过得舒坦。”

“舒坦个屁，天天在床上躺着，跟植物人一样。”

“你就没朋友吗？可以跟朋友玩去啊？”

“人不带我玩呗，嫌我过得比他们舒服，你听听，这是人话吗？”

“赤裸裸的妒忌。”

“就是妒忌！”贾文静恶狠狠地咬下来一块羊肉。

我抬头看了看远处的写字楼，有种说不出的感觉，曾经我站在那栋楼里眺望牛街，看这里的招牌，闻这里的孜然味儿。现在我坐在这里看那个黑着灯的窗户，回想起在窗户里的岁月，那时候我们工作室从大到小七个人，每个人都有自己的特长，源源不断地向外界输送故事。现在所有人都离开了葫芦工作室，不知道新的葫芦娃会是谁，长什么模样，有没有各自的苦难与羁绊。冯总如此精明，有梦想的人又一如既往的愚忠，应该还会出现另一个我，做我曾经做过的事，拿我拿过的稿费，不多不少，刚好两万。也可能会有另一个老二，住在北京城的旮旯里，写风格诡异的小说，度日如年得打发困顿的生活。

4.

离万伊归来还剩一天的时候，我洗了个头，打了点万伊的啫喱，芬芳似锦。我拿起墩布把屋里地板拖得亮锃锃的，还去买了一束香水百合插在电视机旁边。我深吸一口气，春天的味道就在冬日里绽放开来，连家具都变得和少女的乳房一样柔软。

离万伊归来还剩一小时的时候，我又洗了个头，又打了点她的啫喱，昨天一夜辗转反侧，发型全乱了。我看了一眼房间里的百合，花开至最满，香味浓过空气。

离万伊归来还剩二十分钟的时候，我把事先准备好的洋铁脸盆拿出来，坐在门口往里撕报纸，这是我从香港电影里学来的，从班房里出来的人都需要跨火盆，去去霉运。我抬头看看挂钟，又掏出手机把微信、短信、未接来电统统看一遍。

《新闻联播》开始了，《天气预报》开始了，抗日神剧也开始了，万伊还没回来。我忍不住给她打电话，是关机状态，心想万伊不会是在里头表现不好，被加刑了吧？时间过得太慢，我等得太久，其实最好的做法是我带着这洋铁盆和里面的碎报纸去拘留所门口等她。我之所以没这么做是害怕给政府添麻烦，我忌惮首都的安检，反正在有关部门面前别点火就对了。

昨天一晚没睡，到了晚上十点我有些刚不住，困意如山洪一样地灭顶而来，瞬间把我淹没在黑暗里。再睁眼的时候已经是次日早上，我身上盖着黑色的羽绒服，羽绒服上是熟悉的香水味。我像袋鼠一样地跳起来，看见万伊正背对着我躺在屋里。我走进去，从正面看她的脸，苍白的没有一丝血色，面对如此羸弱的姑娘，我的怜悯之心爆棚，俯身摸着她的脸。她便醒了，看着我微微一笑，我说："起来把火盆跨了！"

24 上海之行

有时候朋友走散得太快，

让人猝不及防，

等你触景生情的时候已经来不及了，

他们已经变成了你手机通讯录里的

一个打不通的电话号码。

1.

我是个连自己都照顾不好的人，更谈不上照顾别人。万伊休养生息的这些天里，我想给她煲粥，谁知道煲了一锅饭，我想给她洗衣服，她不让，说衣服贵，怕我给洗坏了。我特别想做点什么，但似乎又什么也做不好。在大学里我洗衣服都放塑料桶里存着，拖到实在没衣服换了，才会去洗。走廊的尽头有洗衣房，里头放了三台半自动的洗衣机，把塑料桶里的衣服、裤子、内裤一股脑倒进去，再往里头加小半包洗衣粉，让人工智能助我。我的袜子是地摊上买的那种十二块一打的尼龙袜，不透气，穿到奇臭无比的时候就往垃圾桶里一丢，换新的继续穿臭。有时候不凑巧在换洗的临界点上赶上个重要的约会，那就从桶子里翻一件不那么脏的先穿上，再往身上喷点空气清新剂除个味儿去赴约。

这就是当时我的状态，同时也是我们寝室当时的状态，并不丢人，因为不是你一个人脏，大家都一起脏，反而没什么了，中国就是这样，法不责众的。当然这里有个前提，分阵营，有女朋友的阵营就清爽多了，他们会打包脏衣服好让姑娘帮着洗，洗好了还会过来跟我们炫耀说："瞧瞧，比机洗得干净多了！"

万伊在家休息了几天，脸色稍微好些了，我就劝她跟开红杉那人，断了吧，那孙子不是东西，带你碰毒品，万伊没说话，只是叹气。我知道她很无奈，圈子的问题，就像我在寝室时候一样，大家都那么邋遢，你独树一帜的干净反而被人说成娘炮，一点男人味儿都没有，男人不脏点还算男人吗？万伊告诉我说她在这个环境里别无选择，她已经在这片土壤里生根发芽了，现在给她拔出来活不了。我跟她讲道理，说女人的青春太短暂了，你正值韶华，是别人眼中最好的自己，但那些公子哥带不来你想要的生活，有钱人的婚姻压根自己做不了主。万伊说她知道，在里头的时候她一直在思考这个问题，基本想明白了，嫁入豪门确实渺茫，所以她要改变策略，争取多要点，将来自己开个店。

似乎开店是很多漂亮姑娘的梦想，普通的就开服装店，有格调的就开咖啡屋。我网上认识不少姑娘都念叨说上班好辛苦，想开店，之所以开店如此打动她们，就是因为不用早起，还能随时给自己放假去旅行。主要有不少成功的例子摆在前头，她们盲目地把自己代入进去，觉得这就是最好的生活节奏。所以我说成功学都是扯淡，没谁能复制别人的成功，千万别把它当成教科书来推崇。当局者迷，这些大道理她们听不进去，还会反驳你说："你怎么知道我不会成功！我哪点比别人差了？"不知道为什么，但凡能这么说的人最后都没成功，而她们具体差在哪儿也说不清楚，也许是天意。

2.

这几天刀塔群里的疯子很活跃。疯子是早先和我一起玩游戏的战友，上海人，在旅行社上班。他这人脑子活，在上海电竞圈又有点人脉，这几天I联赛，他就线上线下地卖黄牛票，发了小财。群里的非上海户口都羡慕得要死，说魔都就是好，发财的门道多，不像他们那里除了买彩票和抢银行就想不出别的成为暴发户的办法来。

疯子私聊让我去上海跟他一起干，说这行挺有前途的。上海一年大小的电竞比赛如此多，不管什么项目的比赛，总决赛都放在上海，现在的人也喜欢玩游戏，更喜欢看游戏，是朝阳产业。说实话我有些动摇了，我爱玩游戏，可又不想放弃坚持了如此久的梦想。我坐着细思自己到底是喜欢游戏多一些还是喜欢写作多一些。我玩了那么多年的游戏，但也只是玩，并没有深入地了解这个圈子，我一直认为任何圈子都有它的艰难。以前跟我一起拿冠军的几个战友中有一个特别出色地跑去一个西安的战队打过一段时间职业。战队包吃包住，每个月给你 2000 块钱工资，每天训练 10 个小时，训练完就直接睡了，连手淫的欲望都没有。由于他所在的那个战队成绩一直不太理想，拿了半年的工资，战队解散了，他拎着不多的行李回家，做好了被家人训斥的一切准备。我听别人说，他如今在当地的移动公司做前台，给人充话费，卖套餐，下载安装App。具体幸福还是不服只有他自己知道，生活越来越近，梦想越来越远终究是件使人悲伤的事。

我看了看躺在床上抽烟翻杂志的万伊，房间里的蓝牙音箱放着刘芒的《京城浮萍》，万伊说听得烦死了，老单曲循环，给我换首五月天的《温柔》。

我站起来跟她说："我想出去几天。"

"去哪儿？"

"上海？"

"嘛去？"

"看比赛。"

万伊哦了一声，问我："要多少钱？"

我说："我不是来问你要钱的，就是和你说一声自己要去上海几天。"

"去呗，不用跟我打招呼。"

我本来想说点譬如我出去的日子你要好好照顾自己这种话，可貌似又没什么必要，她都自己照顾自己，我一直是她生活里的配角，她还是会在七点化妆，八点出门，半夜里踩着高跟鞋叩响楼道的水泥地。

这几天贾文静一直给我打电话，问我怎么都不来夜跑了，她一个人好孤单，食量都变大了。我说自己要去外地一段时间，等回来再陪她跑步，她有些失望地说好吧。我让她少吃点，别等到回来的时候你变成个重型妇女。她说除了吃真不知道还能干嘛，之前她一直以为自己得了某种精神疾病，还专门去看过心理医生，医生告诉她没病，就是馋的。

3.

多年后我又重新来到魔都，发现很多原先的记忆都模糊了。我这个人似乎有自己固定的轨道，即便偶尔脱轨也不会偏离太远，我所有的记忆和故事都发生在这条不长的轨道里。这条轨道从单位到住处，辐射面积不大，不知道是我太宅还是我太懒。

我回到我原先住过的里弄，自忠路上那些卖古董的木头摊位倒是还在，只不过都合着板，木屋的侧面用红色的油漆写了个“拆”字。里弄口铁门旁的传达室里的老先生也换了，换了个妇女，看着挺刻薄。西路口上的炒河粉小哥也不在了，人行道上的方砖还留着当时积下来的黑色油渍。我往前走了一段路，发现水果摊子还在，老澡堂也还在，只是澡堂附近再无闪烁着象征欲望的红色光芒。我又掉头往淮海中路的方向走，新天地酒吧街依然热闹，路边也时不时会有跑车引擎轰鸣声呼啸而过，碰上敞篷车还能看清副驾上坐着的姑娘的脸，美丽又妖娆，这就是上海版本的万伊。

路旁的法国梧桐不知道度过了多少个冬夏，它们身上挂着霓虹，绚烂光华。霓虹下面都是些喝酒精饮料的红男绿女，金发老外，万国语言汇聚于此。我抬头看到了丁字路口的星巴克，不知道现在Sandy在哪里，过什么样的生活。有时候朋友走散得太快，让人猝不及防，等你触景生情的时候已经来不及了，他们已经变成了你手机通讯录里的一个打不通的电话号码。

我走进上海广场一层的麦当劳买汉堡，一群假洋鬼子正沿着窗坐着，说着一半是海水一半是火焰、中英文夹杂的话。也许这个城市里有不少崇洋媚外的人，从前就有，几年前我在这里就看到过一个戴眼镜的中国姑娘，冲坐在我旁边的光头老外勾手指，老外心领神会地走过去，两人开始暧昧地攀谈，过了一会儿，老外站起来丢掉吃了一半的汉堡，搂着姑娘的腰走了。对于这种跨国界的约炮，我极其鄙视，这姑娘连肥水不流外人田的道理都不懂！

我没忍住给鬼鬼打了电话，她让我打车去她住处，我居然毫不犹豫。上海的司机没有北京司机能聊，一路上只管自己开，我从高架上眺望上海繁华的夜景，这个城市太立体，随便一刀切下去，剖面图里都是满满的匆忙人，脸上写足了疲倦。

鬼鬼在虹梅路租了个公寓，两室一厅，厅很大，简欧的布置。鬼鬼坐在布艺沙发上挑眉看我，我站在她的对面假装欣赏格局。

鬼鬼说：“过来。”

我走了过去。

“坐下。”

我僵硬地坐下。

“把衣服脱了。”

我连裤子也一并脱了。

鬼鬼笑着说：“你都学会抢答了！”说完她就将我扑倒在沙发上吻我，我把手伸进她的内衣，她把手伸进我的内裤。客厅里丢满我们跌落的装备，我们身体交织在一起，整个世界都是马赛克。鬼鬼喘着粗气说要把这些年失去的都补回来，听得我肾疼。

完事了，我们全裸坐着聊天，鬼鬼说她在国外的几年过得可惨了，没有亲人朋友，经常一个人看着大本钟发呆。她还说她这些年在外头没男人是不可能的，希望我别介意。我很介意地说：“我不介意。”鬼鬼的梦想是成为一名优秀的服装设计师，她说这些年她从来没有放弃过对梦想的坚持。我就在一旁听着什么也不说，因为我觉得说什么都苍白，她如此优秀，我如此屌丝。在鬼鬼的异国故事里，没有文艺片里的那种爱情，就是很简单的需要和很简单的分手，一切都按部就班，然后时机成熟地回国。再然后，作为龙套的我出现了，与她上演了一场床戏，这场床戏对剧情的发展毫无帮助，就是久别重逢的相互宣泄，泄完了一切照旧。

第二天我去找疯子，疯子请我吃的又是麦当劳，吃得我牙碜。吃完疯子说走吧，带你看比赛去，I联赛的半决赛。下地铁口的时候他又跟我解释，上海路堵，打车又慢又不划算，还是地铁快，他现在上下班就坐地铁，奥迪就扔家里当鞋柜使。我说他奢侈，他说主要是他家拐弯口有个摄像头很阴险，拍超速，那路口四车道，限速40迈！老子天天80迈过弯，好家伙这一个月下来扣了我100多分，交罚款的钱都够我跟人买两个本儿了，所以还是地铁保险，多快好省。

我跟着疯子上了地铁，路上我说：“现在上海地铁风气好了，都看不到要钱的了。”

疯子说：“可能今天运气好，我感觉现在要钱的可比前几年多了。”

“没人管吗？”

“管不了，你就算抓几个又能怎样？要钱又不是抢钱，不犯法，你不能往牢里关。”

疯子说这行主要太暴利，他给我算了一笔账，随便拿个路线来说：一趟地铁基本是 8 节车厢，一节车厢来差不多 20 米的样子，平均两站路就能讨一圈，算他 5 分钟够了。你一趟车到头按一小时算，一天下来碰上敬业的要个十几个小时，哪怕你每节车厢就要个两块钱，那也是 192 块，十个小时是多少？1920 块钱！你要一个月就是 57600，那还是免税的好伐！这还是保守的单节 2 块钱算的，如果碰上人傻钱多的大日子，不好说咧！

我说：“要不我自废双臂也来要钱算了！”

疯子说：“不至于，其实当黄牛卖卖比赛门票不比人丐帮差。”

我说：“你们脑子就是好使，这种办法我永远都想不到。”从小到大我脑子里想的都是一些奇怪的故事。比如绿皮火车经过山洞的时候，我想会不会有人拿着长长的竹棒子，用麻绳在棒子上绑个倒钩，等火车经过的时候就用这个道具把开着窗户的旅客财物扫下来。我相信会有这样眼疾手快的“铁道游击队”。当然那时候我还小，火车还是内燃发动，轰轰地在每一个村镇停靠，靠站后就有很多带着白色八角帽的妇女涌过来，卖镇上的特产、瓜子和泡面。

后来长大些了我开始想世界上到底是否存在念力这回事，我时常对着台灯下的铅笔发功，屏住一口气，伸出双手，像那么回事得想要移动它。虽然最后我把鼻血逼出来了笔也没移动一丝，但我依然相信这个世界上有念力者能做成，我做不成只是自己等级太低。

等到我青春期的时候我更多地在幻想性，我思考女生做爱的时候到底会不会呻吟，这事我还和同桌讨论过，他的观点是不会，哪有那么情不自禁，都是毛片里为了追求效果演出来的。

我不能合理地解释自己为什么会有如此多的奇怪想法，可能别人也有，只是没说出来。但无论如何这些幻想只是些有意思但没意义的故事，对我的人生没有帮助，而我也拿不出一套东西来证明它们，就更没意义了。

到了电竞馆，川子给我来了电话问的还是稿子的事。我说：“您别着急啊，肯定准时交。”

川子问：“你那怎么那么吵？”

“我在上海看I联赛呢！”

“我去，这么爽，帮我要张职业选手的签名呗？我好拿去跟我哥们炫耀！”

“你想要谁的？”

“随便，只要是选手的都行！”

“感觉怎么样？”疯子在一旁问我。

我挂了电话说：“震撼。”

“那可不，时代变了，现在的人玩游戏比咱们那时候条件好多了。”

以前在群里疯子就老说他和上海的几个朋友在网吧扫钱的事。那时候网吧赛在上海遍地开花，奖金最高的也就两千来块钱，赢了大家也不分，下个馆子吃顿好的，剩下的钱就去找小妹按摩。可现在不同了，要是能赢个冠军，奖金够你找个老婆的。

场馆外面是上海冰冷的风，场馆内是观众们热情的呐喊，我有种被点燃的感觉，也毫无主见地跟着别人瞎喊。比赛结束后隔离屋里赢的选手们又开始喊，输的就低着头过来握手。我想难怪那么多人喜欢来看刀塔比赛，游戏可能是一部分，更多的是能在这发泄生活的压力，心里的不安，喊过以后，舒坦多了。其实大多数人能喊的途径不多，除了看比赛之外，就是去KTV，把包厢门一关，喝一口兑着绿茶的假洋酒，冲着麦克风嘶吼。反正我是没在KTV里听见太多悠扬悦耳的歌声，听见的多是声嘶力竭的鬼叫，叫声里都能看得见喉管里的老痰和脖子上暴起的青筋。

4.

走的时候疯子说要是我有真有兴趣就来上海跟他一起干，他现在业务开展得不错，缺个帮手，这种其利断金的事搞不好就大了。晚上在鬼鬼那吃的饭，她说要给我做点西餐吃，等到她拿着一个巨大的汉堡走过来的时候，我是崩溃的。此刻我是如此渴望白米饭和面条，鬼鬼问我好不好吃？我点头说太好吃了！鬼鬼开心地说那我再给你做一个，我连忙说不用麻烦了，鬼鬼说一点都不麻烦，等着！我真想找瓶敌敌畏吹了。

我想我这辈子都不会再吃汉堡了，我都能从里面吃出汗脚的味儿来，几次我都要吐了，但又被自己强行咽了回去。吐不得，不然你怎么跟人解释？我说吃多了，要运动一下消化，鬼鬼就开始脱衣服。我连忙说，你误会了，我说的不是这种运动！鬼鬼愣了一下，说那就下楼散步吧。

她们小区有个中心花园，这个点有不少人下来遛狗，我觉得连养宠物南北都有差异。片面地来看，上海的小区里跑的都是贵宾、吉娃娃这种的小型犬，而北京胡同里跑的都是金毛、阿拉斯加这种大型犬。这没什么科学根据，都是我猜的，我这人喜欢以点带面，看到什么就归纳什么，反正就我一人这么想，又不放网上给大家讨论。网上的人那么无聊，肯定会有人来反驳我，同时我也那么无聊，到时候又要骂起来，所以没事别瞎分享心情是不会错的。

鬼鬼看着两条正在交配的贵宾说："有时候真不如做一条狗，满世界地上厕所，咱们上个厕所还要排队。"

"那是你们生理构造问题，不能怪厕所。"

"我要是能和狗狗一样就好了，有人爱我，饲养我，每天的工作除了卖萌就是交欢。"

我竟无言以对。

回到房间，我坐在沙发上玩手机，鬼鬼凑过来说："别玩手机了，明天还要坐车呢，早点休息吧。"听到这话，我感到背后一阵发凉，有句话怎么说来着？"色是削骨刀，人比黄瓜瘦"！这一晚上折腾得我小便分叉，走的时候鬼鬼问我什么时候再来？我说有机会就来看她，她说一言为定，我呵呵一笑。

坐在回京的高铁上，我在想到底是什么把鬼鬼变成了如今这样的如狼似虎，如果她没有梦想，我努力奋斗，她不出国，我也不写作，我们紧紧地依偎在一起，我也许死的比郭嘉早。

我靠在柔软的座位靠背上回忆自己的童年，蹲在爬满青苔的窗台下玩石子，左手代表正义，右手代表恶势力，两颗石子碰撞在一起，擦出火花和焦味。我想到了刘芒第一次介绍唐小丫给我认识的时候，刘芒歪着嘴角说："这是我刚交的女朋友"！我想到了万伊那次喝醉了对我说的话，她说如果我们生活在一个小城市里，我会做你的女人！我还想到了老二快秃的脑门和他永远一本正经的面容，他坐在长桌旁边，抽着烟，翻着我的样书。还有冯总那个喜欢露出乳沟的小秘，问我问题的胖主持人，会列方程计算抛物线的倪晓，在校广播里读我小说片段的同学，那个穿运动服一脚就能把刘芒踹出去两米的男人……

所有的面孔都在这段路上被我一一想起，他们和我一样都是水军中的一员，都有想要保护的人和为人称道的故事，有别人不能体会的愤怒，有控制不了的情绪。唯独我忘了一件事，川子让我给他要的选手签名我给忘了个干净！

25 Goodbye 老头

承诺就是一种短时间的安慰，

好让别人放宽心去相信你，

等到某一天无法兑现承诺的时候，

你又可以编一个更大的承诺来覆盖原先的那个。

1.

回北京后我和川子说当时的场面很混乱，选手通道的墙都被狂热的粉丝挤裂了，我身板弱，拼不过那些年轻人，没能要上你的签名，抱歉。川子说没关系，还说真没想到现在电竞已经发展到如此高度了，这种盛况就是在工体也没见过嘛。我心虚不敢跟他说太多，怕露馅，就借口写书对付，挺管用的，川子一听连忙让我好好写，他等我好消息。

只要北京一下雪我就莫名的心情差，可能是见多了，不新鲜。像我们南方的雨水，没完没了的，全世界都泛着霉味，无数双眼睛都在窗前的玻璃后头，穿透出来看街路，街路上没多少移动着的雨伞，都是带起水花的汽车。北京的雪就像是一场无声的警告，仿佛有一个空灵的声音在告诉我，小样儿，又要过年了，你比去年混得又差了一点！

我摸摸自己的手指，长冻疮了。我以为我大学毕业就基本告别了冻疮，何况还是在暖气艾艾的北京。我记得第一次长冻疮是在初一的那个冬天，之后每年都长，一年比一年厉害，一双手就像烂掉的番薯。我还拿这双手和人打架，打的别人一脸血，在办公室里班主任训斥我小小年纪下手怎么那么狠！我陪着受害者去医务室洗了把脸，他的美丽容颜瞬间都回来了，受害者说："你的攻击还带特效的啊！"

我因为冻疮而无比厌恶冬天；又因为冻疮化的时候的奇痒而厌恶春天；还因为蚊子和痱子厌恶夏天；在仅剩下的秋天里又总会发生一些破事儿。我索性开始厌世，觉得上天故意捉弄我，要不是自己贪生怕死早就去死了！

对于手指长冻疮这件事我难以理解，我每天坐在开着暖气的房间里敲键盘，十根手指都没歇着，按道理来说我的血液应该是很通畅的，怎么就凝结起来了呢？万伊说会不会是因为你的血液中凝血因子含量特别高，导致你在二十几度的房间里也能长冻疮。我觉得她瞎扯，如果按照她的逻辑，那夏天我空调房里一坐就是一天，是不是浑身都得长满冻疮？万伊教我一个方法，拿辣椒水搓患处，坚持三天有奇效！我信了，拿辣椒水搓了两天，破了皮，疼得我什么都想招了。如果在战争年代我一定是个叛徒，敌人都不用给我上老虎凳和辣椒水，上来给我个巴掌我估计就能说出我军的动向。我顶着手指上红色的硬块说了句我自己都认为了不起的话，我说："其实失恋就像长冻疮，悲伤的情绪积攒起来，越变越大，有痒又疼，到达极限的时候还会裂，会烂，会流脓。等时光流淌，万物复苏，春暖花开的时候，积攒起来的悲伤缓缓化去，疼痛不在，奇痒难耐，不知何时竟成了一个老疤，坚硬无比，麻木不仁。"万伊说你们这些写书的就是矫情，长个冻疮都能和爱情扯一起去。

我说新书眼看着就要收尾了，问万伊到底给个什么样的结局比较好？是阴晴圆缺的还是皆大欢喜的？万伊说她反正喜欢皆大欢喜的，因为现实中的我们并不圆满，需要点励志的东西，否则会有人生毫无希望的感觉。我看着万伊，她真的变了，换做以前她不会跟我说这么多，只会从包里掏出卡来让我喜欢什么就买点什么，又或者走上前来给我一个拥抱再来点支持我的短句。是啊，人生太需要希望了，为什么不能皆大欢喜呢？

2.

天寒地冻，我基本不太出门，写书乏了就打开游戏玩两盘。让我惊喜的是，石头王者归来了，他说婚姻出了点小问题，我问他什么问题？他的回答是老婆的可玩性不如刀塔，刚开始的时候新鲜，日子过得跟蜜似的，时间久了就馊了。

"不废话了，燥起来！"石头说。

我说："就玩一盘，一会儿还得码字呢。"

石头说："好！"

然后我们玩了整晚，我无比自责，我觉得自己又浪费了一晚的时间。现在我困了，要睡觉，醒来估计又是下午，作息又变得尴尬。三点钟吃顿不知道算中饭还算晚饭的拉面，到了九点又要吃顿不知道算晚饭还是算夜宵的泡面，半夜两点也不困，一直要奋斗到天际成青灰色，晨鸟初啼时分方才躺下，眼一闭一睁，第二天仍然如此。这就是自由工作者的坏处，在时间上基本没有紧迫感，不像朝九晚五的上班族，叫醒你的永远是闹钟而不是梦想，十二点睡你得八点起床，凌晨五点睡你还得八点起床。而对于我这种自由安排时间，又没有定力的人，作息一乱就可能要乱很久，具体是多久，那就要看下一次打乱它的事什么时候来。

当时我真打算玩一盘就睡觉的，谁知道是场二十分钟碾压获胜的比赛。我和石头都意犹未尽，觉得再玩一盘吧，结果就迎来了一百四十分钟的膀胱局，磨了这么久，还输了，不服，接着干。结束的时候石头说这让他想起了以前玩赌博机，你丢一百进去，它让你赢两百，看起来不多不少的，让你见着了好又舍不得收。那时候的心态是什么？就是想把这赢来的一百作为本金去玩，再赢点就走，输了也不亏。结果输了这赢的一百，你又会想，不输不赢不是白来了吗？然后又输一百，这时候你心态基本就崩了，已经不是要赢多少钱，而是要把本翻回来，起码是赢到最初那一百块钱的底线上去。最后你身无分文的离开，老板在你背后抽着烟洋洋得意。

我觉得石头说的在理，我们也是这样，轻而易举的赢了一盘，然后几经波折的输了一盘，接下来的想法是在赢一盘就睡觉，谁知道一直输到天亮。人有时候就是这么执拗，非跟自己死磕。

所以很多有道行的大师会说人生最大的造化是“放下”，只要你能放下你所有的固执与不安份，你便升华了。具体能升华成什么样大师也没说，得你自己去悟，至于是悟空还是悟能，那得看你的修为了。

3.

雪下了几天都没停，已经开始有人在楼下滚了几个比较大的雪球，看着像是雪人的半成品。夏大爷在树下支了个大阳伞挡雪，自己则躺在藤椅上喝茶，小桌子上还摆着军旗和烟锅子。我走过去说：“大爷，这么冷的天赶紧回屋吧，您老一把年纪可别感冒了。”

大爷抿了口茶说：“这北京的雪是看一眼少一眼了，我就想多看看，指不定哪天就闭过去了。”

“拉倒吧，您每次都说看一眼少一眼，春天到了您说要看燕子，夏天来了您说要听知了，秋天了您又要看落叶，现在冬天了您要赏雪。别闹了，赶紧回屋去，您老康健着呢，能活一百岁。”

“孙子，陪你大爷下盘棋吧。”

“得了，下吧。”我拗不过老头，就在雪中与他下军旗，结果从来都一样，被杀得找不着北。大爷说：“棋艺有进步了。”

我说：“您就捧我吧，有没进步我还能不知道啊。”

大爷笑着说：“咱们这一辈子就像这盘棋，每走一步都是定数，悔不了，可能最后被吃的一个子都没剩下。你是输了，但是哪怕只是干掉了我几个小角色，挖掉了我几个地雷，拿炸弹与我的排长同归于尽，说明你至少抗争过，这就是你的价值。”

“输了能有什么价值。”

老头说：“你大爷累了，是该回屋了，外头怪冷的，你要不要来大爷屋里吃烤馒头？”

“不了，我还得回去赶稿子。”

“Goodbye！”大爷冷不丁冒出一句英文，吓了我一跳。我问他这都是哪学的，老头说活到老学到老嘛，都是奥运那会儿跟街道里的大妈们学的。他说自己特别喜欢英文里的再见，因为有个 good，盼着人好呢。

晚上跟万伊看电视的时候，看到了刘芒。万伊说可以啊，都上电视了。娱记们问刘芒是什么让他坚持到现在？刘芒说是对音乐的梦想。又有娱记问他怎么看待《南城夜色》这首歌？刘芒说自己没也没想到这歌能够被大家关注，挺开心的吧。

“那你觉得你的梦想实现了吗？”娱记问。

“我不知道。”刘芒脸上没有任何表情。

“那你的梦想是什么呢？”

“唱歌。”

然后娱记们就被打断了，电视里切换了另一条别的娱乐新闻。万伊拿出手机下载了一首《南城夜色》放来听。这首歌更像是一首忧伤的钢琴曲，刘芒用最简单的和弦弹出来，柔和又夹杂着诉说，讲述着能让我和万伊震动的故事。

万伊说：“这首歌真好听，我要把它设置成手机铃声。”

“我还是喜欢他那首《京城浮萍》。”

“不行，那首歌太闹了。”

我相信刘芒也是喜欢《京城浮萍》的，这是他写出来的第一首歌。这首歌里有刘芒想对这座城市说的一切肺腑之言，是摇滚的，是喊出来的。我听过这首歌的原始版本，特别的张扬，能让邻居报警告你扰民的那种。可在网上的版本已经被删改过了，删改的不是内容，而是情怀，可能是唱片公司觉得在一张主打抒情牌的民谣专辑里突然出现这么一首不讲道理的摇滚风格歌曲太突兀。

万伊问：“你最近有没有和你那哥们有联系啊？”

我摇摇头。

“怎么的？有点小名气就翻脸不认人了？”

我还是摇头。

“算了，现在人家跟咱们是两个世界的人，说不定再过几年都得戴墨镜和口罩才能上街，咱们还是在这破地儿守着，除了小超市和饭馆的老板，谁也不认识咱。”

我叹了口气说：“该码字了。”

万伊就把脸偏过来看着我说：“你可千万别出名儿啊，到时候我可真成孤家寡人一个喽。”

“我怎么听着这么酸溜溜的。”

“你是我在这唯一的朋友了。”万伊煽情地说。

我走过去抱着她说：“放心吧，即使是老天真让我出名了，我也不会丢下你一个人的。”

万伊说：“刘芒当初也说他会常回来看咱们的。”

我摸着她盘起来的头发，气血两虚地说：“我不是刘芒。”

我向来对自己的承诺缺乏信心，我成人礼至今似乎承诺了很多人，真做到的就如沧海--粟。我并不知道未来能给我带来什么诱惑，这个诱惑也许远远超乎了我的抗拒能力。现在我明白了，原来承诺就是一种短时间的安慰，好让别人放宽心去相信你，等到某一天无法兑现承诺的时候，你又可以编一个更大的承诺来覆盖原先的那个。

4.

两周后，我终于完稿了，川子看得爱不释手，他说两天没睡觉，看了三遍，觉得这故事写得太他妈真实了，他能从里头找出自己当年的影子来。他说我里面一句话写的特别好——刀塔就像艾佛森一样，一个变向就晃过了我整个青春。

“精彩，巨精彩，不过我更喜欢科比，科比打球就是合理。”

“我怎么觉得你喜欢的是张卫平老师。”

“您还别说，我小时候的梦想是当一名解说员。”

“挺好的呀。”

“好什么呀，不还是没当成嘛。这世界不是你说了算的，哪能你想干什么就干什么。”

我说：“也是。”其实我不想和他讨论太多世界观的东西，没意思，谁也杀不死谁，谁都有理，浪费口水，我又不是他爹。

过几天川子又请我吃了顿火锅，他说初审过了，稿子他已经给总编去复审了，让我放心吧，书年前就能下印厂。他比我还兴奋，叨叨个没完，我边吃涮肉边听着。这是老二传给我的经验，跟别人在外头吃饭，少说话多吃菜，这样才能赚咯。饭桌上说个没完的，吃不饱不说，别人还不把你当回事，要说你去大学里开讲座去，在饭桌上装什么大师啊。

自己想写的书要出版，真应该值得高兴，还得就着窗外的大雪纷飞和跟川子喝两杯，可我没心情。这两周发生了一些事，先是万伊和红杉君分手了，她傻乎乎地问人要分手费，也就是俗称的青春赔偿，法律上说的精神损失费，结果给人侮辱了。我让万伊告他强奸，万伊苦笑着说算了，以前上床都是自愿的，你现在说不自愿了青天老爷也不信啊。我说实在不行就花点钱叫点人搞他，万伊就问我你有多少钱？能比他有钱？

另一件事就是夏大爷死了，死在北京的大雪里。听居委会的大婶说老头走的时候挺安详的，挂着笑呢。大婶拿出一个电炉子和一袋馒头递给我说："夏老之前来过咱们这，说如果他死了，要是有个小伙子来，就把这个给他。如果没有，就扔了。"

大婶叹了口气接着说："老头挺可怜的，走的时候也没儿女送终。"

我抱着电炉子和馒头蹲地上哭，我觉得我外公死的时候都没这么伤心。居委会的人让我在旁边别太难过了，政府会处理好大爷的后事的。我说大爷是英雄，上过战场的，大婶说这个她们不知情，档案上也没有相关的记载。

我来到老头经常摆棋局的地方，放下电炉子和馒头，又点了三支烟插在雪地里，跪下来磕了头。我对着已经被大雪染白的老藤椅，哭着说："大爷，Goodbye！"

见川子的第二天刚好是夏大爷出殡的日子，我花钱请了十个专业哭丧的人，老头被推进火化炉的时候我鼻涕流进了嘴里，咸咸的。在专业人士面前，我的嚎叫微不足道，我觉得他们才是奥斯卡级别的演员。哭完，专业团队的人抽着烟问我和老头是什么关系，我告诉他们这是我干爷爷。团队里的话事人说这年头你这么孝顺的人真不多了，虽然我很尊重你，但是这钱不能少，大家都不容易。我觉得他们想多了，我不会在这种时候讨价还价，我让他们来的目的也是想让老头走得风光些，别灵前连个哭的人都没有，太凄凉。

26 爱情里，我们如狗

有人被车撞了，就希望天堂里没有车来车往；

有人为爱自杀，就希望天堂里没有背叛；

有人被他人残忍的杀害，就希望天堂里没有暴戾与杀戮。

愿望太多，久而久之

天堂里就什么都没有了。

1.

书写完了似乎一切就都完了，我需要做的事就是吃饭和睡觉。其实生活充实点没啥不好的，所有的时间都给了工作，一天下来除了睡觉什么都不想干，难怪说忙是治愈一切的良药，也正是因为忙才没有工夫想别的。仔细想想为什么大学时代的爱情总是刻骨铭心，归根结底还不是因为大学里闲的，对社会还是未知，对喜欢的姑娘奉献了自己全部的情感。为什么每一段大学里的爱情总是让人感觉温暖，所有的人说起来都是因为那时候的我们不现实，校园里又不残酷，爱情真的就是简单的爱情。现在看来还是因为闲的，这么闲，除了爱咱们什么都不想做。

我这个人喜欢否定自己，以前认为不可动摇的东西，过段时间又被自己轻易地推翻了。就拿鬼鬼来说吧，刚在一起的时候我们天天做爱，我一幅愿为她精尽人亡的气概，彼时的梦境里也经常会有我为她赴汤蹈火的场景。她哆嗦着躲在我的身后，我用并不算宽广的身躯保护着她，我们的面前是一个拿着手枪的歹徒。枪指着我的头，歹徒说："拿钱！"我把皮夹丢了出去，歹徒翻看了一下，朝我左腿上射了一枪说："包里就五十块钱你也好意思找女朋友！"

我一听不高兴了，人穷难道连被爱的资格都要剥夺吗？我半跪着挺起胸膛说："爱情是不能用金钱来衡量的！"

歹徒感动地留下了眼泪，说他女朋友就是因为嫌他没钱才跟他分的手，这才让他沦落到了出来抢劫的地步，说完他朝我右腿又射了一枪。

"你干吗又开枪射我！"

歹徒抹着眼泪说："不好意思，我有强迫症！"说完他又朝我脑门开了一枪，我死了。忽然世界又重新亮了起来，我面前站着一个留胡子的老头，头顶上还飘着一个金光灿灿的圆环。我穿着一身白色像连衣裙一样的衣服，旁边密密麻麻坐了一长溜人，也穿着和我一模一样的衣服。大家都目光呆滞地坐着，不动也不说话，我问白胡子老头："这是哪儿？"

老头说："我的孩子，这里是天堂！"

"那你是上帝吗？"

"我的孩子，上帝很忙的，我只是天使，基层公务员而已。"

"为什么天堂里什么都没有？"

"我的孩子，这都是随了你们的愿望呀。"

"什么意思？"我不太明白。

"有人被车撞了，就希望天堂里没有车来车往；有人为爱自杀，就希望天堂里没有背叛；有人被他人残忍的杀害，就希望天堂里没有暴戾与杀戮。愿望太多，久而久之这里就什么都没有了。"

"那我们每天都干什么呀？"

"我的孩子，你想干什么就干什么。"

我看看四周呆傻的人群说："好像也没什么可干的。"

"我的孩子，你想不干什么就不干什么。"

"天堂这么无聊，怎么还会有人想来这儿。"

老头说："我的孩子，那是因为你没去过地狱，去过了你就知道发呆是件多么幸福的事情。"

我觉得老天使说的有几分道理，就坐下来想那个有强迫症的歹徒为什么要射我脑袋的事。我认为这不合逻辑，我钱都给了，就算他嫌少也不能杀人嘛。

这逻辑还没来得及想明白的时候我就不争气地醒了，旁边的鬼鬼横着霸占了大半张床。我伸手摸摸她的脸颊，心里想的是每次醒来都能见到她躺在身边该多好。可自从上次上海一别后，我觉得自己对鬼鬼的情感变了，变得不那么义无反顾，甚至连我的海绵体都在抗拒，不知道是我老了，还是我不爱了，总之变得陌生。

我打开电脑，看《游戏麦霸我最6》，想起当时刘芒和我说他要参加这个节目的事。那时候刘芒没事都看海涛的直播，我问他主播这么多，比海涛玩得好的多了，干嘛非挑他的看？刘芒说海涛的直播有福利。我说海涛又没露沟，哪有什么福利，刘芒说你神经病啊，我是冲人家直播里抽的鼠标去的。

我说："又未必抽的中你。"

刘芒就说："照你这么说，就没人去买彩票了，那个中奖几率更小。"除此之外刘芒看直播的时候，但凡有对海涛不利的弹幕，他就去跟人对喷。我说他没事找事，海涛又不是你亲戚。

刘芒说："这就像你丢了钱包，而我刚好拾金不昧给你送来了，作为当事人，不得给点感谢费什么的嘛，这叫人情世故，你懂个毛线。"

"这是一码事吗？"

"差不多吧，说这个意思。"

"那人家给你鼠标了吗？"

刘芒说："可能我还没能引起他关注，指不定哪天他关注了，随便发个慈悲就送我了。"

也不知道现在刘芒还玩不玩游戏，看不看直播，海涛有没有慈悲为怀，我的这位朋友现在真的是越走越远，远到我用天文望远镜都看不清楚他的背影。

2.

万伊又开始往夜场里跑，从我认识她到现在，她的生活就像股票的曲线，时而走高，时而跳水，每一个新认识的男人就像拉长的十字星，搞不清是看涨还是看跌。万伊不太上网，她说网上的世界太虚幻，我反驳她说其实现实的世界也虚幻，你看看微博上那些网红，开淘宝店不比你赚得多啊，长的比你差远了。万伊叹口气说自己命苦，我说你不苦，只是没有别人会经营自己罢了。

万伊说："我就想低调地嫁个有钱人而已。"

"可你这个想法本身就不低调。"

"所以我现在想开了，女人终究是要独立的，要把依靠男人转变为利用男人，以前姐们是掉井里了。"

说完，万伊就拎着包走了，留下我一个人在房间里想她到底怎么利用男人，这本不该是我想的事，但我好奇。在我的阅历里，目前只能想到从男人那要点钱将来开个服装店这一层，可开个店能怎么样呢？卖服装又不是卖毒品，没有稳赚不赔的，万一赔了，可不光光是钱，还有这些年搭进去的所有青春和情感。

开服装店这种事我听坐台小姐说得最多，当然并不是说所有开服装店的都是坐台小姐，但大多数坐台小姐都把职业生涯的末期规划上了开服装店的蓝图。不管怎么样，愿景总是好的，好歹有个奔头。但我从没把万伊归到坐台小姐一类去，因为这一归我就成了被小姐养的小白脸，遇上事，一个电话我就十万火急地提着刀赶过去吓唬人。当然这一切都是我无端的揣测，万伊之前有提过开店的事，但没说就一定是服装店，是我强行把她代入了进来，因为我觉得开服装店相对门槛较低，不要什么手艺，有点眼光就够了。

期间见了次老五，还是吃的火锅，大冷天的似乎除了吃火锅真找不出什么别的能让人勾起欲望的食物。老五比之前胖了三圈，肚子上的肉看起来一副很好吃的样子。老五说在单位里上班就这样，每天上班没什么事，早上读一小时的报，读完了就跟办公室里的同事们吹吹牛，聊点八卦。聊累了就中场休息，看着窗外发发呆，休息透了喝口茶又开始聊国安和金隅，跟人争马布里要是回美国还能不能拿 30 分。吃了午饭就趴桌子上午睡，一觉睡到三点也没人管，醒来继续跟人唠嗑，到了四五点的时候装模作样地打几个电话便下班了。

老五说：“这就是我身上肥膘的养成日记。”

“胖点也没什么不好。”

“胖哪好了？穿多了别人说你个胖子还怕冷，穿少了别人说胖子果然不怕冷！吃多了别人说这么能吃活该你胖，吃少了别人说吃这么点都能吃成胖子！没活路啊！最烦的是，人胖不招姑娘喜欢，连谈恋爱的资格都被剥夺了。”

“我最近加了个跑步群，不然你下班没事跟我跑步减肥去吧。”

“跑不动，我胖！”老五说。

“你还想不想找女朋友了？”

“想！”

“那就跟我跑步去。”

“跑多远啊？”

“绕着南城跑一圈。”

老五摇摇头说：“那我还是不找女朋友了。”

我说：“你早晚胖成猪。”

老五说：“我已经胖成猪了。”

我低头吃肉，老五在旁边叹气，问我是不是觉得他特别没毅力？我点头，他继续叹气，说青春眼瞅着就晚期了，除了身上这几十斤肉啥也没留下。我告诉他自己的书要出版了，他说出来一定买，买来用心读，好好找找以前的那份情怀。

3.

和老五从火锅城出来，寒风迎面一刮，我才想起来最近都没和贾文静跑步了，不知道她又胖了没有。我拿出电话打给她，贾文静在电话里说你终于打电话来了，她现在除了吃饭睡觉又多了件事，就是守着我电话。

“说的好像你爱上了我似的。”

“别瞎说，我可是有家室的人了。”

“那明晚跑起来。”

“好，跑完了咱们还去牛街吃羊肉串。”

第二天夜跑的时候，爪力联盟南线的几个头脸说，一月一号北京有个马拉松赛，是为了迎接新年，多有意义的活动啊，请大家踊跃报名。贾文静在旁边问我去不去，听着挺浪漫的，我说要是没事就去呗，反正闲着也是闲着，鸟巢我还没去过呢。

我觉得跑步这东西年纪越大越吃力，小时候我特别热爱奔跑，去厕所都用跑的，从来都不会觉得累。我曾经是当地跑得最远的孩子，我和小伙伴们从电力局宿舍出发，一直跑到大桥头。我会指着桥的另一端说：“桥的那一边就是农村了。”我身后没有一个坚持下来的孩子，我觉得自己站在城市的边境线上，是个创举。随着我长大，我发现我丢了长跑技能包，原来的跑不死变成了跑得想死，我的长跑成绩也一直是在及格线上下浮动。现今我三十的时候，发现走快点都能喘上，这身体也老化得太快了，按照这种速度下去，到了四十我估计上楼都够呛。

贾文静往马路牙子上一坐说跑不动了，感觉气都要断了。我让她起来，跑步要一鼓作气，越休息越跑不动。贾文静就说她心情不好，老公最近老不回家，不是说在单位加班就是出差，电话也没往家打一个。我让她别想太多，说不定她老公是真忙，毕竟人家坐在高管的位置上，总有我们这种小老百姓不能想象的工作。

“不跑了，吃羊肉串去。”

“不行，联盟的人在终点等咱们呢。”

“不管了，爱等不等。”

“这离牛街还有段路呢，你起码得起来跑过去吧。”

“跑什么跑，打车去！”

真任性！贾文静看着肉串上来的时候整个人就柔软多了，她边吃边喝边问我有没有觉得她胖了？我问她要听真话还要听假话，她说先听假的吧，假话使人开心。

我说：“胖多了。”

贾文静一口啤酒喷出来说：“老娘连听真话的欲望都没了。”

我说其实第一次见到你的时候我觉得你不能算胖，顶多算丰满，该有的线条都有，还有股子小小的性感。不过这次见到你就跟我初中几何里的圆台一样，您这是在哪偷吃的饲料？贾文静听我这么一说，把手中的羊肉串往桌上一拍说，不吃了！我说这就对了，你现在这样连我都嫌弃，更别说你老公了，你得学学别人家姑娘，都吃蔬菜水果，哪像您，不是羊肉就是猪腰子。贾文静问我有没有什么方法可以不忌口就把肥给减了的？我跟她说跑步，她说跑步不管用，她跑完就饿，饿了就想吃，吃了就变成身上的肉，太可怕了。说完她把刚才用来震慑自己的羊肉串又重新拿了起来，像什么也没发生过一样地撕咬着咀嚼。

我笑着看她，她也不好意思地笑着看我。她这个人就是过得太舒服了，舒服得一点危机感都没有，按照我的判断，他老公八成是外面有小的了，我只是不想说出来，怕她受刺激。她老人家受了刺激估计没别的发泄途径，肯定是更猛地吃和更猛地喝，然后像丢进锅里的油条面那样迅速膨胀开来，让人看着又油腻又庞大。这就成了一个更大的恶性循环，比她一跑就饿，一饿就吃，一吃就胖还要恶的恶循环。

正吃着，爪力那边的电话打过来了，问我们怎么还没到，他手机游戏都打通关了。我撒谎说贾文静脚崴了，不过没什么大碍，休息两天就好。贾文静在一旁给我点赞，说太棒了，还能休息两天。我真搞不懂她参加爪力联盟的动机是什么，如果是纯粹为了打发无聊，完全可以去加那种同城交友的群。那种群出来搞活动基本就是聚餐，这刚好是贾文静的强项，就如她自己所说，在北京城，她就是限量版的美食软件，甭管是小吃还是饭馆，就没有她不知道的。

外面不知不觉又下起雪来，贾文静像个少女一样的看着窗外，嘴里嚼着羊肉，嘴角上是孜然与油。她毫无征兆地叹口气说，再有三天就是平安夜了。我也不由看了看窗外的雪，倒是很符合圣诞的气氛。在我老家圣诞夜很难得下场雪的，记得有一年老天爷开了眼，恩赐了一场小雪，全城的情侣跟疯了一样冲进雪里拥抱、接吻，这可能就是他们认为最浪漫的事吧。

4.

平安夜那天，万伊戴了个鹿角露着乳沟就出门了，我就去经贸找倪晓，我想这种时候只有倪晓和我一样是孤家寡人。我和她在之前刘芒带我去的烧烤店里吃烤鱼，倪晓说现在的人真是无聊，一个破节整得跟什么似的，她寝室里的几个女生一早就在寝室里鼓捣圣诞树，往上面挂灯，通了电就开始许愿，也不知道许的什么，一脸幸福的样子。

我跟她说自己上大学那会儿，每逢平安夜就跟室友去农贸市场进些苹果来，往上头扎根红丝带放门口卖，一个十块钱，买两个还赠送避孕套，生意不要太火爆哦。她白我一眼说无聊，我说年轻人都是有需求的，那一夜我们大学附近的小宾馆都躺满了小情侣，万籁俱寂的时候你站在后街上闭眼倾听，一条街都是少女的喘息。倪晓说，真恶心！我说你这是嫉妒，等哪天你恋爱了，这种日子还不是也在宾馆里喘息。

我相信倪晓也是向往爱情的，只不过她现在没遇上，真遇上了她也会做所有人都做过的事，说所有人都说的肉麻情话，许一些永不分离的诺言，然后脱了裤子直奔主题。她现在没有遇上，于是说不稀罕，这就像我喜欢你，可你不喜欢我，于是我就骗自己不喜欢你了是一样的。

吃完了烤鱼，我和倪晓在雪中的经贸里散步，她静静地走在我身旁，双手插在羽绒服的口袋里，低着头，就像我们初次见面时候一样。我们走到球场，我心血来潮地说，要不咱们打篮球吧，倪晓说你没事吧，下雪天的打篮球。我说你等着，我回去拿球。等我球拿来的时候，倪晓身上都被雪染白了，远远地看去像个瘦小的雪人。我说来比赛投三分，输的要满足赢的一个愿望。其实什么愿望我也没想好，就是觉着比赛总要有点赌注，直接赌钱太肤浅，毕竟人家是女孩子，我这样跟抢劫没区别。

倪晓问我："什么愿望都行吗？"

"只要你能说得出的都行。"

"让你去死这种的都行？"

"说得你好像能赢我似的，我今天话撂这，只要你赢了，你就说让我怎么死吧。"

"好吧，你说怎么比。"

"每个人投五个，看谁进的多。"

"如果一个都没进呢？"

"那就继续投呗，总能投进的。"

"明白了。"

我把球递给倪晓说，女士优先。她面无表情地脱掉羽绒服，从我手中把篮球接了过去，抬手一扔，球空心入网，惊得我下巴都快掉了。倪晓从雪地里捡起篮球，再次走到刚才的位置，抬手又一个空心球，我的感觉自己心跳都没了。第三球的时候，蹦筐而出，我安慰自己要镇定，并不是没有机会。倪晓最终五投中四，我开始后悔自己这个愚蠢的提议，早知道这样还不如跟她来钱呢。

倪晓走过来把球传给我，淡淡地说：“该你了。”我深吸了一口气，推出一球，球在框上跌跌撞撞爬了进去，我信心回来一些。我觉得这可能和过节有关系，过节了老天眷顾所有人，所以谁投篮都能蒙进。我投到第四球的时候比赛就结束了，除了第一个球，我其余三球全部打铁，果然是我想多了，就是技术问题，根本没有什么老天的照顾。我想完了，我纵横三十载，却要在这个祈福平安的平安夜里失去自己年轻的生命。

我说：“愿赌服输，说吧，想让我怎么死。”

倪晓说：“我没想过让你死。”

“那太好了，我其实也不是特别想死，那你说想让我干什么，我都答应。”

“你做我男朋友吧。”

“什么玩意儿？”

倪晓一字一句地说：“我说让你做我男朋友。”我盯着这个单眼皮女孩，在她不大的眼睛里流露出来的是如刀般锋利的认真。如果这时候从我们九点钟方向看过来，会是这样一幅场景：我与倪晓面对面站着，我高出她快一个头，我们中间隔着一个沾满了雪的篮球，三分线外是倪晓脱掉的白色羽绒服。风吹来，雪向着风的方向飞舞，倪晓的头发也朝着那个方向散开，露出了长满痘痘的额头，额头下是她那闪动着渴望的眼神。

“我选择死亡！”我觉得自己实在无法接受这个姑娘。好吧，我承认就是因为她长得不好看，我习惯了身边每天都有万伊的样子，如此出众，这就是专柜正品与特价包邮之间的距离。

“那你去死吧！”倪晓突然朝我大喊，然后抓起三分线旁的羽绒服迅速跑开，将我一个人丢在萧萧雪中，恍若隔世。

27 马拉松

这个世界没有悲剧，

有的只是悲观的人群。

1.

圣诞夜我是和贾文静一起过的，吃的还是火锅。我没什么胃口，一方面觉得再好吃的东西也遭不住这么三天两头的吃，另一方面我是受了昨天倪晓那事的影响。是我低估了一个女大学生的爱情爆发力，当然可能也是因为自己对倪晓没那意思，所以才不会去关注到她表现出来的某些细节。我想女孩高中毕业就开始伤春悲秋的，觉得世界不太公平，觉得人生不太圆满。她们以前没这么想，是因为以前忙着学习，一旦走进大学，她们就变成了连自己都看不懂的状态，这也许是个成长的过程。

所以女人分三段，第一段是含苞阶段，从出生到高三，这个阶段的女人还被称作女生、女孩子，她们充满了对未来的幻想，喜欢一切粉色与蝴蝶结。她们喜欢听所有关于爱情的故事，看到打球帅的高个子男生就心跳加速。

第二段是绽放阶段，基本就是从进入大学到毕业之后，这应该是最美好的年华。她们慢慢习惯了群居生活，有了闺蜜的概念，从憧憬爱情到走进爱情。她们开始看很多的电影，喝很多的时尚饮料，时不时还会喝一点酒。那时候的她们觉得生活就该如此，把所有的一切交给喜欢的人，奋不顾身。与喜欢的人牵着手走在学校微黄的路灯下就是最浪漫的事。

第三段是凋谢阶段，这个阶段很长，直至死亡。她们面对压力，学会虚荣，在咖啡馆一坐就是一下午，聊天的内容除了工作就是男人。她们身上弥漫着香水与发胶的混合味道，她们敞开衣襟，踩着高跟鞋，手包在夜色里晃荡，纯纯的爱情在心里悄然死亡。

倪晓就是处在那个为爱痴狂的阶段，喜欢上连北京户口都没有的我，就像唐小丫喜欢刘芒那样。但我终究不是刘芒，她也不是唐小丫，抛开一切，简单归纳，她不是我的菜，这就够了。毕竟谈恋爱又不是做慈善，不拒绝有时候反而会带来灾难性的伤害。平安夜倪晓哭着从我面前跑开，我觉得在北京又失去了一个朋友。我那么迫切地想和她成为朋友，就像她那么迫切地想成为我女朋友一样。

我抬头看着贾文静，贾文静看着锅里半生不熟的牛肉。今晚我们话都很少，她只顾着吃，我只顾着看她吃。我知道彼此心情都不好，圣诞节两个孤单的人凑在一张桌子上吃涮肉挺不是滋味的。

2.

万伊在家的时候我就问她最近都在忙什么，她只是简单化一地说铺垫未来，反正我是听不明白。她跟我说她特别向往世外桃源的生活，一个人口不多的小镇，镇上的房子全都错落有致的靠山而建。房顶上是蓝色的瓦片，瓦片上时不时会飞来一些海鸟和昆虫，外墙上覆盖着厚厚的海盐，像块起司蛋糕。小镇的尽头是海，沿着长堤走出去能看到五色的帆船。夜幕缓缓降临，她就站在河堤上看着小镇里的灯火阑珊，像天空中的繁星一样。这时候海风习习，海鸟嘤嘤，身边是垂钓的老人和奔跑在风中的孩子，如诗如画，似梦似幻。

我说你这种叫海市蜃楼不叫世外桃源，世外桃源要有豁然开朗的情怀。必须要经过一片森林，森林里有个不起眼的山洞，山洞的尽头被一堆乱石头挡住了，拿雷管炸开，洞外又是一片新的森林，只不过比先前的那片美的多。森林里开满了叫不上名的花，彩蝶纷飞，慌兔乱窜，再走上一会儿就能看见袅袅青烟的村落。村落里有不少人家，过着农耕的生活，女人在河边洗衣，男人在太阳里打麻将，孩子们在相互追逐嬉闹。

其实我以前也憧憬过这样的生活，只不过和这个版本有出入。我的版本的基本环境设置也是一片森林，有大片鲜花和成群的小动物，太阳温暖又没有杀伤力，我掏出手机是满格的信号和 Wi-Fi。我把一切自己喜欢的姑娘骗来此地，占为己有，她们为我洗衣做饭生孩子，相互之间成为朋友。无聊的时候我就带几个姨太太去打猎，打着了就回来烤着吃，没打着就打电话叫肯德基。我在网上买东西，逆风飞扬快递就用直升机给我空投，把里面的杯子摔得稀巴烂；路路通快递就说找不到地方，让我去上海的门市部取件；路路达的快递员说东西给你放洞口了，一个猩猩签收的；有运必达快递员倒是把货送到了我面前，就是他走之后我发现少了个姨太太。我想坏了，果然隔天就来了一堆警察，说我非法拘役，让我投降。我不干，他们就朝我开枪，我就朝他们扔夜壶和痰盂。

万伊笑得在床上翻滚，她说你这哪是什么世外桃源，明明就是乌龙山剿匪记。我说当土匪挺好的，一帮子人在山上喝酒吹牛打麻将，缺什么就下山去抢，多任性。

正聊得火热，万伊的微信响了，她看了一眼说来活了，我问她到底在干吗啊？神神秘秘的，她站起来捏了捏我的脸又说，铺垫未来。说完她往梳妆台前一坐，开始化妆，我站旁边看了一会儿，没意思，出门上网。

网吧人不少，我找了个角落的位置坐下来看片儿，旁边一个哥们在玩刀塔。他面前放着啤酒和炒河粉，边喝边吃边玩。我偷瞄了一眼，他玩的是人机，正跟电脑吵架呢。他应该是初学者，补刀都不会，见面了就上去砍，和市井流氓打架一样。电脑估计也好久没碰上这种笨蛋，终于扬眉吐气了一回，那哥们被电脑欺负得很不爽，操起啤酒瓶子指着屏幕说："你给我等着，看我一会儿削不死你。"

"哈哈哈哈。"我没忍住笑出来。他扒拉我肩膀问我笑什么笑？我看了看他手中的酒瓶子，连忙解释其实不是在笑他，是我电脑上的影片好笑。他凶了我一眼，把脸转过去继续玩。这种奇葩我还是第一次碰见，我连忙打开贴吧在上面写直播贴，说在网吧遇上个能和简单电脑吵架的天才。有水友回帖让我上图，我说不敢，怕人拿酒瓶子敲我，水友就给我出主意说把摄像头偷偷转过去，神不知鬼不觉地就把人给拍了。

我慢慢地把手伸向屏幕上方的摄像头，心跳快得有些接不上气。我想我必须要假装调整一下摄像头，营造一种跟别人视频的假象，故意自言自语说这摄像头怎么不清楚，然后愤怒地一扭，角度刚好对准旁边的这哥们。我右手扶着摄像头，眼睛则偷偷观察他，他正目不转睛地盯着屏幕。

哥们一巴掌拍在键盘上，吓得我直接把摄像头给撅了下来。

"你吓死老子了，什么时候出来个影身的砍我。"

我说："你也吓死老子了！"

网管走了过来让我们爱护东西，然后就看到了我手上的摄像头，说这得按市场价赔，一百五一个。我说这也太黑了，这种探头最多五十，而且还不算折旧费，算上了也就三十。

"你看一撅就断，质量太差了。"

网管说："我这是摄像头，不是拉力器，你毁坏东西还有理了？少废话，一百五！"

我一摸口袋说："就八十。"

网管说："八十就八十。"

我把情况拿到贴吧里一说，有回复说我会玩的，也有回复说我臂力惊人的，还有让我换台机器继续拿摄像头拍照的。就是看热闹不嫌事大，反正赔钱的又不是他们，像我这种心理素质，在战争年代一定不是个好间谍，在和平年代一定不是个好狗仔。

3.

这几天北京的天气难得的好，太阳公公每天都准时上班。我和万伊搬着凳子坐在阳台上晒太阳，我问她太阳到底是男的还是女的？万伊说肯定是个男的，那么炽热，月亮就是女的，如此温婉。我说错了，万伊说难道太阳是女的？我说还是错了，其实太阳不男不女，万伊问为什么，我说因为太阳是太监，太阳公公嘛！万伊说瞧你贫的！

我伸出手搭在万伊的肩膀上问："明天有个跨年马拉松，你去不去？"

"我连双运动鞋都没有，全高跟。"

"那就光脚跑呗。"

"还是算了，我缺乏运动。"

"你说你这么缺乏运动，为什么就不胖呢？"

"天生丽质呗。"

"上天真照顾你。"

“可不就是嘛。”万伊眯上眼，仰头靠在我臂弯里。

今晚就是全年的最后一夜，有意义的日子总少不了沸腾的人们，京城上下开始大堵车。当然这是我猜的，这种日子全国大多数城市都堵车，更别说首都了。万伊五点就化好妆出门赶饭局，我则是凄凄惨惨戚戚地去楼下吃拉面。拉面老板说今天日子特别，给你多加点牛肉，有点小感动，我问他过年回去吗？他说来北京五年了，就回去过一次，老家太远，经不起这么来回折腾。我说等过两年赚够了钱就可以衣锦还乡了，老板笑笑说赚什么钱，等哪天面团举不动了就回老家。

我故意把面吃得特别慢，好好听老板诉苦。他说在北京不容易，好的地段租金太高，差的地段也就赚个平日的生活开销，基本存不下什么钱。自己一个儿子读小学还要交赞助费，媳妇每天中午要倒几趟车去给儿子送饭，回民嘛，没办法，食堂的饭菜都沾着猪肉味。我让他换个小点的城市，像浙江那边的二三线城市生意还是很好做的，有的拉面店老板都开上车了。老板说北京做得好的也有，这还是看人的，而且自己都在这里五年了，不想折腾了。

这是我吃的最沉重的一次拉面，我觉得人最可怕的是没有了动力，在一个很小的圈子里躺下来，听命于生活。就像这个拉面老板一样，每天早早地起来去买菜，中午就打开门迎客，客人多的时候忙的一身汗，客人少的时候就坐在店里抬着头看电视。这个拉面店就是他在北京的家，一楼的洋铁锅子代表工作，掀开帘子露出楼梯，爬上去就代表生活。他的孩子在这里长大，却永远也无法融入这里，说不定又是场放牛赚钱娶媳妇，娶了媳妇为生娃，生了娃继续放牛赚钱娶媳妇一样的轮回。

十二点的时候我收到了石头发来的短信，上面就简单的四个字“新年快乐”。我很讶异，看来婚姻真的能够改变一个男人，石头如此坚硬却也有柔软的时候。我拿起手机给他回复：“谢谢，也祝你新的一年事业顺利，家庭美满。”石头回过来说：“不用谢，我群发的。”其实群发也没什么大不了的，我这么安慰自己，这只是一个好友分组，而我只不过被分在了普通好友里面，所以我收到的自然是普通的新年快乐。特殊的日子里的特殊短信只配特殊分组里最特殊的那个人去拥有。

我想，睡觉吧，一觉醒来一年又过去了，所有的纷争和奋斗就过去了，明天又是全新的日子和复制粘贴的生活。

4.

第二天醒来，万伊就冲过来给我一个拥抱，然后说“新年快乐”。我看到桌上丰盛的早餐，有我最爱的油条和最恨的豆汁，还有庆丰皇家大包子和天津煎饼。我洗漱好就坐下来吃，我说真是好久没吃过早饭了，你昨天一晚干吗去了？万伊就拿煎饼往我嘴里塞，让我多吃点儿。她越是这么掖着我越不放心，我怕她又干什么违法乱纪的事，二进宫。

吃完早饭，我换跑步装备说：“我该出发了，一会儿九点你就把电视打开，我会争取跑到你看得见的地方。”

万伊说：“你行不行啊，摄像机可都是对准人家职业选手的，你们这种凑数的最多给个航拍镜头。”

“别瞧不起人！”

“好啦，好啦，加油，我看好你哟！”

这次长跑爪力联盟的教徒可算是到齐了，东南西北四条线的大军在这里会师，爪力的老大拿了个扩音喇叭在喊话，交代跑的时候要保持好队形，看起来有秩序一点，突出团队意识。我在旁边和贾文静嘀咕，这怎么搞的和军训会演一样，第一次听说跑马拉松还带保持队形的。贾文静说你看看咱们都统一着装，一会儿在统一队形，跑起来黑乎乎的一片，电视台肯定能给镜头，这就是活广告知道吗？到时候大家都知道了这联盟，人多了光卖咱身上的行头那个拿喇叭的就赚翻了。

关于这次马拉松我和贾文静还有个私底下的约定，那就是爬也要把这十公里给爬完了。贾文静说好，她这辈子还就没坚持做完过一件大事。马拉松的终点为鸟巢，是从永定门出发，途经天坛、天安门广场。10 公里大众跑的终点在月坛北街，最开始我还以为能跑进鸟巢呢，原来那里不是咱们这种选手想去就能去的。路上我问贾文静，如果我跑得快一点，超过职业选手，是不是可以直接跑进鸟巢啊？贾文静喘得厉害，让我别跟她说话，想去鸟巢改天她买票带我去参观。

跑到永定门公园的时候，贾文静就基本变成了竞走，她说不行，不行，要死，要死。我说你就吃吧，你这速度还没人家摇轮椅的快呢，我不管你，我先跑了，在终点等你。贾文静说你这个人怎么不讲义气啊，生死关头抛下她一个人。我指着旁边一个扎着双马尾的小女孩说这不是讲不讲义气的问题，你看你连个小姑娘都跑不过，这是面子问题。

贾文静上气不接下气地说："你走，你走，你让我一个人死这。"

我说："那我走了。"

贾文静就骂："孙子，你还真走啊。"

我说："真走。"

我甩下贾文静开始加速追赶大部队，我觉得和这么一大群人一起跑步是件有趣的事儿，人群里有老人也有小孩，有胖子也有瘦子。经过观众多的地方，他们就挥舞着小旗子喊加油，这感觉倍儿爽，你只管跑，体育面前一切平等。我看到黑乎乎的爪力大方阵就在前方，我加快步子追上去。南城线的头儿看到我吃惊地说，哥们今天你倒是没掉队啊！我微微一笑超过了他。等我超过联盟首领的时候他拿喇叭在后面喊我，让我保持队形和集体荣誉感，我压根不理他，越跑越快。

等我跑到东长安街的时候一辆摄像车从我身旁经过，我连忙对它比剪刀手，并把姿势调整到最帅。不知道为什么我丝毫不觉的累，这种感觉似曾相识，像小时候的奔袭，只是我家乡的街道没有长安街那么宽，也没有长安街那么威严。我居然隐约能看到几个掉队的职业选手的"尾灯"。我又开始加速，他背后的 704 号码离我越来越近，这是一个白人，一头金发被汗粘在脑门上，像馊了的炒面。他见一个业余组的追了上来，来了脾气，也开始加速。我能理解他的感受，老外也是要面子的，何况他是职业选手，每天除了吃喝拉撒就是练跑步，如果被我这个业余的超过，简直就是侮辱他的职业生涯。

街道两旁的观众们拼命地为我加油，这一声声的呐喊就像一针苯丙胺打进我胸口，使我整个人都热血上头。我咬着牙来了一波无氧冲刺，甩开了老外三个身位的距离，旁边的观众在欢呼，一辆直播车也专门在我们旁边进行拍摄。我想万伊这会儿一定靠在床上，抱着枕头盯着电视给我加油，双手握拳，尖叫极具穿透力。就在我得意的时候，老外也用相同的战术冲上来超过了我，从这点就能看出他是个菜鸟。职业选手的加速和冲刺都是有安排的，不是你高兴了冲几步，然后休息几分钟又冲几步，这样对体能的消耗太大。所以他是摆明了跟我较劲，此时复兴门大街一个右转就进了西二环辅路，月坛北街不远了。月坛北街是我的终点，我突然想到了《头文字 D》里藤原文太说的话："真正的输赢就在这里，五连发卡弯……"

之前和老外的一轮相互消耗，我已经有些到了体能上限，我的终点就在眼前，而他的终点还在远方，我想就是这里了。大吼一声用尽所有的力气当一百米这么跑，老外看到我追上来也开始冲。我与老外并驾齐驱，不分上下，最后我们在一个节点上突然分轨，老外回头冲我竖起了大拇指，我笑着休克。

等我苏醒过来，周围立刻响起了掌声与尖叫，医务人员散开，记者涌了过来，摄像机对着我的脸，话筒对着我的嘴。

"这位选手你是业余组的第一名，而且还差点赢了职业选手，您现在感觉怎么样？"

我气若游丝地说："累。"

"你平时有训练吗？大家都看到了你的实力非常强劲。"

"我平时都在牛街上吃肉串。"

现场爆发出一阵哄笑。

这次马拉松赛我意外地获得了 3000 元奖金，我站在终点，陆续有选手撞线。我等了一钟头，赛道上的人都干净了，还没见着贾文静。我给她打电话，接通后从那头传来了 Blues 的音乐。

"你在哪呢？"我问。

"我在星巴克喝咖啡呢。"

"你在逗我？不是说好了要跑到终点的吗？你怎么就放弃了。"

"之前咱们怎么说的？不抛弃，不放弃，是你抛弃我在先，所以我放弃了。"

"你这是什么逻辑。"

“女人的逻辑。”

女人的逻辑真的太可怕，我觉得就算自己陪着她竞走，估计走到珠市口东大街她也差不多该要赖了。你又不能责怪她，任何比赛都允许选手放弃，不管是主观的还是客观的，这是人权，你可以认为这个选手没有拼搏精神，但你不能质疑她站上起跑线的勇气。其实在我们生活里又何尝不是这样，有人浅尝辄止，有人顺其自然，还有人只是在一旁欢呼雀跃，看个热闹。也有如我这般的倔强分子，拼及所有，最终只追上一个落单的末尾，这个世界没有悲剧，有的只是悲观的人群。

28 轮回 plus

年年如此，

了无生气，

生活挺没劲的，

虽然如此，

但总比死了强。

1.

这年一跨，春节就近在咫尺了，所有人都挺忙的，只有我和万伊闲了下来。没事的时候我就和她在阳台上晒太阳，把脚架在生锈的铁条上，身上还盖着毛毯。万伊说晒太阳真是件幸福的事，要是眼前有片海就更好了。我说前几天看新闻，刘芒参加音乐节了，哥们现在挺红的。万伊说去年这个时候咱们还在一块喝大酒呢，现在人家算是混出来，跟咱们不是一条路子上的了。我一直不愿意去相信刘芒离我们而去这个事实，我觉得他一定特别忙，许多事情身不由己，说不定他现在也正坐在某个地方，晒着北京的太阳，想着我们曾经的日子。

一年一年过得飞快，我对生活的激情快速枯竭，生活于我到底算什么？我时不时就思考这个问题。上学时候的我憧憬的生活就是工作，因为工作了可以不用上学，干什么都不受约束，我可以在网吧玩一整晚，可以抽掉一包的烟，可以和姑娘上床，还可以跑去更远更发达的城市。

工作的时候我憧憬的生活就是不工作，我竟说不出来由，就是不想工作，看不惯老板臭德行。我极其厌恶闹钟响的那一刻，我半睡半醒，迷糊着拿洗面奶刷牙，拿牙膏洗脸，然后看着镜子里的自己发呆，脑子里想的都是不伺候了，他妈不干了。一辆公交车开来，人们用抢篮板的姿势卡着身位，为的是上车能抢个座。那时候我在网上看了很多的职场励志故事和鸡汤，感觉也没什么卵用，每天能做的还是这些工作，你百分百用心，无非一天的事半天就干完了，剩下的半天则用来在网上看社会新闻，在各种论坛里发牢骚。时间久了，自己都开始怀疑起自己的能力来，要么觉得自己无能，要么觉得现在的地方屈才，不管是哪种，就是迷茫。也许所有人都这样，上课的时候想放暑假，暑假快到头了，又迫切地想回学校；上班久了想辞职，辞职爽了几天又着急急忙忙找工作。

现在我躺在柔和的阳光里，想这些年干的荒唐事，我是如此酷爱写作，我以为放下一切去做自己喜欢的事情无论成功与否都是一种勇敢。可这个社会光有勇敢是不够的，我会矫情地想很多的如果。譬如如果当年我早点写作，赶上网络文学最荣光的那几年，说不定我已经是个成名的作家了。如果我一直在外贸行业里混下去，说不定我现在也是个开着几十万小车的小老总。但似乎应了那句话“机会永远只留给有准备的人。”是啊，老子当时在干吗呢？估计不是在玩刀塔，就是在和乱七八糟的姑娘胡来。等到机会从身边走过的时候，还没反应过来，等它都走远了，这才往前象征性地追几步，然后对自己说算了，就在这守株待兔吧，说不定很快又有机会到来，于是重新挂起微笑，继续玩刀塔，继续和乱七八糟的姑娘胡来。

过了几天，离春节又近了些，万伊买了四瓶二锅头和茴香豆说就咱俩喝吧，反正也没别人了。我问她还要不要唱歌，万伊说唱，唱《东方之珠》，不过别唱《北京，北京》了。这回我们谁都没哭，也许是麻木了，也许是酒量见长，喝完早早地各自上床睡觉。

2.

川子给我来电话说样书已经出来了，让我在家等着，这就给我送来。过了一钟头，川子到了，一脑门新鲜的汗，手里拿着我的书，橘黄色的封面。我接过书的时候有些颤抖，不知道为什么每次接过自己的作品内心总是感慨万千。如果说《一万个女朋友》是第一胎，那这本书就是二胎，显然第一胎被人贩子拐了，现在二胎正好端端地在我怀里躺着，难以形容的幸福感。

“一起打场球吧。”我说。

“啊？”川子一脸费解。

我们来到经贸的球场，川子说自己平时不太运动，篮球打得可不怎么样。我说没关系，我打得还不错，说完我投了个三不沾。川子问我怎么突然拉他打球？我说就是好久没打了，想打。打了半钟头球，我就和川子坐在水泥看台上休息，川子说自己在大学的时候也打球，都是和寝室里的同学一起玩，跟别的寝室打比赛，赌晚饭。他问我从什么时候开始打球的？我笑笑说忘了。

初中的时候班上的男同学代表班级去打比赛，我就在场边看。到了高中已经有能扣篮和投三分的同学了，我依旧是在场边看。到了周末我就和石头去社区的球场欺负小朋友，他们投篮我就盖帽，一巴掌能扇出去好远，我过他们如过清晨的马路，一个变向就能晃得他们摔一跟头。那是我篮球最巅峰的时候，等我大学放假回来，那群小鬼已经长大，有些吃饲料的已经长的与我一边高，他们断我球，盖我帽，晃得我找不着北，真是孩子报仇，十年不晚。

川子一如既往的话唠，他跟我从篮球扯到了NBA，又从NBA扯到了美国经济，又从美国经济扯到了中国企业的经营状况，接着从经营状况的恶劣说到了现在人的生活不易，然后说因为大家都不易了所以都不爱看书了，有空了只想玩玩游戏，睡睡觉。这才说到了我的新书，他说他有信心卖得好，因为现在的人都玩游戏，游戏就代表了他们的青春，你看咱们上学那会儿不也在玩游戏呢嘛，所以这书是有市场的。我就一直保持沉默着听他说，内心状态是既兴奋又不知所措。

川子走的时候还不忘回头跟我说：“兄弟，我觉得你要红了。”我突然好害怕走红，怕自己也会和刘芒一样，靠在门框上指挥着搬家公司把自己的东西从万伊的房子里背出来，万伊红着眼睛坐在床上，背对着我，不发一言。

走的那天，万伊还是没送，我打个招呼说走了，也就走了。到杭州站下车，我照例打电话给包子，包子还是开着宝马来接我，照旧把我往河东路拉。每年这个时候我都在做同样的事，见同样的人，吃同样的食物，我觉得生活太没有新意了，仿佛都是安排好了似的。包子看到了我的样书，让我送她做纪念。我说不送，这是我第一本书，有非凡的意义，得自己留着，还指着它回家跟亲朋好友们吹牛呢。

等我回到家，我妈和去年一样在忙些她该忙的，顺便督促我一下男大当婚的事，我把自己关在屋里装睡。年年如此，了无生气，生活挺没劲的，虽然如此，但总比死了强。三十晚上，小叶电话又来了，还是去年那个包厢，还是去年那群所谓的朋友。石头还在唱去年唱过的歌，白菜胖了，小叶成功战胜了汪大嘴付了坐台小姐的小费。

剩下的日子，我基本都在街上闲逛，去看儿时跑到尽头的大桥。大桥现在已经被翻修过，通了车，桥的那一头以前叫农村，现在叫西区，全是高档的住宅。有时候还会去一中的新校址看看，新校区很大，设施也都是新的。由于放寒假，学校里没有学生，只有空荡荡的教学楼和孤零零的旗杆，篮筐上挂着破的篮网，足球场的草皮都秃了，有风时能卷起沙尘来。有几个端着相机的人在那里拍照，估计和我一样都是往届的学生。

3.

过完元宵节我准备回京了，我妈跑过来说她去求了个签，签面不太好，让我别在外头瞎折腾了，回父母身边来。我让她别搞封建迷信这一套，嘉靖皇帝就是给迷信死的，这都什么年代了，手机都能玩游戏了，您信这个呢。我妈说："臭小子，宁可信其有，不可信其无。"

"好了，我在北京过得挺好的，说话都是京味儿了，等我在北京买了房子，就把你们二老一起接过去住。"

"拉倒吧，我在这住习惯了，才不去。"

从家门口一出来，心里有种莫名的酸楚。我算是明白了为什么在外的游子都报喜不报忧，一方面是怕家里人担心。你要跟家里说自己在外面过得可惨了，天天吃拉面，睡大通铺，还得了慢性胃炎，靠吃药吊着，你父母得操心成什么样啊？可不得说隔三差五就吃点山珍海味，工作轻松，老板和蔼，身体倍儿棒，一口气上五楼不费劲儿。

另一方面是不想显得自己无能。这种无能是会转嫁给父母的，他们会觉得孩子在外面受了这么多的苦都是因为他们没能给我们创造好的条件，读书的时候没关系送进好的学校，工作了没门路找到好的单位，所以造就了今天孩子远走他乡，为了生计而艰辛。

在回京的火车上，我对面还坐了一对年轻的情侣，他们依偎在一起，看着火车飞驰产生的模糊外景剪影。男生背着吉他，女生头上戴着野花，文艺的快要溢出来。男生说他在杭州南山路的酒吧唱了两年歌，觉得这个城市底蕴不够，决定去北漂。

“挺好的，我有一哥们当年也和你一样背着吉他就来首都了，现在混得还不错。”

女生就接茬说：“看吧，你一定能成功的。”

男生问我：“大哥，北京住哪比较便宜？”

“南城胡同里吧，都在地铁线上，往三里屯，西单都还算方便。还有便宜的，不过很郊区了，也不太方便。”

“谢谢啊。”女生说。

我笑着说：“不客气，有梦想是好事。”

我猜这一对年轻人一定有他们自己的故事，他们脸上写满了对京城陌生的希望，他们不知道自己将面对怎样的生活。也许他们是幸运的，也许他们又是不幸的，关我屁事，我与他们萍水相逢，给点祝福便也够了。剩下的路需要他们自己去爬，女孩那么青翠地躺在男孩的怀里，这种涉世未深的崇拜我在唐小丫的眼睛里见过。我希望这份纯真的爱情，别死了。死在北京萧瑟的秋风里，无人埋葬。

我闭上眼睛，一觉醒来，车内的广播提醒北京站就要到了，请旅客们整理好自己随身携带的行李物品准备下车。我觉得这就像一辆送上前线的运兵车，车厢里弥漫着别人看不见的心思，不远的战场炮火纷飞，喇叭里传来了为国捐躯的集结号。车厢门打开的刹那，人们呐喊着冲杀出去，带着使命与恐惧迷失在硝烟里。

4.

到北京的第一件事就是和川子吃饭，川子说书已经都出来了，接下来的工作就是宣传。他说过几天他会去找一些知名的电商合作，让他们包销一批，当然各大城市的新华书店也会进去。为这事我还挺骄傲的，我小时候经常跑新华书店，在那找几本童话书，然后往地上一坐就是一下午。在当时看来，那里是圣地，也只有新华书店是父母绝对不会反对我去的地方。更厉害的是，在那里可以买到教材和辅导书，教材绝对是被镀上神级光环的，它的统治力秒杀一切课外读物。也就是说，说不定过段时间，许多少年们像我以前那样坐在新华书店的地板上，看到书架上署着我笔名的书，随手取下来翻翻对我来说就是一种莫大的幸福。哪怕觉得我写的都什么玩意儿，我也无比欣慰，我觉得我给这个世界留下东西了。

万伊回来比我晚一些，感觉年一过有些变化，黑了。我说长春的日头有这么毒吗？万伊说这是在海南晒的，想了想还是没回家过年，去了海南，当休年假。我说你天天在休假，过年了还要休年假，那些上班拿死工资的要是看见得多嫉妒呀。

万伊说："你过来。"

"干嘛？"

万伊把我拖到她的房间，然后盯着我看，看得我有些不自在。她突然一笑，然后说："我要告诉你一个好消息。"

我看看万伊暧昧的眼神，又瞟了一眼粉红色的床单，把双臂抱在胸口说："你不会是要……"

"要你大爷，想什么呢！"万伊捶了我一下。

"我要开公司了。"万伊自豪地说。

"你别闹了，你开什么公司？"我有点不敢相信自己的耳朵。

"一家生物科技的公司吧，我也说不上来。"

"你什么都不知道，就开张啊？"

"跟人合伙的，我拿的是干股，哎呀，就是空手套白狼。"

"怎么老有便宜事落你头上啊，老天真不开眼。"

万伊跑去拿来一瓶红酒和两个瓷罐，说家里没高脚杯，只能拿这个将就一下了，虽然土点儿，但意思到了。我说，干杯，一口闷了酸不溜秋的红酒，万伊说红酒哪有你这么喝的，得品，还得拿舌头卷着细品。我茫然地看着抓着瓷罐柄儿的万伊，她是如此销魂，红酒进入她丰满的嘴唇里，舌头立刻卷了起来，她的眼神迷离，带着诗画般的微笑。这么一个令人动容的女人，能把荒凉的欲望叫醒，她所到之处，花草疯长，男人们挺起坚硬的肌肉张开双臂。

29 适者生存

在这个平行的世界里，

说不定大家偶尔走神时都在想着同样的故事，

故事里都是自己的成功和身边人的落寞，

接下来就是带着丝丝的忧伤离去。

1.

这些日子万伊从网上买了很多管理学的书来看，我随手翻了一下，无聊透了，说实话我真不信她能看的进去。我和她说纸上谈兵的故事，她跟我说临阵磨枪的典故，说什么要在公司开业之前好好学学管人。反正我是觉得管人没啥好学的，咱从小不就是被管过来的吗？小组长管咱们收作业，收来了交给课代表，然后经由课代表转交给任课老师。若上升一个高度，就是劳动委员管平时拖地擦黑板；文艺委员负责校庆、国庆的文艺表演；体育委员负责体育课上整队报数；纪律委员负责给班主任打小报告；这些职能机关负责人最终统归班长管，这些人都是班主任的人肉监控，专门盯着像我这样的不良生以防滋扰课堂秩序。

到了企业里其实更简单，董事长管总经理，总经理管部门主管，部门主管就直接面对下面的劳苦员工。出了点岔子，从三楼的总经理办公室一路拍桌子拍到一楼的员工格子铺，一级级的怪罪下来。这就是我对管理学的理解，说到底就是拍桌子骂人，读书的时候老师骂学生，工作了老板骂员工。想到这里我忍不住看了一眼正在认真翻书的万伊，不知道她骂人会是个什么样子。

万伊现在基本不出门，除了看书就是看财经栏目，饿了就让我下楼给她买吃的，困了就抱着靠枕躺下休息会儿。我对她这种生活节奏很不适应，因为她间接影响到了我。原先我们的作息相互平衡，她半夜回来给我带宵夜，咱俩坐在一起吃，心情好还来点小酒。吃饱喝足了一觉睡到第二天下午，起来再一起去外头吃点，她回来继续睡觉，我则由着性子瞎走动，时而去打球，时而去写点儿东西。万伊午觉要睡到太阳下山，起来后洗个澡开始捯饬自己，完了就出门奔夜场而去。晚餐我基本自己解决，要么去胡同口吃拉面，要么就直接在网吧里照着桌上的订餐电话打过去叫蛋炒饭吃。你看看着日子过的，多么健康！

现在可好，她老人家早上8点就起来，说是早晨记性好，我说你又不参加高考，这么闻鸡起舞做什么？关键是她下手没轻重，出门吃早饭关个门能给你吓死，我批评过她几次，让她轻点，这门跟你无冤无仇，你下这狠手作甚？往门缝里搁两核桃都能给夹碎了。但没用，她屡教不改。几天下来我吃不消了，找她谈判。

我说："万伊女士，你看看你现在像什么样，天天就知道在家学习，酒吧都不去了，简直就是在浪费青春。"

"这话我怎么听着这么别扭啊！"

"这个问题很严重，我们必须好好谈谈！"我递给她一支烟。

"不抽！"万伊推开我的手。

"你看，你现在烟也不抽，酒也不喝，成何体统。"

"你到底想说什么？"

"我就是想让你晚点睡，你这大清早一惊一乍跟搞装修一样，影响我休息，我休息不好就影响创作。"

"你可以白天创作啊，早睡早起身体好。"

"可是我习惯了夜深人静的时候创作，只有那时候我文思才能如泉涌，请你理解，你知道我这些年多不容易呀。"

万伊看了看我，说："谁都不容易，我也请你理解我，你有你的挣扎，我也有我的挣扎，我们都想成功，都想在这城市里站稳了。你写书能写一辈子，可我不能在酒吧里混一辈子，我会老的，我需要把握住现在每一次机会，靠男人是靠不住的。"

我哑然，其实她没必要如此，从那天她告诉我要开什么公司的时候我就觉得这就是一个空壳公司，压根用不着她管事。她只是一个挂在公司里面的名字，没有任何意义，到了年终的时候公司分点红利，她就够了。果儿也分很多种，百分之九十就是仗着自己有几分姿色在酒吧里打猎，捕杀几个有钱人赚点快钱，这些钱来的快去的也快，很快就被她们挥霍掉了。等到有一天她们老去的时候要么找年纪更大的有钱人，要么笼络一批刚出道的果儿自己当中介。还有那少数的百分之十，有点经济头脑，会往有钱人的事业圈子里渗透，就像万伊跟我说的这种情况类似，挂别人公司里拿拿干股等年终分红。但万伊和她们都不一样，她是想经营这个圈子的，所谓的公司只不过是她的跳板，她从中汲取养分，含苞待放，也许有一天她不会再是一个毫无意义的名字。

我看着万伊，万伊看着书，我觉得她彻底地变了，也可能是成长了，反正我感觉陌生。我为什么特别喜欢刘芒的《京城浮萍》？因为我觉得浮萍太贴切，如万伊一般，今天看似在北京城活的马马虎虎，其实一直漂着没有根，当然又何尝不是我。

2.

周四下了场春雨，北京起了水雾，蒙蒙的罩着一切。川子挑了个这种天气带我参观了他们出版社，挺气派的。我觉着首都的很多建筑都气派，又大又高，这种暴力建筑美学在我老家就没有，前年中国电信在我们那盖了栋楼，算上顶上的天线说是当地第一高的建筑了，可要是搁三环里你都看不见它。

川子说："看，这就是我平日里办公的地方。"

这是一个巨大的办公室，全开放式，里头摆了些绿植和几十张桌子，一些编辑抬起脑袋朝我这边看过来，仿佛在说："这孙子谁？"

川子说："看，这就是我的办公桌。"

我看了一眼乱如猪棚的办公桌说："挺整齐的。"

川子又说："看，这是我们总编。"

于是他拉着我走了过去，与总编相互介绍了下，总编客气地赞美了我几句就忙他的去了，我就跟着川子去参观他们的其他部门，兜着圈子打招呼。总之给我最大的感觉就是挺热情，别的我也感觉不出来，我这人没见过大世面，觉着一个单位大成这样就很牛了，不像葫芦工作室，冯总加员工一张长桌子都坐不满。川子遛完了我，就拉着我去附近吃饭，他说有家老北京的饭馆挺地道，都是正宗的京菜，全是他小时候的味道。一听到京菜，我还以为是当年宫里老佛爷吃的那些佳肴，真端到你面前，发现都是些类似东北乱炖的玩意儿。川子一个劲地给我夹菜，我一个劲地囫囵吞，看来我也成长了，知道这种时候不能一口把丸子啐地上，给桌子掀了。

席间川子跟我展望了一下我这书的策划蓝图，说过些日子会在西单图书大厦给我搞个新书发布会。还说西单那都是拿卡买书的，全是豪客，消费起来不眨眼。我说我老家新华书店也发卡，只不过我们那的书店多种经营，二楼卖书，一楼是个小超市，东区买柴米油盐，南区买学习用品，什么复读机、计算器，北区卖牛奶和婴儿纸尿裤。川子说这不是胡闹吗？好好的新华书店不成了新华超市了？我说那可不！川子说，那咱们北京还好，大家来就是买书，到时候在显眼的位置给你拉个易拉宝，再找个主持人喊几句，肯定能张罗来不少看热闹的，保不齐一天就能卖出去五六百本呢。我心里炸开了花，连忙举起酒杯说："干了！"

聊完了书的事，川子又开始跟我扯犊子，说他年少轻狂的往事，我都不屑听，脑子浮现的都是万伊的影子。不知道为什么我最近老会出现万伊穿着洋装坐在会议室给员工们讲话的幻境，在幻境里她是那么得体，她在上面讲着，员工们笔挺的坐在下面看她。有时候晚上做梦也好似相同的场景，她还是穿着那身洋装，讲话的内容模糊不清，员工们像死的一样笔直地坐着。我怀疑自己可能是太害怕她成功了，我怕她一成功就会离我而去，和那时候的刘芒一样，从我的世界消失的倍儿干净。在这个平行的世界里，说不定大家偶尔走神时都在想着同样的故事，故事里都是自己的成功和身边人的落寞，接下来就是带着丝丝的忧伤离去。就像我坐在这里，对面是唾沫星子四溅的川子，脑子里是万伊的影子。也许她此刻正躺在别处沉沉睡去，枕边是口水和书本，梦境里是我靠在门框上忧郁的眼神，唏嘘的胡渣，一群搬家工人正在把我的东西从那间小屋里迅速的搬空。我们如此迫切的希望对方成功，又害怕对方成功，挺矛盾的。

"最近喜欢上一哥们，他的歌挺带感的，你听过没？"川子拿出手机播放起《京城浮萍》，边抽烟边问我怎么样？我缓过神来，也点了一支烟说："满好听的。"

"这哥们挺励志的，是个北漂，听说之前都在过道里唱歌，说实话，我特别佩服这些过道歌手，真不容易，一百年都难熬出来一个。"

我笑着点点头，我不想让他知道我和刘芒的关系，没理由，我觉得刘芒是我一个特殊的朋友，不愿与人分享的那种朋友。回想起以前的日子，刘芒扛着吉他，后面跟着唐小丫，嘴里叼着从我抽屉里翻走的点八中南海，叫嚷着去吃烧烤，还蛮开心的。那时候的快乐似乎特别简单，虽然大家都没什么钱，没什么长远的计划，夜晚那么深，空气微凉，明天的光在哪都不知道，可就是傻乐着过。

3.

最近贾文静老找我吃饭，对于蹭食我向来是不拒绝的。她请客自然都和她那个不回家的老公有关，每回咱们边吃边聊，贾文静说的都是他老公有多久没回家，外面指不定有小秘这档子事，听的我耳朵起茧。都说家丑不可外扬，可贾文静却特别乐意跟我分享，她说我是个写书的，下一本书一定要把她生活里的这个遭遇编成故事写进去，这么精彩的故事必须要让天下人知道。我只好说你高估我了，我可没那么炙手可热，我写的书能让天津市区的人知道就已不错了。

有时候我还真挺烦跟人说自己的职业的，别人一听你是个作者，就迫不及待地要把自己认为精彩的际遇分享给你，让你写出来。虽说作者不应该拒绝故事，可这种家不长里不短的事儿未必见得新鲜。就拿贾文静老公不回家的故事来说吧，不往大了说，光五环以里就得有多少老公不回家啊。但贾文静不这么想，她说她老公和别人老公不一样。我问有什么不一样的？她说因为他是我老公！我便无语了。像她这种女人也是可怜，自己本事不大，天天闲在家里，除了吃也没啥别的爱好，说不好听些就是舒服废了。结婚几年见识没长，光长肉了，即便老公回来了估计也聊不上几句，因为夫妻之间没话题了呗。作为男人可不得去外头找补心灵慰藉吗？可贾文静又是绝对不可能离婚的，她不至于蠢到这地步，当然我也是不希望他离婚的，要是离了，她拿什么请我吃饭？所以她才会时不时的把我约出来，抱怨一番，无非就是想让我听完他的倾诉然后给点安慰，心里舒服些了，回去才能抓瞎当什么也看不见。

有时候我看着眼前这个女人，觉着她就是一个纯种的水军，不缺钱，缺的是安全感。要是给她放进互联网里，肯定满腔的怨愤与不讲理。正如她闲聊时所说，在一个奢侈品论坛上跟一个疑似小三撕起来，话不带脏的骂得对方恨不得立刻从良。

吃好，贾文静开车带我兜风，我坐在副驾驶室里，听着音乐电台里放的歌，看着周遭忽明忽暗的车河。

贾文静长叹一声，说："这北京是越来越堵了，空气也越来越差了，有时真不想跟这呆了。"

"你这是站着说话不腰疼，你知道外面有多少人削尖了脑袋想插进这座城市啊。"她就是身在福中不知福！如今她靠在车里，听着歌，车外春寒依旧，家中暖气还未散尽，热水器里是不烫皮肤的温度，床头也没有催人早起的闹钟。我突然想起了回京火车上遇见的那对满怀希望的小情侣，不知道他们现在身在何处，过的可好，有没有因为生计争吵，爱情是否还算牢固。爱情终究是打不过现实的，而我们一直在长大，荷尔蒙慢慢稀释，多巴胺渐渐消退，最后剩下的就是当初那一点点的念想，可能这最后一丝念想也会随着我们变大的年纪和现实的压力被一并消化掉。可话虽这么说，日子还是要过，我们之所以不心存悲念，就是因为我们相信希望。

贾文静把车停在夏家胡同口，转过脸来对我说："你能不能抱抱我？"我看着她的眼睛，有些诧异。

"你别误会，我就是好久没被人抱过了。"

我微笑着张开双臂，她像一头棕熊一样扑进我怀里，我用手掌轻轻地拍打着她的后背，跟她说生活就是一场奇妙的旅行，沿途总是会有鲜花与风沙，雨水终要过去，太阳照常升起。贾文静从我怀里爬出来，抹了一把眼角的泪水，说了声谢谢。我摸了摸她的头，开门下车。

4.

我的新书发布会日子定下了，和万伊的新公司开业剪彩在同一天。晚上我和万伊叫了几个小菜，举着酒杯相互祝福对方。

我说："这就是命啊，明天对你对我都是重要的日子，可是我们又都无法在现场见证对方。”

万伊笑着说：“干了这杯，祝福你也祝福我。”

我拿出手机，点上刘芒的《京城浮萍》，高举酒杯说：“为了在此奋斗过的所有人！干杯！”

第二天川子开着他爹的大切诺基来接我，我说真看不出来，你还是个阔少，有这条件干嘛还在出版社里混着？到处去腐败多好。

川子表情严肃的说：“年轻人得有追求。”

我看他如此严肃，立马说：“说的是，说的是。”可能是我太俗，不懂他们这一辈人的想法。也可能是我对富二代一直心存芥蒂，觉着他们就应该开着豪车出入各种声色犬马的场所，副驾上坐着美丽的姑娘，日子过的如痴如醉，钱包里安全套常备。

出版社给我安排的阵势还不小，在图书大厦进门醒目的位置圈了一块出来，支了个小的台阶，台阶上铺着白布。舞台的背景是一幅巨大的浅蓝色投影屏幕，屏幕上所有的内容都是我写的。两旁拉起了易拉宝，上面是一些宣传语和封面图片。台下被摆了几十张小椅子，颜色都精心挑过，与整体风格完全吻合。川子看着呆若木鸡的我自豪地说：“怎么样，早就跟你说了，咱们社做事保准让您挑不出毛病。”

我点头说：“可以，可以。”其实心中万马奔腾，我一直以“码农”自居，虽说晚上躺床上的时候会憧憬一下站在聚光灯下的瞬间，但一觉醒来我还是浑浑噩噩的敲着键盘，玩着游戏，把睡前的憧憬和入睡时的美梦一起忘了。此时此刻真的有一个似梦似幻的场景摆在我面前，触手可及，我彻底蒙圈了。想当初，冯总找了个地方电视台来做个小专访就把我吓成那样，现如今这种阵势我可怎么 hold 的住啊。

川子在一旁说这里的一切都是他准备的，算是给我的一个惊喜。这分明是给我一个惊吓，我毫无准备，我原本以为就是摆两张桌子，拿块两米长的红布这么一盖，再往上摞几叠新书，最多来个司仪吆喝几句，把人招揽过来，我挨个签名握手就完了。

我有个毛病，一紧张了就走肾，我问川子厕所在何方？川子让我赶紧去，发布会马上开始了。我跑到厕所里抽了支烟，想平复下心情，可似乎没啥作用，小心脏跳的厉害，我都怕它从嗓子眼跳出来掉马桶里给冲了。我躲在厕所隔间里自言自语的安慰自己，要淡定，不就是场发布会吗，没什么大不了的。我用力的拍了拍胸脯，走到川子身边。

川子说："怎么去了这么久，我们王总都来了，你可要好好表现。"

川子好端端的又搬出来一个王总，把我刚聚集好的自信和勇气全部打成了渣，我说："不行，我还要去趟厕所。"

"什么情况啊？你不刚上过厕所吗？"

"没尿干净。"

"快去快去。"

我又跑到刚才的隔间里，对着马桶重新蓄勇气槽，我觉得自己真没用，这点阵仗就给吓懵了。等我再次回到川子身边的时候，川子指着几个扛摄像机的家伙说："赶紧准备准备把，北京电视台的人来了。"

"怎么又出来个电视台的？"

"什么叫又出来个电视台的？有曝光率是大好事啊，就这我还托了关系呢。"

"不行，我还得去趟厕所。"

"我说，你是不是前列腺不好啊。"

"不是，是你安排的这些有点让我始料未及！"

"得了，去吧，说好了，最后一次，给你一分钟，不能再多了。"

这是我第三次故地重游，原来当个公众人物也不是这么简单的，平时在电视上看到那些明星面对镜头的时候还觉着他们没多大水平，换我上说的比他们好，看来是高估自己了。就在我纠结的时候，川子在我背后说："哥，你是在这拍 MV 呢？该你上场了！"

我连忙拉上拉链说："来了，来了！"

我走到台下，王总正在台上讲话，台下的椅子上已经坐满了人，我感到双脚不由自主的在发抖，如果现在给我一台缝纫机，我分分钟能踩一幅《富春山居图》出来。王总说完了，司仪大声的邀请我上台，我感觉自己呼吸和心跳都没了，两耳嗡嗡作响，只是麻木地往前走。

我在台上向下面鞠躬并做了自我介绍，特简单，就四个字："我叫陆军。"连个问候都没有。司仪又问了我一些关于这本书的问题，我都不知道自己答了什么，就感觉自己与所有人都不在一个频道上。司仪问完了，轮到现场观众提问，一个学生模样的人举手站起来问我写这本书的初衷是什么，还说他是一个刀塔爱好者。我不假思索地说为了稿费，这都怪葫芦工作室的那些岁月，让我总是能把图书和微薄的稿费串联在一起。台下因为我的回答发出一片掌声和哄笑，我很尴尬地站在台上，思考着到底是左脚摆前面还是右脚摆前面比较好。

第二个站起来的是个女生，留着好看的空气刘海，头发颜色像半生不熟的栗子。她先跟我问了好，我也冲她点点头，然后她说："我男朋友一回家就是玩游戏，我看您的书是写游戏青春的，您能告诉我游戏和青春到底是个什么概念吗？反正我是不玩游戏的。"这问题一脱口，我彻底傻了，也太难了！你不玩游戏你管人玩游戏的青春是个什么概念嘛！我只是一个写文章的，这不是为难我吗？我迟疑了半天也没想出什么好的答案，只好跟这位姑娘说让她不然换个男朋友吧。我这个回答再次让现场报以掌声和哄笑。

还是司仪有经验，也许是他看到了我过于紧张，也许是他觉得我过于没水平，万幸的是他以时间有限为由结束了提问环节，直接跳到签售，我的心多少算是安了些。

30 所有人的故事

每个人何尝不是浑身湿透的水军，

晒不干又淹不死，

有人张开双臂任自漂流，

有人拼劲全力去寻找沙滩。

陆地终在你前进的路上，

只有上岸你才知道原来风景这般美好，

有花与吉他，

有海鸟与漂亮姑娘。

在那里你还能看见美丽的海市蜃楼，

呈现的全是你回不去的过往。

1.

一场签售下来，我感到浑身无力。对于这种乏，我的解读是，新手上路！

我很喜欢拿这四个字出来跟人讲道理。咱们学驾照的时候总感觉半钟头离合器踩下来，从脚尖一直酸痛到睾丸，并非是你睾丸有什么顽疾，说白了就是初来乍到，动作僵硬，不熟练。以前在小区和一群小鬼打篮球的时候，我也像打过NBA总决赛的过来人一样跟他们说过类似的道理，你们之所以不敢运球就是因为你们球还没摸熟。大家都是从处男过来的，意淫和现实之间肯定差了一个愿意为你脱裤子的姑娘。

川子跟我说这次活动总共卖出去了三百多本，他还费劲给我解释了这三百多本的销售业绩在图书销售里是个什么概念，虽然我也认真听讲，但真没听的太明白。不过看川子的表情，应该还不错。

走出图书大厦，西单商圈就这么摆在我面前。似乎每个大城市都有这样一个庞大的商圈，商圈里都是门面磅礴的建筑，每一栋建筑里都锁着一群小人物的追求和欲望。店铺里的导购望眼欲穿的看着漫步的顾客，顾客们闲暇的扫视着橱窗里的商品，影院的爆米花带着奶油的香味从机器里溢出来，情侣牵着手依偎在一起；孩子在电玩城里嘶闹，不知名的乐队在醒目的位置为某些品牌卖力宣传。当透明的电梯升到最高点的时候，你用上帝视角往下看，竟也是一番人景。记得刘芒也曾经在相同的场合卖力的歌唱，那是他第一次商演，那时候他身边站着B哥和一票兄弟，台下是我和万伊还有一堆陌生的名字。现在我已经时不时能在北京的某个角落听到刘芒的歌，每回我都心生感触。会想起那天，我发着烧躺在床上，意识都煮熟了，刘芒就在离我不到两米的地方，用我的电脑看刀塔比赛，嘴里叼着我买的香烟。我时常问自己，今天的刘芒算不算成功了呢？虽然他已在京城遍地开花，但唱的并不是他最爱的摇滚。

我打电话给万伊问她剪彩的情况，万伊说挺顺利的，晚上还有一个晚宴，让我不必等她一起吃饭了。我突然发现原来等一个人回来也是一种幸福，我和万伊就像两口子似的蜗居在一起，如果我俩一直相守，不出意外，停滞不前，说不定哪天去民政局真就把证给领了。至少在我这边，我肯定不会拒绝。

2.

这日子过的挺陈旧的，万伊自从开了公司之后也成了朝九晚五之人。我都很难适应她这么大幅度的转型，真搞不懂她如何能适应的了。现在咱们的话题过多的围绕着工作，她跟我说公司里的际遇我和她说宣传的套路。我觉得我和她之间仿佛突然立起了一堵墙，我在这头，她在那头，我们隔着墙喊话，听得真切，却看不见对方的样子。

万伊的生物科技公司其实卖的是饲料，她说这不是普通的饲料，是高科技的饲料，猪吃了都能变聪明的饲料。我说别逗了，养猪就是为了吃肉，你给它整那么聪明干嘛？要真跟你说的那样，满北京城都是智商150多的忍者神猪，这不挤兑咱们这些智商不到100的人类生存空间吗？人跟人抢饭碗本就够辛苦的，现在还要跟一群猪抢饭碗，社会还不乱套了。

“我就打一比方，你别拿来当小说写。”万伊没好气的说。

“呵呵。”我笑了笑，心里却酸酸的，不知道从什么时候开始，我已经很难把万伊逗乐了，她现在动不动就一脸的严肃。

晚上我躺下，脑子里就一直在琢磨，到底是谁给万伊牵的线让她进了这倒霉公司。以前的她如此动人，浑身都发散着性感和高档香水的味道。可现在我大老远的看见她，总感觉有股猪粪味儿。我厌恶的想，那些喂猪的暴发户们就不能好好的乐享田园惬意，没事跑酒吧里泡什么妞啊，你看把我们家万伊活生生的变成了一个村姑。

万伊当了“猪总”之后经常在外头应酬，喝得醉醺醺的回来，我责备她说你以前混夜场都不见醉，怎么现在混生意场了反而每回喝得跟个傻 × 一样。万伊只是弱弱地说江湖不一样了，身不由己。我看着趴在马桶上的万伊，怎么看怎么觉得她身上有包子的影子，说不定几年之后，她也和包子一样开着马力十足的豪车，驰骋在北京的灯丛里。风从打开的天窗里吹进来，撩起她的头发，副驾上是一个远道而来的故人，故人与她说起往事，她淡淡的一笑，青春就顺着天窗飘到外面去，与空气里的梦想碎片发生剧烈反应，炸的到处都是。

过了两天，我在网吧里和石头玩刀塔，石头说他组了个战队，准备打点名堂出来。我说你这性子打不出名堂，石头说我什么都不懂，他这叫领袖气质，和科比一样，不骂队友的队长不是好队长。

我问："你的队友都什么水平啊。"

"都 4000 多分的水平。"

"4000 多分能有什么水平。"

"你高考才几分？ 4000 多分很高了。"

"这一码归一码，你别老瞎类比。"

"道理是一样的，4000 分就相当于组档线的分数，上了这个档次的，基本就有资格去打比赛了。"

我劝他都三十好几的人了，别想着打出什么名堂了，娱乐娱乐就好。石头懒得跟我辩，他说自己战队里都是大龄青年，这叫志同道合，是梦想，你没有好胜心，不会理解的。我说自己特别理解，只是每个人的奋斗方向不同，比如我现在刚出版了一本关于刀塔的青春小说，光签售会就卖了三百多本，把电视台的摄像机都招来了。石头说，关我什么事？我又不买！我说我又没让你买，石头说你让我买我也不买！我说，去你的！

3.

我现在除了配合出版社在网上做些宣传之外，就是在网吧里玩游戏，不光是刀塔，什么游戏都玩，越玩越无聊。每回我上网回来路过夏大爷屋门口的时候，就会忆起老头生前的场景。以前这个时候他老人家总是躺在藤椅上，膝前摆着军旗阵，远远的见了我就喊："孙子，过来陪爷爷杀两盘。"如今老头西去，周遭的景物仿佛都退了色彩，其实胡同里还有些下象棋的老头，但总让人感觉不出来亲切。

川子打电话问我有没有看到自己上电视的新闻，我说你不说我还真忘了屋里有电视机这种东西。川子说没关系，反正新闻也挺短的，你也没特别上镜，但这是好事，至少让更多的人知道你了。他还在电话里说，等天再热些，找些高校去做活动，现在的大学生都爱玩游戏，可以办讲座，跟他们说说你的书，你玩过的游戏，以及你的生活。当然最重要的还是说说你的书！

这事听着是好，可是我这人上不得台面，这跟我初中里一次大合唱的经历有关。那是一次班级之间的合唱比赛，要求上身穿白色衬衫，下身穿黑色长裤，脚上踩白色球鞋，胸前佩戴迎风飘扬的红领巾登场。记得那天下着很大的雨，不知道是昨晚没睡好还是早晨中了邪，我把当天合唱着装的事给忘了，结果穿着黑衣服黑裤子和一双紫色雨靴去了学校。可想而知，我一上场是多么的特立独行，台下的老师和同学都以为这是我们班刻意安排的，这个黑色的同学搞不好就是领唱。合唱完毕我直接从台上直接走进了班主任的办公室，挨了揍，被罚着抄了两遍《人民日报》，从此我对这种场合产生了恐惧。

川子跟我说你不能像个娘儿们一样，你将来万一火了经常得面对这种场合，咱们要有追求，不能总呆在地方电视台的新闻里，要往中央电视台的专访里钻啊。我说中央电视台我可想都不敢想。川子说："你就是没劲，挂了！"这话我听着像是从石头嘴里说出来的，我抬头看着天上惊飞起来的麻雀，骂自己没出息。石头说我玩个游戏没有好胜心，我为自己辩护说这是因为我的重心不在这儿，我的梦想与他不同。可今天川子的这句话打了我的脸，看来我真的是太过悲观，总觉得自己不行，也许是这些年诸多的不如意吞了我所有的自信，我看着书架上那本橘黄色的书，它就像一个巨大的油表，无时不刻地提醒着我要加油！

正自我批评着，电话又想了，是老五打来的，他说老二来京了，要请咱们喝茶呢。我顺着老二和我说的地址，费了些功夫找到了金源茶楼。茶楼是个小茶楼，不太好找，里面也没有想象中雅致，挺普通的，门口摆了两盆铁树，盆子里插满了烟头。一般来这种小茶楼的都是麻友，没几个是来叙旧的，当然除了咱们。

时隔这么多日子，再见老二，他脑袋上的“地中海面积”又扩大了不少。老五也有日子没见，倒是变化不大，一般胖子胖到了一定的程度靠肉眼是分辨不出的，只能靠磅秤。老五看到我来了，就跟老二说：“二哥啊，你是不知道，这位现在都是名人了，上电视了都。”

老二说：“我知道，我在老家的新华书店看到老三的书了。”

我问：“买了没？”

“那当然，就是不太看得懂。”

“买了就成，懂不懂不重要。”

老二笑着说：“真没想到，葫芦七兄弟里就你出息了，这书肯定能大卖，以后你就是真正意义的作家，再也不用受冯总那样的书痞摆布了。”

边说他边给我倒了一杯铁观音。老五抢茬说他现在也出息了，上个月刚找了个女朋友，北京户口，姑娘个高，身材还不错，在秀水卖服装。我瞟了一眼肥硕的老五，心中不快，觉得北京的沙尘暴真是越来越厉害了，姑娘眼睛都给吹瞎了。老二说还是你们有本事，能在北京站稳了，不像他混不下去，也可能是他本就不属于这里。他现在在老家开了个培训中心，专门辅导小学生写作文，慢慢地也做出些名气，有了固定的生源。说完他从包里拿出两万块钱放在桌子上对我说：“这是当初问你借的两万块钱，现在如数奉还，利息呢就算了吧。”

我违心说：“你不提我都快忘了借钱这事了。”

老二问：“老四现在干什么呢？”

老五说：“听说出了新书，销量似乎不咋地。”

老二接着问：“冯总呢？”

老五说：“《一万个男朋友》要改编网络剧了，人家现在入驻影视圈了，那个来钱快。”

“你怎么什么都知道？”

“嗨，闲的呗，我上班又没什么事，尽关注这种八卦。”老五有模有样地端起铁观音来喝了一口，一看上班就没少喝茶。

老二叹了口气说：“这些年，大家都变了，回想起最早咱们在葫芦工作室的日子，每次选题会老四总是说的最多，冯总要抽掉半包的烟，老五永远是沉默的那一个，我还是你们的老大哥。”

我说：“你以前最爱跟我讲道理。”

老二笑着说：“惭愧，惭愧，我讲了太多的道理，最终这些道理都成了笑话。”

我看了看面前的老二，他脸上早没了在京那时的忧愁，有时候放下也是一种解脱。谁还没有过一场梦，一场狂热的冲动，即便最终死在里头也没什么大不了的，至少有过，总比没有要好。

我们一直聊到天黑，老二说要赶最后一班车回去了，有机会让我们去他老家玩，他再好好款待。

我坐在回去的公交车上，路过叫不上名的陌生街道，看到人行道上一群身着统一服装的人正在吭哧着夜跑，他们背后印着“爪力”的大字，我似乎能听到他们发出的喘息。我转过脸看着空荡荡的车厢，觉得世界就是如此，瘦的人还在减肥，胖的人早已掉队。

4.

蚊子四起的季节，万伊买了第一辆车，她看着本子上自己的名字，哭了。我问她怎么了？是不是名字写成我的了？她摇摇头说自己在北京混了这么久，坐了多少人的车自己都记不清了，现在她终于有了一辆属于自己的车，可以带她去任何她想去的地方。

自从车买来后我又有了新的身份，那就是万总的专属司机。为此我牢骚不断，说从没见过连驾照都还没学就先把车买了的。万伊说我让你当我司机是给你脸，我说光给脸不够啊，得给点工钱。

万伊下车窈窕地走进公司，我看着她那圆润的屁股，心里想的却是那个神秘的男人。到底是谁给了万伊现在的一切？好奇归好奇，答案并不重要，有的东西习惯了，你反而觉得现在的万伊更像一个普通的漂亮姑娘，一个只属于这里的漂亮姑娘。

我是个夏天出生的孩子，在姥爷的葡萄架子下长大，看够了太阳从树叶里穿透过来的光晕。少年时我想将来长大了也要有一个这种的院子，在院子里也支这么一个高高的架子，让架子上爬满葡萄藤，太阳下山的时候把躺椅搬出来在下面纳凉，手里握着竹扇子脚边点一盘蚊香。说起来打小我对老房就有一种挥之不去的情怀。

我和万伊最终还是决定离开夏家胡同，新房子租到了五环里，大居室的精装修。我们花了两天的时间将所有的东西打包好，一身臭汗的坐在床上，看着房间里的大包小包。

万伊对我说："这可是咱们在胡同里的最后一夜了。"

我说："其实我觉得这挺好的，不一定要搬走。"

万伊说："明天总是要比今天更好一些，不是吗？"

我呆呆地点点头说："是吧。"

我与万伊躺在一起，无法入眠，看着从外面洒进房内的月光，分外忧愁。我翻过来对着万伊说："我睡不着。"

万伊说："我也是。"

"这里有太多的回忆，我仍然觉得刘芒就在附近，夏老还会在树下吆我过去陪他下棋，网吧里是那群要成为北京第一的大学生，胡同口的拉面店里都是面团和洋铁皮碰撞的声音。"

万伊抚着我的脸颊，嘴唇贴了上来，我紧紧地抱住她，窗外的野猫开始嘶春，草丛里的昆虫啼声吟吟，蟾蜍突出舌头卷走蚊子，整栋板楼都随着我和万伊的节奏摇晃起来。

第二天太阳的温度把我们热醒，我睁开眼，赤裸的万伊在我怀里看着我，她的笑容绽放开来，像傲寒中的梅花，有融化冰雪的魔力。我说真想就这么跟你一直躺下去，直到饿死。万伊说你这么一说真的饿了，咱们出去吃拉面吧。我说她真煞风景，破坏如诗画般的文艺，万伊让我拉倒，装得差不多得了，没完没了还。

吃完了拉面，搬家公司的人就来了，我的东西倒是不多，基本是万伊的，姑娘搬家向来是大工程，光衣柜里的行头就够搬几趟的。等我们把南城的一切东西与回忆统统搬进五环新居，已经累的没有力气去归置，瘫在沙发发愣。

万伊弱弱地说：“咱们也算是跨越的前进了一步，将来老娘要住到三环里去。”

我说：“你怎么不住到紫禁城里去。”

“别跟我贫！”

“别说这新的环境还真有点不太习惯。”我站起来给万伊倒了杯水。

万伊接过一饮而尽，然后趴在我胸口，还不忘抬头亲了我一下，说：“咱们也是有小区的人了。”

“是啊，到处都是监控，你再也不用担心贼惦记了。”

5.

周五的时候川子在北京某知名大学给我安排了一次演讲。他说书卖得马马虎虎吧，接下来多跑几个学校也算是推广了。川子还说这事得趁热打铁，续集之后还有续集，到时再把我之前在网上连载的那一部一并出了，这就是系列丛书啊！听到这里，我笑了，我不知道自己这个笑意味着什么，可能就是想笑吧。这许多年我终于做成了一件连做梦都想去做成的事！

我走进多媒体教室，台下响起了掌声，我深吸一口气，看着眼前无数双或躁动或迷茫的眼睛，仿佛一下就把我带回到了大学时代，那时候我对未来充满未知，既畏惧失败，又不愿抗争。世界比我想象的还要大，陌生人总是带着恶意，身边的姑娘尚未老去，网吧里满满的都是 AK47 的轰鸣。

我拍了拍麦克风，对台下的朋友们说：“各位同学，我一直都想和所有习惯按下开机键的人讲一个很大的故事，一个贯穿你们生活的故事。有时候我坐在地铁里，看着美丽的姑娘朝我走来，鲜红的嘴唇、黑色的袜子、头发划着像音符一样的波浪垂在肩上，胸部柔软而有弹性，地铁里都是燥动不安的心跳，我长叹一声，春天的风雨开始潇潇，冬天的冰雪漫天飘摇。

“世界那么大，空气那么差，发小的跑车高速地掠过你生长过的城市，白色的塑料袋在风中飞舞，副驾上是你高中最喜欢的姑娘。他乡的月亮照亮了一群满怀希望的人儿，背着吉他，用力的弹出梦想的旋律。

“夜晚我们与这座冰凉的城市一起睡下，白天我们与那抹阳光的温度一道醒来，胡同里的大爷冲你微笑，公司的老板对你发飙，世间如此美好，我却如此暴躁。

“球场上的咆哮，草丛里的安全套，写给女生的字条，寝室里汗脚的味道，还有那熟睡在网吧的兄弟，远在万里却素未平生的网友以及游戏里的任务与英雄都曾是我们最美的青春年华。

“所以今天我站在这里，不谈理想，理想太瘦，更不谈梦想，梦想太胖。我们谈论的是即将扑面而来的生活，一片汪洋，其实我们在座的每个人何尝不是浑身湿透的水军，晒不干又淹不死，有人张开双臂任自漂流，有人拼劲全力去寻找沙滩。陆地终在你前进的路上，只有上岸你才知道原来风景这般美好，有花与吉他，有海鸟与漂亮姑娘。在那里你还能看见美丽的海市蜃楼，呈现的全是你回不去的过往。”

说完我看着台下，仿佛自己就坐在人群里，身边是美丽的万伊，刘芒就在我视线可及的地方，左手搭着琴，右手搭着唐小丫的肩膀。川子傻兮兮地站在远处，手里举着我那本写给自己的书。